AF221847

Katja
Peters

Inselgewinn

Impressum

© 2021 Katja Peters

Herstellung und Verlag: BoD – Books on Demand, Norderstedt

ISBN: 978-3-7543-11332

Ich glaube an genervt sein auf den ersten Blick,
denn das war ich mittlerweile, wenn mir zuhause
Werkzeug oder Baumaterial den Weg versperrten.
Wir steckten bereits länger wie vereinbart im Reno-
vierungswahn, als ein geplatzter Sack mein Fass
zum überlaufen und mich am Rande des Wahnsinns
brachte. Ich musste zuhause raus, dachte ich hoffnungsvoll, als ich an einer Verlosung teilnahm, mir
heimlich die Daumen drückte und völlig überrascht
den Gewinn entgegennahm.
Ein einwöchiger Familienurlaub auf Langeoog!
Schnell startete ich einen Hilferuf in meiner Mädels-
Runde und schon fuhren wir zu fünft dem Aben-
teuer entgegen. Es sollte eine ruhige entspannte Zeit
für alle werden, doch wie so oft im Leben kommt es
anders als geplant und schon standen wir nicht nur
im Mittelpunkt eines Verbrechens, sondern überlis-
teten auch noch einen Stalker. Aber trotz vieler un-
geplanter Delikten, durfte der Spaßfaktor bei uns allen nicht fehlen und somit durfte sich unsere
trinkfreudige Dauerflirterin Jana auf eine Wattwanderung, Anke auf leckeres Essen, Ines auf ein unver-
hofftes Wiedersehen, unsere hörschwache Hanna
auf ihren Einsatz und ich, ich durfte mich auf einen
erlebnisreichen Urlaub freuen

und wünsche Euch nun viel Spaß beim Lesen

Eure *Katja*

Inhalt

Kapitel 1
Der Gewinn

Ich werde noch wahnsinnig, dachte ich, als ich mich in unserem eigenen Chaos umsah.

Vor gut einem halben Jahr haben wir unser kleines Häuschen am Stadtrand gekauft und zeitgleich mit diesem Kauf, verschwanden viele unserer Möbel zum Zwischenlagern im Keller und Baumaschinen und Handwerkerutensilien zogen ein und verteilten sich wie von selbst in allen begehbaren Bereichen. So manches Mal erwischte ich mich in der letzten Zeit bei dem Gedanken, ob der Kauf die richtige Entscheidung war, denn wir lebten in diesem Häuschen bereits ein paar Jahre zur Miete und das zufrieden, doch als unser ehemaliger Vermieter sowie Hausbesitzer Herr Petersen uns im Vorjahr aus heiterem Himmel auf Eigenbedarf kündigte, standen wir erstmal unter Schock. Mein Mann Stefan fuhr damals sämtliche Geschosse auf, holte sich anwaltlichen Rat und googelte alles über Eigenbedarf nach, um dann, für uns völlig unerwartet, von Herrn Petersen das Häuschen plötzlich zum Kauf angeboten zu bekommen. Herr Petersen wusste zum einen, dass wir in dem Vorort wohnen bleiben wollten und zum anderen, dass wir uns nicht nur auf die Suche nach einer neuen Bleibe für zwei Personen machen mussten, sondern auch einen Garten für unsere vier Landschildkröten benötigen würden. Das war sein Ass, was er bei der Preisverhandlung aus dem Ärmel zog, aber uns war nach wochenlangem Immobilien googlen auch klar, dass es sehr schwer werden würde im Umfeld annähernd so ein Zuhause für uns alle zu finden und willigten deshalb zähneknirschend, aber doch überzeugt ein.

Meinem Mann Stefan war schon beim Notartermin klar, dass wir in der nächsten Zeit in einer Großbaustelle hausen mussten, mir war das zu diesem Zeitpunkt noch egal, da ich einfach nur glücklich war, nicht umziehen zu müssen. Ein paar Monate später überlegte ich ernsthaft, ob ich mit meinen Fünfzig Lebensjahren bereits etwas verkalkte, denn Stefan hatte mir seinen Bauplan schließlich mehrmals unter die Nase gehalten, nur ich, froh keine Umzugskartons packen zu müssen, hätte auch das Kleinskizzierte studieren sollen. Einen Mann mit handwerklicher Begabung im Haus zu haben, hatte nämlich seine Vor- und Nachteile. Durch seinen Ehrgeiz und Geschick sparten wir zwar einen Haufen Geld, ließen aber viele Nerven, Lärm und Dreck und der letztere machte mich wahnsinnig. Es war wie ein Fass ohne Boden und ich hatte mittlerweile mindestens genauso viele Meter Wischlappen aufgebraucht, wie Stefan Tapetenbahnen. Er fand meinen Wischzwang völlig unnütz, löste das Problem mit geschlossenen Zimmertüren vom bereits fertig renoviertem Schlaf und Küchenbereich und gab mit seinem Schlagbohrer weiter Vollgas. Wenn ich richtig drüber nachdenke, meinte ich mich zu erinnern, dass er beim Hauskauf von ein paar Wochen Hausrenovierung sprach und dafür seinen kompletten Jahresurlaub investierte, doch entweder hatte ich mich verhört oder verkalkte tatsächlich, denn der Umbau dauerte wesentlich länger als besprochen und wir lebten deshalb auch länger wie abgemacht in irgendwelchen Staubwolken.

Stefan hatte mir vor Kaufabschluss alle ihm vorschwebenden baumaßlichen Veränderungen aufgelistet, mir diese zum Bedenken ausgehändigt und ja, ich hatte mir diese Liste auch ordentlich durchgelesen, sah aber die Arbeit nicht, die sich in den einzelnen Wörtern versteckte. Mein Gehirn registrierte nur neues Bad, Ankleideraum, Neue Fliesen und das reichte mir, um allem zuzustimmen.

Ein Graus, doch mein Mann zog sein Ding durch und bohrte und hämmerte wie ein Weltmeister und ich lief zuhause, nach meinem acht Stunden Bürotag, wie angestochen mit Wischwasser und Schrubber durch die Zimmer, um nicht ganz im Dreck unterzugehen. Es zerrte an den Nerven, deshalb plädierte ich wenigstens an manchen Wochenenden auf etwas weniger Staub, dafür auf mehr Freundetreffen. »Wir müssen uns doch wenigsten Mal eine Verschnaufpause gönnen. Mensch Stefan, wir sind beide keine zwanzig mehr, arbeiten

Alltags schon genug und die letzten Wochenenden auch ohne Unterbrechung. Sorry, aber maaaaal muss man doch auch etwas Anderes als Baustaub und Schlagbohrer sehen und hören. «

» Ich habe es dir gleich gesagt. Wenn wir uns zum Kauf entscheiden, dann möchte ich es auch so renovieren, wie wir es uns vorstellen und vom Jammern wird es nicht fertig. «

» Jammern tun Weintrauben. « Mir fehlte zum Diskutieren die Lust.

» Du kannst dich ja mit deinen Freundinnen treffen, ich zieh das hier durch « und setzte den Schlagbohrer wieder an. Der Bauplan umfasste eine neue Raumaufteilung, somit wich die große Küche einem neuen Bad, das alte Bad einem Ankleideraum und nun mussten noch die alten Bodenfliesen im Wohn- und Essbereich erneuert werden. Anfangs dachten wir einfach eine Fliese auf Fliese auf den alten Fußbodenbelag zementieren zu können, doch da spielte unsere elektrische Fußbodenheizung nicht mit, denn bei einer doppelten Fliese inklusive Kleber wurde die Wärmequelle nicht mehr garantiert. Es musste umdisponiert werden, was hieß, dass die alten Fliesen weichen mussten. Als mein Mann mit dem geliehenen Abbaugerät anfing die extrem vermörtelten alten Dinger Stück für Stück zu entfernen, war ich kurz davor, den guten alten Velourteppich wieder in Erwähnung zu ziehen. Abgesehen von den Lärm des Höllengerätes, folgte diesem auch eine ständige Staubwolke und es dauerte Ewigkeiten, bis die Fläche endlich Fliesenfrei wurde. Ich hatte die Schnauze so langsam gestrichen voll und beneidete heimlich meine Freundinnen, die bei den Frühlingstemperaturen mit Sicherheit auf einer Liege im Garten lagen oder es sich sogar mit einer Weinschorle im Pool bequem machten. Ich pustete mir eine Haarsträhne aus dem Gesicht, zog die Arbeitshandschuhe wieder über, nahm den leeren Plastikeimer und füllte diesen weiter mit den kaputten Fliesen, um diese im Bauschutt zu versenken. Ich wischte mir mit dem Handschuh die Schweißperlen aus dem Gesicht und fand im Moment alles irgendwie ungerecht, vor allem diese nervigen Hitzewellen, die keine Frau brauchte. Nur weil der Mensch Sinne und Nerven hatte, bedeutete es nicht zwingend, dass er diese auch immer spüren möchte, dachte ich und winkte unserer netten Nachbarin zu, die mit ihrem Hund Charly spazieren ging. Ich hatte der netten Familie schon ein riesengroßes schlechtes Gewissen gegenüber und spontan die Idee, alle Nachbarn im Umfeld von 500m wegen des Lärms und auch Drecks als Widergutmachung oder kleine Entschuldigung zu einem gemütlichen Grillabend einzuladen und wie auf Kommando heulte der Motor der Schlagbohrmaschine erneut auf und ich verdrehte die Augen.

Stefan hatte meiner Meinung zu viel Ehrgeiz, da konnte ich einfach nicht mithalten. Vom Tragen der schweren Eimer schmerzte mir mittlerweile der Rücken deshalb entschloss ich mich, eine Raucherpause einzulegen und ließ mich in die Hollywoodschaukel plumpsen. Stefan sah dies und, oh Wunder, leistete mir Gesellschaft.

» Na, was machen deine Knochen? «

» Alles gut, ich habe nur etwas Rücken, aber das renkt sich gleich wieder ein. «

» Dann mach doch für heute Feierabend. Ich hau den Boden noch raus, damit wir morgen die Ausgleichsmaße verteilen können und dann mach ich auch Schicht. Montag kommt Karsten zum Helfen. «

» Ich mach so lange wie du und dann bestellen wir uns eine Pizza, ich will ja auch, das wir fertig werden. «

» Wie du meinst, denk aber dran, die Eimer wiegen was! «

» Ich befülle sie ja nur noch halb voll und laufe dafür lieber einmal mehr. « Stefan drückte seine Zigarette aus und zog sich die Handschuhe über. » Du wirst sehen, in ein paar Wochen wirst du froh über den Umbau sein und den ganzen Dreck und Lärm vergessen haben. Zum Glück haben wir ja wenigstens die Küche und das Schlafzimmer schon fertig « und verschwand ins Innere. Ich ging zu meinen Schildkröten, um dort nach dem Rechten zu sehen. Josy lag gemütlich unter der UV-Lampe, Finja wurde von unserem Männchen Schüppi geärgert und Paula genoss Löwenzahnblüten.

14

Ihr habt es gut, dachte ich und streichelte Josy über den Panzer, ihr müsst nicht arbeiten, habt genug Kräuter zu fressen, könnt euch den ganzen Tag faul in die Sonne legen und euer Haus räumt sich selbst von Innen auf. »Und genau deshalb werdet ihr lieben auch so alt, ne Josy?« Ich verließ das Gehege wieder um noch ein paar Fliesen zu entsorgen.

Später, als endlich alle Fliesen aus dem Wohnbereich entfernt waren und wir Pappsatt von der Pizza faul in der Hollywoodschaukel saßen, klingelte mein Handy. Ich war eigentlich zu Müde um noch zu telefonieren, doch als ich Hannas Namen auf dem Display las, nahm ich das ich Gespräch entgegen.

»Hanna! Wie geht es Dir?«

Hanna war seid über Fünfundvierzig Jahren meine beste Freundin, wir hatten zusammen die Schulbank gedrückt, wir wurden zusammen konfirmiert und stellten uns gemeinsam der Pubertät, einer Phase, in der ihr Sohn Fynn, mein Patenkind, momentan mittendrin steckte.

»Hallo Katja und frag nicht. Fynn nervt jeden Tag anders mit seiner launische Art. Mal ist er Mr. Obercool und dann wieder der Fix und Foxy Leser. Morgen habe ich eine Privataudienz bei seiner Klassenlehrerin. Angeblich weiß mein lieber Sohn absolut nicht warum und spielt den Unschuldsengel. Der meint auch ich bin blöd. Ne Ne Ne, was bin ich froh, wenn der Jaus endlich Achtzehn ist und wir die Verantwortung ablegen können. So schlimm waren wir früher nicht! «

Ich lachte. » Sag das nicht, ganz so einfach waren wir bestimmt auch nicht. Ich kann mich noch gut daran erinnern, wie du dich vor deiner Mutter aufgebäumt hast um ihr ständig zu widersprechen. «

» Ach das glaube ich nicht, da vertust du dich bestimmt. «

» Von wegen, da irre ich mich nicht. «

» Na und wenn schon, das ist ja auch alles lang her und mittlerweile ... «

» Pubertät bleibt aber Pubertät. «

» Papperlapapp, dass du zu Deinem Patenkind hältst, hätte ich mir ja denken können. «

» Tu ich gar nicht, ich sehe es nur realistisch und finde man darf nie vergessen, dass man auch mal jung war, aber deswegen rufst du mich doch nicht an, oder? «

» Stimmt, ich wollte dich eigentlich bitten, mich nächste Woche eventuell zum Augenarzt zu begleiten. Sven ist dienstlich wieder unterwegs und mein Arzt schließt für drei Wochen seine Praxis. Ich brauche die Augenhintergrunduntersuchung für die weiteren Untersuchungen. «

» Ja natürlich fahre ich dich. Wann hast du denn den Termin? «

» Nächste Woche Donnerstag, um 16:40 Uhr. «

»Ja das passt. «

»Das ist prima, Danke. Ich wäre ja auch alleine gefahren, aber nach der Untersuchung darf ich mindestens vier Stunden nicht Lesen und kein Autofahren. Ich muss eben alles vermeiden, was Augen anstrengt. «

»Ist doch kein Problem, ich habe Zeit. «

»Aber ihr steckt doch mitten in der Renovierung, da nutzt man doch jede freie Minute um voran zu kommen. «

»Ich werde die freie Minute nutzen, das stimmt, aber um mal rauszukommen und außerdem bekommt Stefan nächste Woche Hilfe von seinem Kollegen, da steh ich den beiden eh nur im Weg. «

»Na dann brauche ich ja nicht ganz so ein schlechtes Gewissen haben. Danke, Katja. Ich lade dich dafür hinterher auf ein Eis oder Tee ein, einverstanden? «

»Immer. «

»Prima, dann sag ich mal bis Donnerstag, grüß mal deinen Bob den Baumeister und macht Euch noch einen schönen Abend. «

»Mach ich, grüß du auch und erzähl mir am Donnerstag mal was die Lehrerin von dir wollte. «

»Bestimmt nichts Gutes « vermutete Hanna und beendete das Gespräch.

*

Hanna hatte das Pech, an einer seltenen Rheumaerkrankung zu leiden und musste deshalb immer wieder verschiedene Fachärzte aufsuchen. Durch die täglichen

Einnahmen mehrere Medikamente hatte sie sich mit der Krankheit arrangieren können, doch nach so vielen Jahren schlugen die Pillen auf die Organe um und das musste medizinisch beobachtet werden. Ihr größtes Problem war momentan ihr leider schlechter werdender Gehörgang. Sie war zwar ein einsichtig, positiv denkender Mensch und konnte gut über sich selbst lachen, doch als ihr der HNO-Arzt zu einer Hörhilfe riet, weigerte sie sich extrem. Alle, auch von uns gut gemeinten Zusprüchen, lehnte sie rigoros ab und je mehr versuche man startete, umso uneinsichtiger wurde Hanna. Erst, ein zum Glück gutausgehender beinahe Verkehrsunfall, ließ sie vernünftig denken und ihr Mann Sven nutzte die Chance und vereinbarte umgehend einen Termin bei einem Hörakustiker. Es musste die absolut kleinste Hörhilfe sein, die der Markt momentan anbot, da nutzten Svens versuche ihr ein günstigeres Modell auszusuchen absolut nichts. Hanna blieb stur und entschied sich für das kleinste und unsichtbarste, aber auch, dass, mit dem höchsten Batterieverschleiß, was bei vergessenen Ersatzbatterien manchmal nervte, aber auch oft für Lacher sorgte. Ihre Art von Rheuma konnte leider nicht nur das Hörorgan böse beeinträchtigen, sondern auch das des Sehvermögens und genau deshalb musste sie halbjährlich zur Kontrolle. Erstaunlicherweise kam sie noch ohne Hilfsmittel gut zurecht und trug lediglich eine Lesebrille, aber die besaßen wir Ü50er sowieso schon alle.

Hanna war, wie wir, mit ihrem Mann Sven schon seit Teenie-Zeiten zusammen und seit gut 20 Jahren verheiratet. Nach zwei Jahren glücklicher Ehe kam Wunschsohn Fynn zur Welt und ich wurde stolze Patentante. Gerne hätte ich meine Freundin auch zur Patentante gemacht, doch Stefan und ich blieben leider Kinderlos, worüber uns Sven öfters beneidete. Bei unserem letzten Treffen in angenehmer Bierlaune kamen wir wieder auf Fynn zu sprechen.

Sven nahm sich eine neue Bierflasche aus dem Kühlschrank. » Wenn ich vorher gewusst hätte, was Hanna und ich da zustande brachten, hätte ich meinen beharrlichen Kinderwunsch klein beigegeben. Ich weiß auch nicht was wir verbrochen haben um so einen Jaus zu bekommen. Schon alleine wie der Junge rum läuft. Die Haare fallen über die Augen ins Gesicht, die Klamotten hängen viel zu groß an ihm, seine Designer Jeans haben mehr Löcher als ein Golfplatz und dann dieses furchtbare Schlurfen! Als ob er Stahlkappen in seinen bemalten Turnschuhen gestopft hat bei dessen Gewicht sein Laufen beeinträchtigt wird. Grausam. Er schlurft wie Methusalem in den Riehler Heimstätten. « Wir bogen uns mittlerweile vor Lachen und auch Hanna, die ihren Sohn immer direkt in Schutz nahm, konnte vor Lachen nichts sagen. Sven nahm richtig Fahrt auf. » Der Pubertierende meinte neuerdings nichts mehr essen zu müssen, also zu den vorgegebenen Mahlzeiten, wohlgemerkt. Egal was wir kochen, es schmeckt ihm nicht und er würde sowieso diäten und wenn wir dann abends im Bett liegen, steht er heimlich mindestens zehn Minuten vor der geöffneten Kühlschranktür um sich dann über alles Essbare herzumachen, was gefunden wird. Und jetzt kommt der Hammer - sein Zimmer! Gut dass ich oft dienstlich nicht zuhause bin, ehrlich. Letztens habe ich seine umweltbewussten vier Wände mal betreten, ich sag euch, ich war geschockt, dabei wollte ich dem Jaus nur ein paar Kopfhörer bringen. Sein Zimmer glich einer Mischung aus Müllkippe, Altpapiersammlung und Flaschencontainer. «

» Na jetzt übertreibst du aber. « Endlich kam Hannas Mutterschutz durch und Stefan fragte lächelnd nach, warum er ihm denn Kopfhörer übergeben wollte. » Na warum wohl? Ich möchte dich mal sehen, wenn du von der Maloche kommst und dir dann noch mindestens zwei Stunden irgend so ein Hipp-Hopp Schwachsinn anhören musst. «

Ich konnte es mir bildlich vorstellen. » Na dann kehrt ja wenigstens musikalisch etwas Ruhe ein. «

» Das meinst du! Kopfhörer sind keine Alternative, denn damit lässt sich schlecht telefonieren, verstehste? « Sven überreichte Stefan noch ein Bierchen und ich musste mir erstmal meine Lachtränen trocknen, bevor es weiterging. » Ihr habt´s gut. Bei euch ist immer alles ruhig und relaxt. Keine laute Musik, keine fremden Leute in der Wohnung, kein Streit und Ärger, immer aufgeräumt, kein Shisha Gestank und niemand, der einem durch Wiederworte ständig provoziert. «

» Ach Sven, du weißt, ich wäre froh, wenn Stefan und ich einen so lieben Jungen bekommen hätten. Euer Sohn steckt halt mitten in der Pubertät, da wächst er auch wieder raus. Du brauchst etwas Geduld und lass ihn einfach machen. Solange er noch regelmäßig die Schule besucht, ... «

Stefan mischte sich ein. » ...genau Sven, da denk mal an unsere Pubertätsphase. Also ich kann mich noch gut daran erinnern, wie oft wir in Religion und Hauswirtschaft blaugemacht haben. Ganz so ohne waren wir auch nicht. «

Hanna setzte sich auf. » Ach nee, und mir erzählst du immer, dass du nie in der Schule gefehlt und deinen Eltern keine Sorgen gemacht hast. «

Jetzt prustete Stefan los. » Das wüsste ich aber! Wer hat denn bei Nacht und Nebel mit einer Säge den Zigarettenautomaten abgesägt und mit nachhause genommen? «

Sven grinste nur schief und prostete Stefan zu. » Ja das waren noch Zeiten! Aber ist ja jetzt auch egal. Ich versteh einfach nicht, wie der Jaus früher 30 Sekunden im Bad verbrachte und plötzlich vier Stunden zum aufstylen braucht? «

» Euer Sohn wird ganz einfach erwachsen, damit müsst ihr euch abfinden. «

Das Thema war an diesem Abend noch lange nicht durch und wir amüsierten uns auf Svens Kosten weiter.

*

>> Alles gut bei deiner Freundin? << Stefan setzte sich mit einem Feierabendbierchen zu mir auf die Schaukel.

>> Ja, soweit alles gut. Dienstag hat sie einen Termin bei der Klassenlehrerin. Sie vermutet einen eher unangenehmen Besuch <<, lachte ich. >> Ach und Donnerstag fahre ich sie direkt nach meiner Arbeit eben zum Augenarzt. <<

>> Was Schlimmes? <<

>> Eine Augenhintergrunduntersuchung hat Hanna gesagt und da die Tropfen ihre Pupillen erweitern, darf sie kein Fahrzeug bedienen, erst, wenn der Effekt nach einigen Stunden abgeklungen ist und da Sven dienstlich wieder mal unterwegs ist, spring ich ein. <<

>> Ist doch selbstverständlich und du brauchst dich dann auch nicht abzuhetzen. Du weißt ja, dass ich nächste Woche starke Hilfe bekomme und da werden wir ein großes Stückchen weiterkommen. Außerdem genießt du den Nachmittag mit deiner Freundin doch auch. Ich kenn dich doch. <<

>> Stimmt. <<

>> Dann gönn dir die Auszeit, viel helfen wirst du mir in den nächsten Tagen eh nicht können und das brauchst du auch nicht, hast genug geschleppt. <<

>> Naja, wer A sagt, muss eben auch B sagen und da ich mich auch für das Haus entschieden habe, muss ich genauso durch das Chaos, wie du. <<

>> Nicht mehr lange, das verspreche ich dir, nur noch ein paar Wochen. Wir haben jetzt schon so viel geschafft, da schaffen wir den Rest doch wohl auch noch, außerdem bauen wir jetzt langsam wieder auf und nicht mehr ab, da sieht man wenigstens ein vorankommen. <<

>> Das hört sich gut an. << Ich goss mir noch ein Gläschen Wein nach.

>> Ich trink noch eben mein Bierchen aus und dann geh ich gleich in die Falle, damit ich morgen früh wieder zeitig starten kann. Bleibst du noch draußen sitzen? <<

>> Ja etwas, ich komme aber gleich nach. <<

*

Die folgenden Tage verging wie im Fluge und immer, wenn ich nach meiner Arbeit nach Hause kam, freute ich mich, denn mit jedem neu gelegten Quadratmeter Fliese, mit jedem farbigen Wandanstrich und mit jedem auch nur kleinsten vorankommen, sah ich unser Ziel näher rücken.

Am Donnerstag holte ich dann meine Freundin pünktlich ab und fragte sie als erstes nach der Privataudienz, die Sie mit der Lehrerin hatte.

Hanna öffnete das Beifahrerfenster, da anscheinend eine Hitzewelle in Anflug war. >> Hör bloß auf! Mein scheinheiliger Sohn hatte keinen Bock auf Mathe, meinte die ganze Tafel mit Seife einzuschmieren und lässt sich dabei noch erwischen. «

» Wie jetzt? Mit was für einer Seife denn? «

» Keine Ahnung, da habe ich gar nicht nachgefragt. «

» Und jetzt? Hat es Konsequenten? «

» Jetzt darf er in der Schule ein paar Sozialstunden ableisten, da der Hausmeister wohl mehrere Stunden die Tafel geschrubbt haben muss, um sie wieder benutzbar zu machen. «

» Wer hat ihn denn erwischt? Ein Lehrer oder ein Mitschüler? «

» Olaf Schubert, der Klassensprecher. «

» Och nö, das ist doch sowieso Fynns Liebling, oder? «

» Genau, die beiden mochten sich von Anfang an nicht. Als Olaf sein vergessenes Pausenbrot aus der Klasse holen wollte und Fynn mit der Seife in der Hand an der Tafel entdeckte, war der Ärger bereits vorprogrammiert und als dann der Mathelehrer seinen Versuch an der Tafel mit Kreide zu schreiben feucht abwischte und es dann zu schäumen anfing, zeigte der doofe Schubert sofort auf Fynn. «

Ich musste über den Streich grinsen. » Wie sehen solche Sozialstunden denn aus? «

» Er darf jetzt seine Pausen in der Schulkantine verbringen und aushelfen, mal nicht mit seinen Leuten in der Ecke stehen und Handyvideos austauschen. «

» Na das geht ja noch, da gibt es bestimmt noch schlimmere Strafen. Ich meine, er hat ja keine Gewalt angewendet oder Mitschüler gemobbt. «

» Das fehlte mir auch noch. Lass uns mal lieber das Thema wechseln, sonst gehen meine Hitzewellen gar nicht weg. Was macht denn die Renovierung? « Und ich erzählte stolz unser Vorankommen, bis wir eine Parklücke Nähe der Praxis fanden.

Hanna schaute auf die Uhr. » Also eine rauchen können wir noch, dann muss ich eben rein. Ich denke, ich werde, wenn ich pünktlich drankomme, in einer guten halben Stunde fertig sein. «

» Ich wollte nur kurz in die Drogerie, brauche etwas gegen Entkalkung – Kopfentkalkung und dann halte ich mich einfach hier im Bereich des Marktplatzes auf. Vielleicht sogar da vorne im Café. «

» Das ist eine gute Idee, dann kann ich dich nachher noch, wie versprochen, auf einen Tee einladen und drück mir mal die Daumen, dass sich meine Sehwerte nicht verschlechtert haben. «

» Hast du denn kein gutes Gefühl? «

» Doch schon, aber man weiß ja nie. Ich möchte nicht auch noch eine Brille verschrieben bekommen, mir reicht schon hier der kleine Mann im Ohr. «

» Das glaube ich dir, aber es nutzt ja nichts. Ich drück dir auf jeden Fall die Daumen, das wird schon « und während Hanna die Praxis betrat, erledigte ich schnell ein paar Einkäufe, entdeckte vor dem Café noch einen freien Tisch und ließ mich dort nieder. Von hier hatte ich auch einen guten Überblick und konnte Hanna nicht verfehlen. Ich gönnte mir ein Stückchen Käsekuchen mit einem Tässchen Tee, beobachtete ein wenig die Menschen, überprüfte meinen Maileingang auf dem Handy und wollte gerade Stefan schreiben, dass ich ein paar Brötchen besorgt hatte die wir nachher noch bei einer gegrillten Wurst essen würden, als eine Lautsprecherdurchsage erklang.

» Hallo und Willkommen zurück zu unserer Jubiläumsfeier. « Ich schaute erstaunt auf und tatsächlich, jetzt entdeckte ich erst die silbernen Luftballons, die die Außenfassade des Reisebüros „Traummodul" zierten. »Wir möchten Sie nochmal an unser Gewinnspiel erinnern, meine Damen und Herren. Noch ist der Hauptgewinn nicht verlost, also kommen Sie näher und erdrehen Sie sich an unserem Glücksrad den Jackpot. Jedes Los gewinnt, es gibt keine Nieten. Viele schöne Präsente warten auf Sie und die Loseinnahmen kommen einen guten Zweck zu Gute. Jedes gelb hinterlegte Feld bedeutet für Sie ein kleines Überraschungspräsent, jedes grün hinterlegte Feld ein Reisegutschein und hinter dem rot hinterlegtem Feld verbirgt sich ein Familienurlaub an der schönen Nordsee. «

Spätestens jetzt hatte das Reisebüro meine Neugierde geweckt, denn ich liebte die raue See und den Wind. Als Kind habe ich viele schöne Urlaube mit meiner Familie an der Nordsee verbracht und verbringe sie auch heute noch gerne am Meer. Ich sah, dass ich nicht die einzige war, die interessiert zum Reisebüro schaute, als die Stimme am Mikrofon fortfuhr. » Für einen guten Zweck, verkaufen wir hier am Schalter die Lose, deren Einnahmen dem neuen Kindergarten ´Villa Kunterbunt` gesponsert werden. Wie versprochen, es gibt keine Nieten, jedes Los gewinnt, ob einen Sach- oder sogar den Hauptpreis. Mit 5,- € sind Sie dabei! «

Eine kleine Menschentraube blieb interessiert am Reisebüro stehen.

» Trauen sie sich, kaufen Sie sich ein Los und unterstützen sie mit ihrer Teilnahme dem neuen Bauprojekt in unserem Ort. Jedes Los ist mit einer Farbe versehen. Sollten Sie das Los mit einem roten Glücksradsymbol ziehen, dürfen Sie Ihr Glück an unserem Glücksrad versuchen. Also liebe Herrschaften, treten Sie näher und versuchen Sie ihr Glück. «

Nordsee, dachte ich gedankenverloren, dass wäre jetzt schön und eine einwöchige Auszeit wäre perfekt um wieder etwas Energie zu tanken, aber mir war schon bewusst, dass durch die Renovierung der Urlaub sowieso gestrichen war. Ich leerte meinen Tee, als Hanna auch schon eintraf.

>> Huhu, da sitzt du ja. <<

>> Hanna! Und? Was sagt der Doc? Kommste durch? << versuchte ich zu scherzen und sie lachte.

>> Ja sicher, Unkraut vergeht doch nicht. Nein, mal im Ernst, die Werte sind gut und haben sich im letzten halben Jahr nicht verändert. Sie sind zwar nicht besser geworden, aber auch nicht schlechter, also erstmal keine weiteren Hilfsmittel in Aussicht. <<

>> Da freue ich mich, obwohl, vorhin bei einem Optiker, lag schon eine schöne Brille im Schaufenster aus, die dir bestimmt gutgestanden hätte. <<

>> Nee Nee, lass mal, die hol du dir mal. Trinkst du noch einen Tee mit? Ich würde mir gerne einen Cappuccino holen. <<

>> Lieber eine Cola Zero, wenn sie haben. <<

Hanna setzte sich zu mir und wir genossen die kleine Auszeit im Café um uns noch etwas zu unterhalten. Vom Reisebüro schallte immer noch Musik und Stimmengewirr rüber und ich klärte Hanna auf, dass das Reisebüro ein Jubiläum feierte und mit dem Verkauf der Lose die Einrichtung eines Kindergartens unterstützen möchte. Der Hauptpreis der Verlosung wäre ein einwöchiger Nordseeaufenthalt, den das Reisebüro sponsert.

>> Und dann sitzt du als Nordseefreak noch hier und hast noch nicht dein Glück am Rad versucht? << Sie schaute mich ungläubig an. >> Komm, wir müssen doch

sowieso dort vorbei, wenn wir zum Parkhaus wollen und dann versuchen wir unser Glück. Okay?! «

Ich lächelte meine Freundin an, denn es stimmte was sie sagte. Für manche war ein Urlaub an der Nordsee undenkbar, für einige zu unspektakulär und dann gab es noch die, die sich die See erst angucken mochten, wenn sie alt waren, doch mir reichte ein Fischbrötchen und ein kühles Alster in einem Strandkorb am Meer. Zum Glück war mein Mann Stefan genauso gepolt wie ich, sonst würde es mit der Urlaubsplanung bei uns echt schwierig werden. Schön, dass unser Weg immer wieder zu der kleinen Nordseeinsel Langeoog führte.

*

Wir kauften uns jeder ein Los. Hanna öffnete ihres als erstes und hatte ein gelbes Los mit einer Nummer, meins hatte das rote Glücksrad Symbol. Wir stellten uns in der kleinen Warteschlange an um unser Los einzuwechseln und schauten den Leuten beim Raddrehen zu. Neben dem Glücksrad war ein Plakat vom Hauptgewinn aufgestellt. » Guck mal, Hanna, das Luftbild sieht aus wie die Insel Langeoog. «

» Echt? Wie cool wäre das denn? « Hanna bat mich, ihr die Beschreibung vorzulesen, da sie von der Augenuntersuchung noch nicht richtig sehen konnte.

» Also, hier steht … «, ich überflog den ersten Teil des Textes und endete mit den Worten » … gewinnen Sie einen Einwöchigen Aufenthalt mitten in der Natur auf der schönen Insel Langeoog. Das wäre der Hammer, Hanna! «

» Na dann drück ich dir mal die Daumen. Vielleicht hast du ja Glück. «

» Lieber nicht, Stefan hat doch seinen Jahresurlaub für die Renovierung verplant und keine Zeit zur Nordsee zu fahren, somit würde ich mich nur ärgern, wenn der Gewinn verfallen würde und außerdem verlosen die hier eine Familienreise. Was sollen wir denn mit so einem großen Ferienhaus, wie da oben auf dem Plakat abgebildet ist? «

» Ist doch egal, versuch einfach dein Glück und wenn du gewinnst und Stefan nicht möchte oder keinen Urlaub mehr hat, dann spring ich ein. « Hanna gab mir einen kleinen Schupser. » Hallo? LANGEOOG! Jetzt dreh endlich! «

Irgendwie war ich innerlich aufgeregt, als wir unsere Lose brav dem Veranstalter übergaben. Hanna durfte sich über einen neuen Regenschirm freuen und mich bat der nette Herr, Schwungvoll an dem Glücksrad zu drehen.

Ich schaute nochmal kurz auf das Plakat, atmete einmal tief durch und drehte kräftig an dem Rad. Klack Klack Klack Klack machten die Holzpinne, die das Rad langsam zum Stoppen brachten und mir die Luft nahm, denn ich steuerte mit meinem Schwung langsam auf den Hauptgewinn zu. Hanna quickte hinter mir auf » bitte bitte bitte « und dann ging die auf dem Rad angebrachte rote Sirene los und ich hatte tatsächlich den Hauptgewinn erdreht. Hanna drückte mich von hinten und bevor ich es wirklich realisieren konnte, kam auch schon die ganze Reisebüro-Crew auf mich zugesteuert um mir zu der gewonnenen Reise zu gratulieren. Hanna zückte schnell ihr Handy und machte von meinem total verdutztem Gesichtsausdruck Fotos, um es an unsere WhatsApp Cocktailrunde zu schicken

» Herzlichen Glückwunsch « Der Inhaber des Reisebüros, Herr Krämer, kam strahlend auf mich zu und reichte mir zum Gratulieren die Hand. Ich war irgendwie wie erstarrt und stammelte nur ein Vielen Dank hervor. Drei Angestellte taten es dem Chef nach, gratulierten mir strahlend und Frau Dolzki, bei der wir Cocktails-Mädels im letzten Jahr eine einwöchige Kreuzfahrt gebucht hatten, überreichte mir eine Flasche Sekt, den gewonnenen Gutschein und bat mich um ein gemeinsames Foto für das nächste Reisemagazin. Was für eine Aufregung. Kurzfristig dachte, ich, ich würde nahe einem Herzinfarkt kommen, da es unter meinem linken Arm ständig vibrierte, doch dann beruhigte ich mich, da es sich um mein Handy handeln musste. Ich war mit dem Gewinn völlig überfordert und froh, als ich mit dem Gutschein und der Flasche aus dem Reisebüro entlassen wurde. Ich sah Hanna mit ihrem Handy auf einer Bank sitzen und schon vibrierte es erneut in der unter meinem Arm geklemmten Handtasche. Hanna sprang auf und drückte mich erneut. » Glückwunsch zur gewonnenen Reise. Ach ich freu mich für dich. Da kommst du schneller an die See, als du dachtest. Ich habe sofort unsere Cocktail-Gruppe benachrichtigt und den Mädels ein Foto von dir und dem Gewinn geschickt. «

» Aha, daher das vibrieren. Ich muss mir jetzt erstmal eine rauchen, Hanna « und ließ mich auf die Parkbank plumpsen. So ein Gewinn konnte anstrengend sein.

*

Mit dem Versprechen, den Sekt mit Hanna gemeinsam zu köpfen, setzte ich meine Freundin wieder zuhause ab und machte mich selbst auch auf den Heimweg. Stefan war noch im Garten mit den Fliesenschneiden beschäftigt und schaute nur kurz auf, als ich auf die Terrasse trat.

Ich war innerlich immer noch sehr aufgewühlt und kurz davor den Stecker des Fliesenschneiders zu ziehen, um meinem Mann von dem Gewinn zu erzählen, aber da ich wusste, wie sehr er bei seiner Arbeit nicht gestört werden wollte, unterließ ich die Versuchung lieber. Schnell zog ich mir bequeme Freizeitsachen an, setzte mich mit dem Gutschein und meinem Handy auf die Hollywoodschaukel und las die Nachrichten meiner Freundinnen aus der Cocktailrunde.

Ines schrieb schlicht ´**Glückwunsch Katja, da freu ich mich für Euch. So eine Auszeit würde mir auch guttun, aber ich gönn sie Euch.** ´ Anke schickte zuerst ein Beifall-Emoji, dann gratulierte sie mir und freute sich zu meinem Gewinn. Als P.S. folgte noch ein Reisebegleiter-Angebot von ihr und Jana übertrieb mal wieder mit ihrer Nachricht. ´**Das ist ja der Burner!!! Ich sag ja immer, die Welt gehört dem, der sie genießt. Also sollte Stefan keine Zeit haben mit dir zu fliehen, dann melde dich**´ Auch hier folgte noch ein P.S. ´**Übrigens, das Foto! Also ehrlich Katja, Du stehst da wie ein bedröppelter Sack, man könnte glatt meinen, du freust dich gar nicht über den Gewinn. Ein bisschen mehr Lächeln hätte nicht nur dem Foto gutgetan, sondern auch den Betrachter!** ´

Typisch Jana wieder, dachte ich, auch wenn ich ihr beim Anblick des Bildes Recht geben musste. Alles um mich herum lächelten freundlich in die Kamera und ich sehe aus, als ob ich mich nicht entscheiden konnte, ob ich nun lachen oder weinen sollte.

*

Stefan trat frisch geduscht auf die Terrasse, als ich grade alles gedeckt hatte und die Würstchen fertig gegrillt waren.

>> Das passt ja wie abgesprochen. Wo ist Karsten denn? Ich dachte dein Kollege isst noch ein Würstchen mit uns <<

>> Der ist nachhause, da seine Frau zum Nachtdienst musste und sie keinen für die kleine Mia haben. Aber keine Sorge, ich habe Hunger für zehn, da ich vorhin noch schnell alle Fliesen geschnitten habe, damit wir morgen früh direkt im Esszimmer mit dem Legen anfangen können. <<

Ich klatschte vor Freude in die Hände. >> Oh das wäre toll. So langsam geht's ja wirklich voran. <<

>> Wird ja auch langsam Zeit, dann haben wir den nächsten Teil vom Umbau bald fertig. Mich ärgert es ja auch, dass der Petersen beim Hausverkauf so geklüngelt hat, wir hätten nämlich schon viel weiter sein können. <<

Stefan ließ sich mit seinem Feierabendbier am gedeckten Tisch nieder und während wir beide in Ruhe aßen, erzählte ich ihm erfreut und immer noch aufgewühlt von dem Gewinn. Mein Mann freute sich total, konnte sich sogar vorstellen mal eine Woche den Hammer fallen zu lassen, doch verfügbare Urlaubstage hatte er in diesem Jahr leider keine mehr.

Kapitel 2
Cocktailabend

Diesen Monat war Ines die Ausrichterin des Cocktailabends, obwohl das Wort Ausrichterin verkehrt war, denn viel auszurichten gab es ja eigentlich nicht. Wir ließen uns immer von unserem Lieblingsitaliener das Essen liefern, tischten ein paar Getränke, sowie Süßkram für die Nerven auf und schon konnte der Abend starten. Unsere Runde traf sich jeden ersten Freitagabend im Monat zu einem gemütlichen Spieleabend und bestand aus fünf Frauen, die alle mittlerweile die Fünfzig Lebensjahre erreicht oder knapp vor sich hatten. Jana, die jüngste von uns, munterte uns immer auf, sobald sich eine Hitzewelle bei der einen oder anderen bemerkbar machte. » Was ist so schlimm daran Hitzewellen und ein paar Falten zu bekommen? Solange alles nur vom Lachen kommt, wünsche ich uns allen noch ganz viele davon, erst recht, wenn wir die sechzig im Sack haben. «

*

Ines hatte Glück mit dem Wetter und deckte im Garten ein. Ihr Sohn Yannik war nach einem halben Jahr London nicht nur erwachsen nach Hause gekommen, sondern auch gleich weitergezogen, denn seine in England kennengelernte große Liebe Sarah lebte in Hamburg und da zog es den Jungen nun auch hin. Ines brauchte sehr lange, um damit fertig zu werden und sah ihre sowieso schon sehr brüchige Ehe nun als gescheitert. Yannik war ihr einziger Halt um es mit Thomas auszuhalten und als ihr Sohn zuhause von seiner Freundin und seinem Vorhaben erzählte, sackte für sie die Welt zusammen. Thomas hingegen starrte seinen Jungen damals nur enttäuscht an, schnappte sich seine Angelutensilien und verschwand für ein Wochenende.

Als Mutter hingegen ließ sie sich ihre Enttäuschung nicht anmerken, konnte die Flucht ihres Sohnes sogar etwas nachvollziehen, da es in den letzten Jahren immer wieder viel zu viel Ärger im Hause Möllmanns gab. Ines und ihr Mann Thomas waren wie Hund und Katze, stritten sich ständig und Thomas sagte oft und vor allem auch vor anderen unschöne Worte zu seiner Frau, dass es den Mithörern schon manchmal peinlich war. Diese Beleidigungen und Aussetzer hatte Ines der Familie zu Liebe einfach hingenommen, aber als ihr nun volljähriger Sohn im letzten Jahr eine Work & Travel Auszeit unternahm, nutzte sie die Chance und den Hilferuf ihrer Freundin Jana, um mit ihr und uns allen die erste Kreuzfahrt ihres Lebens anzutreten. Thomas bekam zuhause einen Tobsuchtanfall als er von ihren Reiseplänen hörte, doch sie war mittlerweile Immun was Vorwürfe betrafen, checkte spontan mit uns allen ein und als sie nach einer Woche erholt und zufrieden nach Hause kehrte, stand für sie fest, dass sie sich von ihrem Mann und dem gemeinsamen Haus trennen musste, denn in dieser Woche hatte sie mal wieder herzhaft lachen können, hatte Spaß und viel Zeit zum Nachdenken. Sie merkte auf dieser Reise, wie wieder Leben in ihr kam und wie schön es war, befreit zu lachen und mit Freude aufzuwachen. Leider oder auch zum Glück spielte einem das Leben manchmal einen Streich bei der Planung, denn Thomas war nach ihrer Rückkehr wie ausgewechselt und warf somit ihr Vorhaben über Bord. Es fing damit an, dass er Ines von der Bushalterstelle abholte, um ihr beim Gepäcktragen zu helfen. Alleine da fiel uns allen schon die Kinnlade bis zum Anschlag runter, für unsere Freundin Ines aber war es erst der Beginn eines neuen Abschnitts, denn Thomas kaufte nicht nur seit neustem gerne ein, sondern versuchte sich auch in der Küche und als er merkte, wie freudig überrascht seine Frau war und dass sie wieder lächelte, überraschte er sie mal mit Blumen, mal mit einem gemeinsamen Spaziergang und manchmal einfach nur mit einem schönen Film und einer großen Portion Popcorn. Alles, was sich in den letzten Jahren in ihr aufgestaut hatte und sie letztendlich zu der Entscheidung einer Trennung brachte, stellte sie im Moment in Frage, dabei war alles schon geplant, sie wollte mit Thomas über die erstmal räumliche Trennung in Ruhe sprechen und bei ihrer Freundin Anke unterkommen. Anke hatte eine kleine Stube als Rückziehort, den ihr Mann hinter ihrem Rücken für seine dominante Mutter umbauen wollte, doch da war Anke schneller und meldete ihre herrische Schwiegermutter persönlich in einem Seniorenzentrum an, in dem sie nun seit einem guten halben Jahr zufrieden lebte.

In den nächsten Wochen war Ines in einer Achterbahn der Gefühle verwickelt, denn Thomas blieb nett, respektvoll und hilfsbereit. Er schimpfte nicht mehr über ihre Raucherei, sondern reichte ihr noch Feuer. Kam sie vom Einkaufen, trug er die vollen Körbe ins Haus und wenn sie in der Küche kochte, deckte er schon mal den Tisch.

Zuerst vermutete sie, dass eine ihrer Freundinnen Thomas heimlich einen Wink gegeben haben könnte, schließlich hatte sie sich ihnen im Urlaub anvertraut, doch eigentlich wusste sie genau, dass sie allen blind vertrauen konnte. Nach ihrer Rückkehr hatte sie durch die angekündigte Kurzarbeit ihres Mannes mit noch schlimmeren Launen ihres Mannes gerechnet, doch die blieben genauso aus, wie seine typischen Angelfluchten. Alles irgendwie unheimlich, doch auch unheimlich toll, fand Ines und merkte, wie langsam wieder vergessene Gefühle ihrem Mann gegenüber aufkommen. Früher dachte sie immer, spätestens, wenn ihr Sohn mal ausziehen würde, wäre es Zeit ihren Mann zu verlassen um noch mal neu zu starten, doch jetzt war alles anders gekommen und beide hatten wieder Spaß. Wie früher. Was sagte Thomas letztens noch beim Abendessen *„Es gab ein Leben vor Yannik und es wird auch eins nach Yannik geben"* und er sollte recht behalten.

*

Ines deckte den Tisch mit Chips und Salzstangen ein, stellte Aschenbecher parat, schaltete die Musikanlage an und wollte gerade noch ein paar Gläser aus der Vitrine holen, als Thomas pfeifend aus der Küche kam.

» Ich habe dir den Eiswürfelbehälter mit Crash-Eis gefüllt und noch etwas Orangensaft aus dem Keller geholt. «

Ines lächelte. » Das ist ja lieb von dir, vielen Dank. Langsam machst du mir echt etwas Angst. «

» Sei doch froh. «

» Das bin ich ja, ich will mich ja auch um Gottes Willen nicht beschweren, es ist nur manchmal so ungewohnt, dass du überall mit anpackst und hilfst. «

Thomas lachte.

» Ohhh ein Lachen aus diesem Hause habe ich ja schon lange nicht mehr vernommen. « Jana war die erste heute Abend beim Cocktailabend. Sie drückte zuerst Ines zur Begrüßung und dann auch Thomas. » Schön zusehen, dass du überhaupt lachen kannst, « neckte sie ihn noch und er konterte gekonnt zurück » Tu du mal nicht so, als ob dein Mann zuhause etwas zu lachen hätte. Ich habe ihn letzte Woche beim Einkaufen getroffen und er tat mir richtig leid, als ich seinen Feierabend-Aufgabenzettel sah. Einkaufen, Reinigung und noch einen Drogeriebesuch hatte der arme Kerl noch vor sich. «

» Na und? « Jana wurde schnippisch. » Du warst doch selber einkaufen. Außerdem lebe ich nach dem Motto, gib den Männern Aufgaben und sie haben keine Zeit für andere schöne Dinge im Leben. «

Thomas schüttelte den Kopf. » Ich steh momentan ja noch in Kurzarbeit und habe die Zeit mich um Einkäufe zu kümmern, während meine Frau arbeitet. Dein Henning geht neun Stunden am Tag malochen und muss anschließend noch deinen vorgeschriebenen Stundenplan abarbeiten. Fair ist das nicht. «

» Papperlapapp, Henning macht das gerne für mich und außerdem braucht er Beschäftigung, sonst ... «

» ... kommt er auf dumme Gedanken? «

Jana stemmt ihre Hände in die Hüften und guckte Thomas provozierend an. » Soll das eine Anspielung auf seinen Ausrutscher sein? «

Thomas hob zur Abwehr die Hände in die Höhe. » Von einem Ausrutscher weiß ich nichts «, wehrte er ab. » Ich wollte sagen, sonst kommt er auf dumme Gedanken und verwirklicht eine von seinen skurrilen Ideen? «

Ines erschien auf der Terrasse und unterbrach die beiden. » So Jana, möchtest du schon etwas trinken oder warten wir auf den Rest von uns? «

» Mich brauchst du nicht zu fragen, ich habe doch immer Durst. « Jana stellte ihre Handtasche auf einen der Stühle, nahm sich ihre Zigaretten heraus und war überrascht, als Thomas ihr zwinkernd Feuer hinhielt. » Tja Jana, bei manchen ist die Liebe vergänglich, der Durst aber lebenslänglich. «

Jana streckte ihm die Zunge raus. » Weißt du was Sportsfreund, wäre schön für uns Mädels, wenn du dich langsam vom Acker machst und uns den Abend genießen lässt. Ines? Bleibt dein Mann etwas den ganzen Abend als freiwilliger Diener bei uns am Tisch stehen? «

Ines lachte. » Nein, Thomas ist quasi schon verschwunden. «

» Genau, ich bin eigentlich schon unterwegs zum Angelkollegen. «

» Ach so nennt du das? Spielt ihr heute Fische-Quartett? «

Thomas musste lachen, ließ sich von Jana nicht aufziehen und verschwand.

*

Anke und ich waren fast Nachbarn und trafen uns an der Ecke; um dann gemeinsam zu unserer Freundin zu gehen.

» Huhu «, Anke winkte mir zu » Na da bist du ja, pünktlich auf die Minute. «

» Hallo Anke. Ging leider nicht schneller, ich musste noch die Schildkröten füttern und Stefan habe ich schnell noch ein paar Brötchen belegt. «

» Ich bin ja auch gerade erst gekommen. « Sie harkte mich unter und gemeinsam machten wir uns auf den kurzen Gehweg von ca. 10 Minuten und unterhielten uns über die vergangene Woche.

Schon von weitem hörten wir Janas Stimme aus dem Garten der Familie Möllmann.

» Hör mal, das ist doch Jana. Was ist denn mit ihr heute passiert, dass sie schon vor uns da ist. Entweder Durst, wieder mal Ärger mit Henning oder meinst du, sie hat sich geändert und braucht keinen gestressten Soloauftritt mehr? «

Ich musste lachen, war selbst auf die Antwort gespannt und da in diesem Augenblick auch unser fünftes Mitglied Hanna eintraf, waren wir vollzählig und nahmen den Hintereingang zu Ines Garten.

» Huhu «, quietschte Jana da auch schon. » Da seid ihr ja endlich. «

» Also das Wort endlich musst du gerade sagen. Soweit ich zurückdenken kann, ist heute das erste Treffen, wo du mal pünktlich auf der Matte stehst «, knuffte Anke sie in die Seite.

» Da muss ich Anke recht geben «, begrüßte ich erst Ines und dann Jana. » Komischerweise bist du bisher immer nur pünktlich gewesen, wenn du der Gastgeber warst… «

» … und somit sowieso deinen Extraauftritt hattest. « gab Hanna noch dazu.

Jana nahm uns die Direktheit nicht übel, sondern lächelte nur schief. » Na ihr scheint mich ja doch besser zu kennen, als ich geahnt hätte « und kniff uns ein Auge zu.

Es wurde wie immer ein lustiger und geselliger Abend bei uns fünfen. Wir bestellten unser Essen bei unserem Lieblingsitaliener, spielten bis zur Lieferung Rummikub und dann genossen wir unser Essen.

» Also die Nudeln mit Brokkoli sind einfach unschlagbar «, fand Ines. » Thomas hat zwar auch letzte Woche welche gekocht, aber die hier sind einfach klasse. «

» Wie? Thomas kocht jetzt auch und das Ganze in der Küche und nicht vor Wut? « staunte Jana.

» Warum denn nicht, mein Peter kocht auch gerne und dein Mann, Hanna, doch auch, oder? Sven steht doch auch gerne am Herd. «

» Ja da stimmt. Sven hat immer sein Feierabendbier neben der Herdplatte stehen, im Radio den Sender Paloma laufen und dann schwingt er den Kochlöffel. «

Ich musste lachen. » Das kann ich mir echt bildlich vorstellen. «

» Kocht Stefan auch schon mal? « Jana suchte irgendwie wieder einen Aufhänger, dass konnte sie gut, deshalb reagierte ich ganz gelassen zurück » Sagen wir mal so, Stefan kann kochen und er würde nicht verhungern, aber er muss nicht unbedingt jeden Tag am Herd stehen. Er ist eben eher der, der sich mit Werkzeugen oder im Garten austoben kann. «

» Muss ja auch gemacht werden «, nuschelte Anke, schob sich noch ein Pizzabrötchen nach und fragte mich kauend » was war denn eigentlich mit deinem Gewinn vor zwei Wochen? Habt ihr schon Urlaub gebucht? «

» Gebucht! Wir stecken doch mitten in der Renovierung. Meinst du Stefan lässt sein Werkzeug fallen um ein paar Tage zur Nordsee zu fahren? Im Leben nicht. Er hat sein Ziel vor Augen und möchte unser Zuhause bald fertigbekommen, da hätte er gar keine Ruhe zum Wegfahren. «

Anke schluckte. » Schade, also ich hätte die Ruhe. Heute vor knapp einem Jahr waren wir mit unserem Dampfer auf hoher See. Ach Mädels, das war schön. «

» Da habe ich heute Morgen auch noch dran gedacht. « Ines schüttete allen noch etwas Wein nach. » Es war für mich eigentlich der schönste Urlaub überhaupt. «

» Ach das meinst du nur. « Hanna nutzte die Serviette, da sie ihre Margaritha Pizza immer mit den Händen aß. » Ihr habt doch früher auch immer schöne Reisen mit Yannik nach Malle und Griechenland unternommen. «

» Schon und die Urlaube waren auch schön gewesen, aber nicht so lustig und abenteuerlich, wie die Woche mit euch. Wenn ich alleine an unseren Quizabend oder das Aktivbingo denke! « Ines schüttelte den Kopf.

>> Mir fallen spontan die tollen Souvenirläden und bunten Boutiquen ein <<, schwärmte Anke und nahm sich ein weiteres Pizzabrötchen.

>> Das ganz Schiff, die Atmosphäre, die Stimmung, die tollen griechischen Inseln, ... es war einfach alles toll. Ich guck mir noch oft die Bilder auf meiner Kamera an. << Ich hatte sehr viele Bilder gemacht und zuhause allen ein Fotobuch zur Erinnerung erstellt.

Hanna lehnte sich zurück. >> Stimmt Katja, Kalimera haben die immer gesagt, ne? Bin ich letztens bei einem Kreuzworträtsel nicht draufgekommen, aber jetzt, wo wir drüber sprechen, fällt es mir auch wieder ein. <<

>> Ich habe nicht Kalimera, sondern Kamera gesagt. Jetzt sag mir nicht, dass du dein altes Gerät wieder in deine Ohrmuschel gesetzt hast? Das, was ständig kaputt ist? <<

Hanna grinste. >> Habe ich getan, aber nur, weil mein anderes zur Reparatur ist und ich es erst wieder am Montag abholen kann. <<

>> Na das kann ja heiter werden. << Jana verdrehte die Augen. >> Das Flüssige muss ins Durstige, also Mädels, lasst uns zusammen den Wein weghauen, dann verlieren wir alle etwas Gehör und verstehen Hanna bei ihren Ausfällen besser. << Wir stießen an und Jana fing das Thema Reisen nochmal auf. >> Wie lange ist denn dein Gutschein gültig, Katja? <<

>> Ab Gewinntag ein Jahr. <<

» Aha und wie lange werdet ihr noch in den Renovierungsarbeiten stecken, bis ihr euch mit ruhigem Gewissen eine einwöchige Auszeit gönnen werdet? «

» Boah Jana, das ist schwer einzuschätzen. Im Innenbereich werden wir dieses Jahr fertig, dann muss aber der Garten und der Vorgarten auch noch etwas aufgepeppt werden. Ich schätze, wenn du mich so fragst, dann werden wir noch bestimmt die nächsten 2-3 Jahre renovieren. Warum? «

» Na warum wohl, weil ich nicht möchte, dass dein Gutschein verfällt. Ich weiß ja, dass du bei so manchen Losbuden schon mitgespielt hast und eigentlich immer nur Pech oder kleine unnötige Sachpreise gewonnen hast, deshalb … «

Jana wurde von Hanna unterbrochen, die an ihrem Hörgerät schubberte, bis es Plöpp machte. »T´schuldigung, jetzt versteh ich auch wieder etwas, kannste noch mal von vorne anfangen? «

» Du machst mich mit diesem Gerät wahnsinnig, Hanna! « Jana wiederholte die letzten Worte.

Anke putzte sich seelenruhig den Mund ab. » Jetzt sag schon, Jana, dass du den Gutschein haben möchtest. Mein Gott, du sprichst aber auch immer um den heißen Brei herum! Willst du ihn abkaufen oder an was hast du gedacht? «

Jana lachte. » Ich kann euch echt nichts vormachen, Mädels, ihr habt mich schon wieder durchschaut. Und ja, Anke, warum denn nicht, ich meine bevor der Gut-schein jetzt wirklich verfällt, dann könnten wir Mädels doch noch mal einen gemeinsamen Trip wagen, oder? « Sie nahm sich nochmal die Weinflasche zur Hand.

Anke schaute zu den Nudeln von Ines. » Magst du nicht mehr? «

» Ich bin Pappsatt. War aber sehr lecker gewesen. «

» Darf ich deinen Rest dann haben? Wenn mir die Nudeln nämlich schmecken, bestelle ich sie mir das nächste Mal. «

Ines lachte und schob die restlichen Nudeln ihrer Freundin rüber. » Hättest doch vorhin schon probieren können, da waren die Nudeln noch schön heiß, jetzt schmecken sie nicht mehr ganz so toll. «

» Egal, ich will ja nur mal kosten. «

Ich war auch satt und schob meinen Pizzarand in eine Ecke des Pappkartons. » Was spielen wir denn gleich noch? Scrabble, Triominos, Tabu oder Cranium? «

» Alles, nur kein Stadt-Land-Fluss «, wehrte sich Ines sofort. » Das kann ich nicht und unter Zeitdruck noch weniger. «

» Da ist ja unser Jammerlappen wieder. Ich fände Triominos ganz gut. Bei Tabu müsstet ihr mir die Be-griffe so laut erklären, damit ich euch verstehe. « Hanna zeigte auf ihre Hörhilfe.

» Na gut «, ich stand auf. » Dann räume ich eben den Tisch ab und dann kann es meinetwegen losgehen.

Anke? Bist du mit dem Essen fertig? Kann ich abräumen? «

*

Konnte ich und nachdem Verdauungsschnäpschen wurde der Klassiker Scrabble auf den Tisch platziert. Anke freute sich. » Das haben wir aber auch schon lange nicht mehr gespielt. Darf ich mit den Buchstaben ziehen anfangen? «
» Ja klar, fang mal an zu ziehen, ich ziehe mir auch noch einen, aber als Schnäpschen. Noch jemand? «
» Mach mal langsam, Jana, der Abend ist noch jung. «
» Ja Ja, ich kann doch was vertragen, dass wisst ihr doch, hicks. «
» Man hört's. Also ich zieh dann mal. «
Scrabble war wirklich ein sehr schönes Brettspiel, bei dem der Spieler aus zufällig gezogenen Buchstaben Wörter legen und dabei die verschiedenen Bonusfelder auf dem Spielbrett nutzen konnte.
» Sag mal Hanna, was bitteschön soll denn ein Mündel sein? Das habe ich ja noch nie gehört? « Das Wort kam mir irgendwie komisch vor.
» Davon habe ich aber auch noch nichts gehört. Ist das was zum Essen? « fragte unsere Anke wieder, doch Hanna klärte uns auf. » Ein Mündel ist eine Person, die unter Vormundschaft steht. Das weiß ich genau, denn ich hatte die Tage den Fernseher beim Bügeln laufen

und hatte mich gefragt, was eine Windel mit einer Vormundschaft zu tun haben sollte, doch da hatte ich mich verhört, denn es war keine Windel, sondern ein Mündel. Ist schon manchmal witzig, was man für Sachen hört, wenn man das Hörgerät nicht trägt. «

» Für dich vielleicht, aber für deine Mitmenschen bestimmt nicht immer. «

» Mag sein, aber zuhause habe ich manchmal keine Lust auf das Gerät. Das ist so wie bei euch. Wenn ihr nachhause kommt, schlüpft ihr doch bestimmt auch aus der Jeans in die Joggingshose, oder? «

Ich notierte Hanna 14 Punkte für ihr ausgelegtes Wort. » Also ich bestimmt. Ich laufe zuhause nur in bequemen Sachen rum. «

» Ich auch, « schaltete sich Ines dazu. » Also zählt das Wort, ok. Ich mach dann mal weiter « und sie nutzte die gelegten Buchstaben von Hanna um das Wort Meinkot anzulegen.

» Gut das wir schon gegessen haben, Ines. Was soll das denn sein! Du meinst doch jetzt nicht wirklich …«

» Meinkot ist eine Stadt in Niedersachsen. «

» Quatsch, jetzt erzählst du uns aber einen. Ines Ines, immer, wenn du anfängst zu verlieren, versuchst du zu mogeln. «

» Ich mogle nicht, Anke. Frag doch Herrn Google nach dem Ort. Den gibt es wirklich. «

Ich musste lachen. » Ich glaube dir und schreibe dir 13 Punkte auf. Seid ihr einverstanden? «

» Es sind aber 26 Punkte, wegen doppeltem Wortwert. So Jana, du bist dran. «

Jana zündete sich eine Zigarette an. » Hmmm, da muss ich erstmal überlegen, ich habe so blöde Buchstaben gezogen. «

» Dann setz einmal aus. « Typisch Anke.

» Das hättest du wohl gerne. Wartet mal, irgendwas muss doch hier gehen. Gebt mir mal ein Minütchen. «

Was bei unserer Freundin Minütchen hieß, dass wussten wir alle, deshalb nutzte Anke die Chance um die Toiletten aufzusuchen, Ines holte nochmal Getränkenachschub, Hanna überprüfte ihre WhatsApp Eingänge und ich beobachtete Jana beim überlegen.

Jana war die jüngste in unserer Runde und auch die problematischste. Sie lebte mit ihrem Langzeitfreund Henning seit über 18 Jahren in wilder Ehe und diese „Ehe" konnte man tatsächlich so nennen, denn es gab in den Jahren viele Trennungen, räumliche sowie persönliche, aber immer wieder auch hoffnungsvolle Versöhnungen. Jana war nie ein Kind von Traurigkeit, war immer und trotz ihrer Beziehung gerne mit anderen Männern am Flirten und machte auch keinen Halt davor, wenn ihr Henning neben ihr stand. Aber was ich als eher peinlich fand, war für Jana ein Spiel. Ines sah es wie ich und gab ihr letztens noch zu verstehen, dass sie sich beim Spielen mit dem Feuer schon bewusst sein müsste, dass man sich dabei auch leicht verbrennen konnte. Jana erwiderte darauf nur cool, dass nur, wer das Spiel mit dem Feuer nicht beherrschen würde, sich die Finger verbrennen würde. Ich glaube, so manches Mal hat sie sich ihre manikürten Hände bestimmt schon verbrannt, aber mischte mich nicht ein. Henning, ein gutmütiger Mensch, der für seine Frau alles tat, war vor ca. 2 Jahren in einem schwachen Moment ein One-Night-Stand passiert, aber auch hier hat Jana ihm die Vorlage für diesen Ausrutscher gegeben, denn sie konnte schon recht dominant und garstig in einer Beziehung sein. Wie in diesem Fall. Hier war wieder mal ein nicht unbedingt nötiger Streit ihrerseits herausgefordert worden und hat Henning vertrieben.

Jana war eine Frau, die viel Anerkennung und Ruhm brauchte, gerne im Mittelpunkt stand und immer alles perfekt hatte, doch sie hatte auch ihre guten Seiten. Eine davon war zum Beispiel ihre Hilfsbereitschaft. Sie gehörte zu denen, die man nachts anrufen konnte und sie wäre für einen da. Mit ihr konnte man Pferde stehlen, sie machte allen möglichen Quatsch mit und hatte oftmals gute Ideen, die ihr im Moment zu fehlen schienen.

>> Sag mal, wie lange brauchst du denn noch um ein Wort anzulegen? << Anke war mittlerweile wieder zurück.

>> Ich kann mich heute irgendwie nicht wirklich konzentrieren und dazu habe ich auch noch schwierige Buchstaben gezogen. <<

>> Ja dann setzt doch eine Runde aus! Habe ich dir gerade schon mal geraten. <<

>> Gebt mir noch eine Minute. <<

>> Boah, Jana. <<

>> Ja was denn? 75% des Hirns besteht aus Wasser, da kann man sich nicht immer konzentrieren. << Sie trank ihr Pinnchen auf Ex aus und schüttelte sich kurz. >> Ha! Seht ihr. So schnell wirkt der Schnappes << und legte endlich das Wort Fusel aus.

*

Bis kurz vor Mitternacht spielten wir noch weiter, dann machte Hanna die Abrechnung für die verlorenen Spiele pro Person fertig, denn die mussten bezahlt werden. Jana hatte mal wieder das Glück und musste von uns allen am wenigsten in die Kasse einzahlen.

>> Du scheinst echt manchmal zu mogeln, << ärgerte sich Ines.

>> Aber da kann ich doch nichts für. Ach Mädels, ihr wisst doch. Glück im Spiel, ... <<

>> Jetzt fang nicht wieder mit deiner ewigen Henning-Laier an. << Anke konnte es nicht mehr hören. >> Dann musst du dich von deinem Partner trennen und dir halt einen neuen backen. Mensch Jana, wie lange kauen wir das Thema jetzt schon mit dir durch und am Ende machen wir uns alle wieder Gedanken und ihr zwei sitzt händchenhaltend auf einer Bank. Ich mag es echt nicht mehr hören. <<

Jana schien etwas erschrocken von der Reaktion zu sein, fasste sich aber schnell wieder. » Ist ja gut! Du tust ja gerade so, als ob ich mich ständig über meine Beziehung ausheule. «

Hanna schaltete sich in das Gespräch ein » So in etwa ist es ja auch. Jetzt lasst uns den Abend nicht mit Männern und Problemen ausklingen lassen, okay? «

» Genau! Ganz meiner Meinung. Also Themawechsel. Wie war das nochmal mit deiner gewonnenen Nordseereise, Katja? Was sagtest du, wie viele Personen dürfen da verreisen? « wechselte Jana froh das Thema.

» Es ist ein Familienurlaub, da war keine Personenzahl angegeben. Warum fragst du? «

» Na nur mal angenommen, dein Mann hat keine Zeit oder keine Lust oder wie auch immer, dann würdest du doch bestimmt uns fragen, ob wir dich eventuell begleiten möchten, oder? «

Ich musste lachen.

» Na, ich fand unsere Auszeit letztes Jahr so schön, und da dachte ich, wir könnten es evtl. wiederholen. «

» Was willst du dir holen? Austern? « Hanna wieder.

Ines zeigte auf die Ohren. » Hanna? Schüttel mal dein Gerät im Ohr, da stimmt wieder die Frequenz nicht. «

Hanna tat es, es machte Plöpp und schon war sie wieder online. » Also was war zu holen? «

» Nichts, ich wollte nur auf eine Wiederholung plädieren, was unsere Reise vom letzten Jahr betrifft. «

>> Ach so, ja da wäre ich auch für, aber das habe ich dir ja schon vor dem Gewinn gesagt, ne Katja? <<

>> Das stimmt und das noch bevor ich wusste, dass ich überhaupt die Reise gewinnen würde. <<

Anke, die sich mit der Schale Chips begnügte, war auch der Meinung, dass wir unbedingt nochmal zusammen verreisen sollten, nur Ines war recht ruhig bei dem Thema, was auch Hanna bemerkte. >> Ines? Alles klar? Du sagst ja nichts zu dem Thema. <<

>> Na ja <<, druckste sie herum. >> Wie soll ich das sagen… also Lust hätte ich definitiv, aber auch etwas Angst, dass sich mein Mann nach meiner Rückkehr wieder zurück entwickelt und wieder der schimpfende Hausdrachen wird. <<

Hanna schüttelte den Kopf. >> Quatsch. Thomas tat eure kleine Auszeit genauso gut wie dir und ihm wird da so einiges klargeworden sein. Er weiß doch, was er an dir hat. <<

>> Okay Okay <<, lachte ich in die Runde und tippte mir an die Schläfe. >> Ist hier oben abgespeichert! <<

Kapitel 3
Die Entscheidung

Unsere Renovierungen nahmen langsam Form an und wir waren zufrieden, alles sah genauso aus, wie wir es uns vorgestellt hatten

» Wenn das neue Bad erstmal fertig ist, bin ich so richtig froh. « Ich verriet, das ich mittlerweile schon von Wischmopp und Co träumte.

» Ja das ist der feine Staub, der sich in jede Rille setzt und ich denke, es ist damit noch nicht getan, denn spätestens, wenn ich die Fliesen im jetzigen alten Bad heraushaue, gibt´s die nächste Staubwolke. Wo gehobelt wird, fallen eben Späne «

» Ach nö, Stefan, musst das denn sein? Ich meine, kann man nicht die Fliesen an der Wand lassen und einfach nur etwas drüber putzen und dann streichen? Es wird doch nur ein Ankleideraum und kein Wohnzimmer. «

Stefan lachte und schüttelte den Kopf. » Das nennt man Fusch am Bau. Natürlich wird deine Idee gehen, aber dann wird der Raum doch kleiner und außerdem sprechen wir hier von ungefähr einer Arbeitswoche! «

Jetzt musste ich lachen. » Hallo? Wir reden hier von vielleicht knapp 1cm weniger Raum! «

» Pro Wand! «

>> Ja und? Bei 4 Wänden macht das ganze 4 cm! Ich denke, das kann man verkraften, wenn man sich dadurch Arbeit, Mühe und vielleicht auch Geld spart. <<

>> Typisches Frauendenken. << Für Stefan war das Thema durch.

>> Für meinen Gewinn würde sich genau die Woche anbieten. <<

>> Ne, Katja, eins geht nur und du kennst mich, ich könnte im Urlaub gar nicht abschalten. <<

>> Ja ich weiß, ich dachte ja auch nur, weil der Gutschein nur in diesem Jubiläums-Jahr gültig ist und wann hat man schon mal die Chance umsonst eine Woche zu genießen! <<

Stefan sah mich an. >> Da gebe ich dir recht, aber wenn du doch so gerne verreisen möchtest und Energie tanken musst, dann frag doch mal Hanna ob sie dich begleiten möchte. Es hört sich jetzt doof an, aber mir würde es nichts ausmachen, wenn du fahren möchtest, ich hätte genug Aufgaben hier und wenn Karsten wieder zum Helfen kommt, dann stehst du uns sowieso oft mit deinem Wischeimer im Weg. Wie gesagt, es ist nicht böse gemeint, aber viel helfen kannst du uns nicht und wenn du noch genug Urlaubstage hast, dann frag doch deine Freundin. <<

>> Urlaub hätte ich genug. Ich habe ja noch Resttage vom alten Jahr. <<

>> Ja worauf wartest du dann noch? Ruf Hanna an und wenn Sven alleine mit seinem Pubertierenden nicht klarkommt, dann soll er ihn mir vorbei schicken. Arbeit hat noch keinem geschadet. <<

*

Ich ließ mir noch ein paar Tage Zeit, überlegte, ob ich den Gutschein verschenken oder tatsächlich selber nutzen sollte. Stefan fragte mich fast jeden Abend, ob ich nun endlich gebucht hätte. Schien, als wollte er mich tatsächlich loswerden, was er dann auch bald schaffte, als es zuhause bald zu einer Explosion kam.

Meiner Explosion!

Ich hatte gerade mal wieder versucht, unser Zuhause so gut wie möglich vom Baudreck zu befreien, als mein Mann mit zwei voll beladenen Müllsäcken geschultert durch die Küche auf die Terrasse gehen wollte, dabei meinen Wischeimer übersah und samt den Beuteln galant versuchte, sich selbst zu fangen. Wären ihm bei dem Paddelversuch nicht die beiden Säcke von der Schulter gerutscht und aufgeplatzt, hätte ich lachen können, doch als ich meinen Mann dank der Riesenstaubwolke kurz nicht sah, bekam ich Puls.

Stefan gab natürlich mir die Schuld, da ich den Eimer angeblich mitten im Weg stehen gelassen hatte und ich war wie erstarrt und entschloss genau in diesem Augenblick, dass ich wegmusste, sonst konnte man mich irgendwo einliefern. Kurzer Hand schnappte ich mein

Handy, um meine Reisepläne direkt meiner Cocktail-Gruppe mitzuteilen:

´Hallo Ihr Lieben,

ich habe es mir mit der gewonnenen Reise überlegt und beschlossen, meine Lieblingsinsel Langeoog zu besuchen. Mit der netten Dame von der Hausvermietung habe ich bereits telefoniert und da die Nachfrage der Reiselustigen in diesem Jahr stark gefragt ist, konnte man mir nur noch die zweite Juni Woche oder erst wieder ab Ende Oktober die Woche anbieten.

Naja und da es sich ja um ein Familienhaus handelt, frage ich hier mal in die Runde, ob jemand von Euch Mädels mich begleiten möchte?

Hier nochmal die Daten:

Termin 06.06. – 13.06.

Ziel: Langeoog

Unterkunft: Ruhig gelegenes Familienhaus für bis zu 6 Personen, inkl. Garten, Whirlpool und Sauna.

Ich würde mich riesig freuen, wenn der ein oder andere von Euch Lust und Zeit hätte, mich auf die schönste Insel der Nordsee zu begleiten.

Warte gespannt auf Eure antworten.

Liebe Grüße

Eure Katja`

*

Ich brauchte gar nicht lange auf eine Antwort zu warten, denn Anke, meine Freundin von gegenüber, meldete sich sofort. Sie lebte mit ihrem Mann Peter zusammen im Elternhaus und war, wie wir, leider Kinderlos geblieben. Wenn man Anke nach ihren Hobbys fragte, kam spontan Essen und Garten zur Antwort, aber auch Fahrradfahren und walken. Anke und Peter waren Genießer, lebten und liebten gutes Essen und gingen gerne auf Reisen. Peter, der kleine Kontrolleuer von beiden, hatte sämtliche Geldausgaben im Visier und überprüfte ständig Konto und Zählerstände. Verbrauchte seine Frau mal wieder zu viel Wasser, verteilte er sofort eine rote Karte und dann konnte es schon vorkommen, dass Anke kalt duschen musste, da er den Warmwasserregler auf maximal 5 Minuten gestellt hatte. Peter war in manchen Situationen schon etwas dominant, ganz wie seine Mutter, die er im letzten Jahr hinterm Rücken seiner Frau zuhause in der kleinen Anliegerwohnung unterbringen wollte, doch da ging

Anke auf die Barrikaden, denn mit der Mutter konnte sie noch nie gut Kirschen essen und Peter, ja den musste sie auch manchmal den Kopf zurechtrücken, damit er wieder etwas Bodenständiger wurde.

Anke las meine Nachricht, als Peter gerade mit einem kleinen Ordner in den Garten kam.

>> Sag mal Anke, was ist denn das hier für eine Abbuchung? Ich kenne keine Firma Produs. Die buchen uns 174,94 € ab. <<

Anke setzte sich von ihrer Liege auf. >> Ich kenne sie aber, dass ist der neue Schuhladen in der City. <<

Peter schluckte schwer. >> Möchtest du mir damit sagen, dass du dir letzte Woche ohne meinem Wissen Schuhe im Wert von knapp 180,- € gekauft hast? <<

Anke tat völlig unbeeindruckt. >> Sieht ganz danach aus, es sei denn, die Bank hat sich vertan. <<

Peter, langsam Farbe annehmend, atmete tief ein. >> Sag mal Fräulein, langsam bin ich der Meinung, dass zu deinem bestimmt sechzigsten Paar Schuhe ein neuer Schuhschrank gekauft werden muss und dafür haben wir hier keinen Platz. Du kannst doch nicht immer alles kaufen was dir gefällt. Dann sortiere doch wenigsten deine alten Galoschen mal aus. Wenn ich in deinen Schrank gucke, dann sehe ich Schuhe, Stiefel, Sandalen in sämtlichen Farben und Formen, sogar deine Gummistiefel sind gepunktet. <<

>> Ich verstehe dein Problem gerade nicht. << Anke konnte manchmal auch etwas zickig werden. >> Wenn

ich es mir nicht leisten könnte, dann würde ich nicht so viele Schuhe besitzen, oder? Schließlich gehe ich auch arbeiten und außerdem braucht Frau das manchmal für ihr Ego. «

» Das ist doch quatsch was du da sagst. Als ob ein paar neu Schuhe glücklich machen. «

» Wer sagt, man kann Glück nicht mit Geld kaufen, weiß nur nicht, wo man shoppen gehen muss, « donnerte Anke heraus.

» Da hat doch das eine mit dem anderen nichts zu tun. « Peter setzte sich zu seiner Frau. » Ich versuche die ganze Zeit richtig zu konsumieren, sogar Impulskäufe bei manchen Angeboten zu unterlassen und du wirfst unser Zaster in hohem Bogen raus. Wie oft habe ich dir schon gesagt, dass ein Einkaufszettel bares Geld wert ist, wenn man davon nicht abweicht. «

Anke verdrehte die Augen. » Du hast definitiv den falschen Beruf erlernt, hättest besser bei der Fahndung anfangen sollen und jetzt würde ich gerne das Thema wechseln. «

» Ungerne, sehr ungerne, denn ich bin mit meiner Buchhaltung noch nicht fertig. «

» Ja dann mach bitte mal eine kleine Erholungspause und hör mir bitte kurz zu. Katja hat vor ein paar Tagen bei einem Gewinnspiel mitgemacht und eine Woche Nordsee gewonnen. «

» Und jetzt willst du ihr die Reise abkaufen? «

» Quatsch, jetzt lass mich doch mal ausreden. «

>> Ja dann spul vor, Zeit ist Geld. <<

>> Boah Peter, komm mal langsam wieder runter, wo war ich jetzt stehengeblieben? Ach ja, Nordsee. Also, Stefan hat seinen Jahresurlaub für die Renovierung eingeplant und da der gewonnene Gutschein in diesem Jahr abläuft, fragt Katja in der Cocktailrunde, ob einer von uns Mädels sie nach Langeoog begleiten möchten. <<

>> Und da hast du natürlich sofort mit ja geantwortet! <<

>> Nein, noch nicht, obwohl ich schon Lust hätte. Ich meine sogar, dass ich genau in der Woche, die Katja eingeplant hat, sowieso Urlaub habe. <<

>> Wieso hast du Urlaub und ich weiß nichts davon? <<

>> Weil ich einfach mal eine Verwöhnauszeit für mich alleine brauche und da stehen Massagen, Friseurbesuche und Kosmetik auf dem Wellnessplaner... <<

>> ... ich glaub ich Spinne. <<

Anke ignorierte seinen Einwurf lächelnd und schenkte sich Limonade nach. >> Ich werde es mir dann so richtig gut gehen lassen. <<

Peters Kopf war am Arbeiten, ihr Plan schien zu fruchten. >> Sag mal, hat Katja All Inn gewonnen? <<

>> All Inn nicht, aber die Unterkunft alleine scheint schon sehr chic zu sein. Ich bräuchte also nur für die Versorgung zahlen müssen. <<

>> Aha und was ist mit Spritgeld? Was mit Kurtaxe, Fähre und überhaupt mit außergewöhnliche Ausgaben

wie Fahrrad leihen und Strandkorb mieten? Haste da mal drüber nachgedacht? «

Anke lachte. » Jetzt mach mal halb lang. Also entweder ich ziehe meine geplante Wellnesswoche durch oder ich begleite Katja. Punkt. Du kannst dir überlegen, was dir lieber ist, vergesse aber bei deiner Überlegung nicht, dass ich bei der letzteren Entscheidung Wasser, sowie Strom spare und … «

» … das stimmt, da sagst du was. Wann soll es mit der Reise losgehen? « Peter kam ins Grübeln.

» In der zweiten Juni Woche. «

» Na wenn du da sowieso schon Urlaub hast und Katja mir ihrem eigenen Wagen fahren möchte, dann fahr meinetwegen mit. Aber Madame, vergesse nicht deine Schönheitstermine für diese Woche überall abzusagen, nicht das dir die Ausfälle in Rechnung gestellt werden. « Peter stand auf und verschwand wieder im Büro.

Anke schnappte sich ihr Handy und antwortete mir lächelnd.

´Hallo Katja, hallo Mädels, ich habe genau zu diesem Zeitpunkt Urlaub und würde gerne mitkommen. Leider kann ich nicht den Fahrer spielen, da mein Peter mal wieder die Geizphase hat und für ihn die Anreise unnötiger Autoverschleiß sei.

Furchtbar. Aber als hinterm Fahrer sitzende Beifahrerin bin ich bestens geeignet und sorge gerne für ausreichend Reiseproviant. Selbst eingekochte Marmelade und Co. habe ich noch genug eingelagert.

Also, ich bin dabei.

Schönes Wochenende Euch allen und vielleicht steigt ja noch jemand von Euch mit ins Boot bzw. Auto? Fände ich toll. `

*

Hanna las meine Urlaubseinladung im genau richtigen Moment, wo Sohnemann Fynn und sein Vater sich mal wieder einer Meinungsverschiedenheit teilten.

Natürlich hielt Hanna meistens zu ihrem Sohn und da der junge Mann ihrer Rückendeckung ziemlich sicher war, gab er auch oftmals recht trotzige Antworten.

Heute ging es um die schlichte Aufgabe, den Mülleimer zu leeren. Sven, äußerlich ein ruhig wirkender Vater, kochte innerlich, denn er hatte für die heutige Faulheit vieler Kids überhaupt kein Verständnis, sondern war der Meinung, dass ein bisschen Hilfe im Haushalt noch keinem geschadet hatte. Hanna sah die Erziehung etwas lockerer, wollte mehr ein kumpelhaftes Verhältnis zu ihrem Sohn aufbauen und ließ schon mal alle fünfe gerade sein, doch damit hamsterte sie sich keine

Sympathiepunkte bei ihrem Mann ein, der an manchen Tagen sehr stur sein konnte und so ein Tag war heute. Er begann damit, dass er seinen Sohn gestern Abend schon bat, nur den Müll zu leeren.

» Guck mal, ich habe dir die Schritte genau aufgezeichnet, du kannst dich nicht verlaufen. Neben der Haustür links stehen direkt an der Hauswand eine schwarze und eine gelbe Tonne und wenn man den Deckel anhebt, kann man da auch etwas hineinwerfen. «

Fynn konnte darüber gar nicht lachen und nuschelte nur ein „mach ich morgen", bevor er in sein Zimmer verschwand.

Hanna hielt wieder mal die Hand über ihren Sohn. » Lass ihn doch, ich geh doch gleich mit Luna eine kleine Runde, dann nehme ich den Müll schon mit. «

Sven wurde rot vor Wut. » So wird dein Sohn doch nie verantwortungsbewusst. Mit knapp Siebzehn kann er sich ruhig mal ein bisschen am Haushalt beteiligen. «

» Musstest du das früher auch schon in dem Alter? «

» Was heißt in dem Alter. Ich habe mit siebzehn bereits eine Lehre angefangen und natürlich musste ich zuhause mit anpacken. Ich war ab meinem sechzehnten Lebensjahr für das Rasenmähen zuständig und mein Zimmer hat meine Mutter auch nicht mehr aufgeräumt. Und? Wie du siehst, habe ich es überlebt. «

Hanna hatte da gestern nichts mehr zugesagt, denn sie wollte einen ruhigen Abend mit ihrem Lieblingskrimi verbringen und ahnte da noch nicht, dass das Thema Müllentsorgung am nächsten Morgen direkt weiterging.

Sven hatte es ihr tatsächlich verboten, den Müll beim Gassigehen mitzunehmen, er bestand darauf, dass Fynn sich darum kümmerte und platzierte provozierend direkt am Morgen die volle Tüte vor seiner Zimmertür.

Fynn, sonst unschlagbarer Rekordhalter im Club der Langschläfer, kroch heute ausnahmsweise Mal zeitig aus seinem Loch und stolperte direkt über den Müllsack.

Sven schaute grinsend von seinem Brötchen hoch. » Achtung, freilaufender Teenager – immer Cool, immer extrem reizbar. «

Hanna rollte mit den Augen. » Nun lass ihn doch erstmal aufstehen und fang nicht schon wieder Streit mit ihm an. «

» Mir geht es nicht ums streiten, sondern ums Prinzip. «

Fynn kam in die Küche geschlürft und Hanna begrüßte ihn fröhlich. » Guten Morgen mein Schatz. Schon ausgeschlafen? «

» Morgen «, kam es zerknirscht zurück.

» Morgen? Morgen ist Sonntag, mein Junge « Sven konnte es nicht lassen. » Und falls du heute Morgen gestolpert sein solltest, dann tut es mir für dich leid, dass der Müll noch keine Beine bekommen hat um sich eigens den Weg zur Mülltonne zu suchen, ahhhh jetzt verstehe ich deine Taktik. Man muss so lange warten, bis Leben in die Mülltüte kommt und er von selbst wegläuft! « Er haute sich leicht mit der Hand vor die Stirn. » Das ich da nicht eher draufgekommen bin. Ganz schön Clever, dein Sohn. «

In solchen Situationen war es nur Hannas Sohn!

» Sehr witzig «, kam es schläfrig von Fynn zurück, der sich einen Kaffee nahm.

» Nun lass ihn doch erstmal richtig wach werden. «

» Ja klar, Helikoptermama. Wie lange gedenkst du deinem Sohn noch immer alles aus der Hand zu nehmen. Ich meine, er raucht, er trinkt, er feiert, er ist kein kleiner Junge mehr. «

Fynn setzte sich provozierend zu wehr. » Ich kann nichts dafür, ich bin halt in der Pubertät « und wischte sich den verschütteten Kaffee an die Schlafanzughose ab. Svens Gesichtsfarbe veränderte sich wieder.

Er holte einmal tief Luft und zeigte zum Handtuch. » So ein Händetrockner ist eine tolle Erfindung, um Zeit totzuschlagen, bevor man sich die Hände an der Hose abwischt. «

» Boah Vadder, nerv nicht « und Hanna streichelte ihren Jungen über den Arm.

Sven stand ganz gelassen auf, doch bevor er die Küche verließ, schaute er zu seiner Familie. » Es gibt Tage, da möchte ich mir das Kaffeepulver direkt pur durch die Nase ins Hirn saugen, vielleicht würde das helfen, die Welt in euren Augen zu sehen. «

*

Hanna atmete hörbar aus, als sie die Wohnungstür hörte.

» Mensch Fynn, da hast du dir ja wieder einen gerissen. Was ist denn dabei, eben den Müll vor die Tür zu bringen. «

» Nichts, aber wenn mach ich das, wann ich das möchte und nicht wann der Alte das befiehlt. «

Luna, der Beagle, kam in die Küche getapst um Hanna zu zeigen, dass sie in den Garten möchte. » Na klar, mein Mädchen, ich wollte mir sowieso eine Zigarette rauchen gehen. «

Fynn meldete sich. » Ich komm mit, der Alte ist doch gerade nicht da. «

» Wag dich «, Hanna stand auf, nahm ihr Handy und ging mit Luna in den Garten. Ganz in Ruhe las sie meine Nachricht und hätte in diesem Moment am Liebsten geschrieben, dass sie mitkäme, doch sie musste ja wenigstens erst mit Sven reden, sonst würde das Stimmungsbarometer ganz im Tiefen stecken.

*

Janas Reisezustimmung kam ziemlich schnell über den Handyfunk und lautete schlicht und einfach:

´Mensch Katja, ich warte schon seit deinem Gewinn auf diese Frage, die ich auch prompt mit einem „Bin dabei" beantworte. Henning brauche ich nicht fragen, der kommt ein paar Tage ohne mich zurecht, außerdem wollte ich mir schon immer die knackigen Ostfriesen angucken. Mal gespannt, ob es wirklich so sture Menschen sind, wie man behauptet. Also auf zu neuen Ufern, mit hoffentlich viel Frischfleisch ähhh Fisch ☺. Ich freue mich und bin wie immer zu allen Schandtaten bereit. Ines? Was ist mit Dir? Und Hanna - hast du mit mittlerweile mit Sven gesprochen? VG., Eure in Urlaubsstimmung kommende Jana.`

Ines hatte dieses Wochenende für sich, da Thomas zum Angeln war. Nach dem gemeinsamen Frühstück war ihr Mann losgefahren und plante seine Rückkunft für abends. Sie fand solche Tage auch mal schön, denn dann konnte sie in Ruhe ihren Putzplan durchziehen und wenn noch Zeit übrig war, wollte sie noch kurz in die City um nach neuen Sandalen Ausschau zu halten. Bevor sie sich die Putzutensilien schnappte, überprüfte sie zum x-ten Mal ihr Handy auf eine eingegangene Nachricht ihres Sohnes, doch auch heute schrieb er nicht. Sie mussten sich schlichtweg damit abfinden, dass Yannik seiner großen Liebe nach Hamburg gefolgt war und versuchte, sich dort einzuleben. Für Ines und Thomas war es zuerst ein Schock gewesen, als ihr Sohn endlich nach einem halben Jahr London wieder zuhause war, um dann direkt weiter nach Hamburg durchzustarten. Vor solchen Überraschungen hatte sie als Mutter immer schon Angst und war sich sicher, dass an diesem Tag nicht nur ihr Sohn das Zuhause verlassen würde, sondern auch sie. Fast die ganzen Jahre, an dem Yannik auf der Welt war, hatten sich Ines und Thomas ständig in den Haaren. Ines konnte machen was sie wollte, Thomas hatte immer etwas an ihr auszusetzen. Wirbelte sie im Putzwahn zuhause durch die Zimmer, lag er provozierend auf der Couch um sie kopfschüttelnd zu beobachten. Es folgten dann Sprüche wie „Wenn du nicht putzen kannst, bist du auch krank" oder „Andere schaffen das bisschen Hausarbeit noch nach ihren Arbeitstag." Setzte sie sich hingegen auch einfach mal auf die Couch, war sie in seinen Augen Faul, Träge und zu nichts zu gebrauchen. Jetzt, wo sich Thomas so verändert hatte das es ihr schon unheimlich war, erinnerte sie sich trotzdem noch oft an seine Sprüche. Ihr Mann schien sich wieder in den alten Thomas zurück verwandelt zu haben, den sie vor über 20 Jahren geheiratet hatte. Auch wenn sie nicht so abergläubisch war wie Jana, hatte sie doch etwas bammel, dass sie nach einem erneuten Urlaub mit ihren Freundinnen wieder den Thomass vorfände, der er die letzten Jahre war – Gemein und Hinterhältig. Zwanzig Jahre hatte sie es wegen Yannik zuhause ausgehalten und sich jeden Tag dumme Sprüche anhören müssen, sollte sie das Risiko nochmal eingehen? War es das Wert, überlegte sie und schnappte sich den Lappen.

Nachdem das Bad wieder glänzte, legte sie eine kleine Kaffeepause ein, überprüfte erneut ihren Nachrichtendienst und las augenverdrehend Janas Worte. Lust zu fahren hätte sie schon und Langeoog kannte sie noch nicht, aber war ihr es das Risiko wert? Unsicher kümmerte sie sich noch etwas um den Haushalt, fuhr dann in die City um später mit ihrem Mann über die Reiseidee zu reden.

*

Abends, als Thomas den frisch gefangenen Fisch auf den Grill legte und Ines den Tisch gemütlich eingedeckt hatte, erzählte sie ihm von der gewonnen Reise und das alle mitfahren würden. Hier hatte sie ja nur etwas geflunkert, aber sie hoffte einfach auf Hannas Zusage. Thomas blieb gut gelaunt am Grill stehen und wunderte sich, warum Ines nicht schon längst zugesagt hatte. Wenn er die Möglichkeit hätte, mit seinen Männern ein paar Tage zu verreisen, würde er doch auch sofort dabei sein. Ines schaute ihren Mann etwas ungläubig mit offenem Mund an.

» Was guckst du denn so erstaunt? Ist doch logisch, dass du mitfährst, oder? Also ich würde sofort zusagen und gar nicht lange überlegen! «

» Ja aber die Reise ist ja schon Mitte Juni. «

» Um so besser, da habt ihr bestimmt Glück mit dem Wetter. Ich komme hier schon zurecht, da mach dir mal keine Sorgen. Jetzt hol schon dein Handy und schreib der wartenden Bande zurück und danach können wir essen. «

Ines stand auf und gab ihrem Mann einen Wangenkuss, bevor sie hüpfend ihr Handy holte und Allen zuerst ein Daumenhoch Emoji schickte und dann

'Freue mich die Insel für's Leben kennen zu lernen und auf die gemeinsame Zeit mit Euch`.

Ich las freudig die Antworten meiner Freudninnen, jetzt fehlte nur noch Hanna und kaum zu Ende gedacht, ging ihre Nachricht ein:

'Hallo ihr Lieben, ihr müsste nicht meinen ohne mich zu fahren. Ich sag einfach mal zu, obwohl ich Sven noch nicht fragen konnte, aber ich denke, so sehr, wie er und Fynn sich momentan fetzen, tut denen eine Männerwoche in Quarantäne auch mal gut. Außerdem hatte ich ja schon vor dem Gewinn zugesagt. Also: Es kann losgehen - bin dabei !`

Kapitel 4
Langeoog – wir kommen

Ich war startklar, mein Auto getankt, das Gepäck im Kofferraum verstaut und der Rucksack mit allen Unterlagen auf dem Beifaherersitz deponiert.

Aufgeregt nahm ich nochmal von meiner Schildkrötenbande Abschied, huschte nochmal kurz zur Toilette, packte mein Proviant-Jutebeutel und dann versuchte ich mich von meinem Mann zu verabschieden.

>> Ich wollte jetzt langsam fahren. << Rief ich laut gegen den Baulärm an.

>> Was? Ich versteh dich nicht << ,kam es zurück.

Ich zeigte per Geste auf die Armbanduhr und mit den Händen, das ich jetzt los wollte. Stefan verstand, machte die Flex-Maschine aus, wünschte mir in Eiltempo eine gute Fahrt, ganz viel Spaß und liebe Grüße an die Mädels sowie Langeoog. Sven und Henning, die beim Umbauen heute fleißig halfen, winkten, wünschten mir durch die Staubmaske auch einen schönen Urlaub und schon heulten bei allen die Flex wieder auf.

Es wurde Zeit das ich verschwand und als ich aus der Haustür trat, stand Anke schon mit ihrer

Reisetasche, und einem gut gefüllten Rucksack am Auto.

>> Guten Morgen und na endlich, ich hatte schon zweimal angeklingelt, aber bei den Lärm hast du wahrscheinlich nichts gehört! <<

>> Guten Morgen Anke. Pünktlich wie immer. Was meinst du, ob ich den Lärm im Urlaub vermissen werde? <<

>> Das will ich nicht hoffen. Für dich nicht, aber auch nicht für mich, denn eure Maschinen hören wir bis nach uns kreisen. Peter dachte letztens schon, ihr würdet ein Keller unter dem Keller als Panikroom bauen, solch ein Geräuschepegel schallte rüber. <<

Ich stellte ihre Reisetasche neben meiner und schloß lachend den Kofferraum.

>> Na dann steigen wir mal lieber schnell ein und holen zuerst Hanna ab. <<

>> Endlich! Ach ich freue mich richtig auf Sonne, Strand und Meer. Ich habe gestern abend noch etwas über die Insel gegoogelt und gelesen, das es sich um eine autofreie Insel handelt! Wußte ich gar nicht. <<

>> Jetzt sag mir nicht, dass dein Peter dann doch angeboten hätte, mit dem eigenen Wagen zu fahren? <<

Anke lachte auf. >> Zuzutrauen wäre es ihm und jetzt nichts wie los! <<

Sie war keine Beifahrerin, bremste ständg mit und hielt sich oft die Augen zu, dehalb stieg Anke hinten ein und setzte sich direkt hinter dem Fahrersitz. Hier bekam sie am wenigsten von der Fahrt mit.

Drei Straßen weiter waren wir bei Hanna angekommen. Unsere Freundin war nie pünktlich und kam immer irgendwie gestresst aus dem Haus, so auch diesmal.

Anke klatschte in die Hände, als sich die Haustür öffnete und zuerst eine Reisetasche erschien, dann eine genervte Hanna. »Moin, na fit? «

» Fit? Lasst mich bloß wacker meine Tasche verstauen und einsteigen. Ihr könnt euch nicht vorstellen, wie ich mich freue, endlich dem Zirkus zu entkommen. «

» Fynn? « Fragte ich vorsichtig und öffnete den Kofferraum.

» Natürlich, wie meistens. Zum Glück war Sven schon bei euch, Katja, sonst wäre es hier heute morgen wohl eskaliert. Ich hatte mich so gefreut, dass er schon aus dem Haus war, wollte mich in aller Ruhe fertigmachen, meine Urlaubsliste nochmal abchecken und da musste Fynn, der sonst immer bis Mittags schläft, heute der Meinung sein, früh aufzustehen um mich zu nerven. « Hanna setzte sich neben Anke und schnallte sich an. » Manchmal könnte ich den Schussel jagen. Erst verteilt er die halbe Müslipackung in der Küche, dann brennt er mir beim Rauchen ein Loch in die Gartenpolster und zum guten Schluß rutscht ihm der Pott Kaffee aus der Hand. Die ganze Lache ist über den Küchentisch gelaufen, auf der ich gerade meine Medikamente in eine Tablettenbox aufteilen wollte. Ne Krise bekomme ich da manchmal. Los Katja, geb Gas, bevor dem Trottel wieder was neues passiert oder mich die auch schon genervten Nachbarn aufhalten. Mann Mann Mann «

Thomas winkte uns zu, als wir um die Ecke bogen, spielte aus Spaß den Parkplatzeinweiser und stellte Ines Reisegepäck gentlemanhaft im Kofferraum ab, als unsere Freundin auch schon strahlend aus dem Haus kam. Wir begrüßten uns, hörten uns brav von Thomas noch an, dass wir uns auf der kleinen Insel benehmen und seine Frau heile und Gesund wieder zurückbringen sollten und fuhren hupend und winkend los.

» Hört hört, was für Worte aus seinem Munde. « Anke war platt. Vor gut einem Jahr hätte Thomas höchstens ein auf nimmer wiedersehn hinterhergerufen und sogar dass wäre noch freundlich ausgedrückt. » Ich texte Jana vielleicht schon mal, das sie die nächste ist, die wir abholen, dann kann sie sich schon mal auf den Weg nach draußen machen. «

» Aber wir fahren doch locker zehn Minuten! «

» Neun Minuten zu lang, um mit uns zeitgleich auf den Parkplatz einzutreffen, wetten? « und schickte unserer Freundin ein ´**Wir sind da!**` per WahtsApp.

Als wir jedoch auf den Parkplatz vorfuhren, war von Jana noch nichts zu sehen.

» War doch klar «, Anke krabbelte von der Rücksitzbank. » Madam braucht wieder ihren Extra-Auftritt. «

Hanna hatte sich etwas beruhigt und steckte sich nun ebenfalls noch eine Zigarette an. » Wir wissen ja, wie Jana tickt. Der eine steht halt gerne im Mittelpunkt, der andere hält sich lieber zurück. Sie braucht eben die Showeinlage für ihr Ego … na guckt, da kommt sie doch schon. «

» Schon? « Anke schüttelte den Kopf.

» Juchuuuu Mädels «, Jana kam mit einer Schirmmütze angelaufen, ging zur Garage, öffnete diese und rollte ihren Koffer heraus. Wir begrüßten uns und ich staunte. » Sag mal, was hast du denn alles eingepackt? Wir hatten uns doch auf eine Reisetasche begrenzen wollen. «

» Ihr vielleicht, ich nicht, da hätte ich doch gar nicht alles hineinbekommen. Gut das Henning den Koffer schon nach unten getragen hatte, ich hätte ihn gar icht die Stufen herunter bekommen. « Wir versuchten ihre Urlaubsutensilien noch irgendwo unterzubringen, was sich als schwierig erwies, denn dafür mussten erst wieder die schon eingeladenen Reisetaschen raus, Janas Koffer rein und mit ein bisschen drücken und quetschen war alles irgendwann verstaut.

Hanna schaute Jana an. » Wofür hast du denn diese Schirmmütze auf? Wir fahren doch nicht nach Sylt! « Jana zog sich diese etwas mehr ins Gesicht. » Wer weiß. Reiche Golfspieler gibt's doch überall und Langeoog besitzt bestimmt einen Golfplatz! « Sie kniff keck ein Auge zu.

» Unverbesserlich. « Ines schüttelte nur lächelnd den Kopf.

Wir stiegen alle ein, schnallten uns ordnungsgemäß an und waren gerade 100m gefahren, als Jana laut aufschrie. » STOP, Katja, sofort STOP! «

Ich legte eine Vollbremsung ein. » Sag mal tickst du nicht mehr gesund? Du kannst mich doch nicht so erschrecken. «

» Frag mich mal wie ich mich selbst erschrocken habe, und das über meine eigene Dusseligkeit! Jetzt hätte ich doch glatt die Kühlbox in der Garage vergessen, die ich dort deponiert habe. Du musst noch mal kurz zurück, Katja, unbedingt. «

Hanna konnte sich ein „Geht die Sauferei schon wieder los" nicht verkneifen und ich fuhr trotz mancher Proteste noch mal schnell zur Garage zurück, packte die Kühlbox vorne der schmollenden Ines auf den

Schoß um dann endlich Kurs in Richtung Norden zunehmen.

*

Unterwegs kam dann schon langsam Urlaubsstimmung auf, denn ich hatte ein Quiz für die Fahrt vorbereitet, damit die Mädels Langeoog ein Stückchen näher kennenlernten. Ines hatte die Aufgabe übernommen, die Fragen vorzulesen und gewonnene Punkte zu notieren.

» Vorab wüsste ich aber gerne, wie der Gewinn aussieht, nicht das ich mich umsonst anstrenge «, fragte Anke Hoffnungsvoll.

» Nichts großes, sonst hätte ich auch einen Koffer wie Jana nehmen müssen. Nur Kleinigkeiten wie zum Beispiel etwas süßes, was deftiges und auch was leckeres. «

» Nichts süffiges? «

» Lass dich Überraschen, Jana. « Ich setzte zum Überholen an und überlies das Quiz meinen Freundinnen.

Ines setzte ihre Lesebrille auf. » Also Frage 1: Wie lang ist der Sandstrand? Sag mal, Katja, muss ich selbst eigentlich auch antworten? «

Ich lachte. » Wenn du etwas gewinnen möchtest, schon. «

Anke war durcheinander. » Was ist denn jetzt die erste Frage? «

Ines wiederholte die Frage, alle gaben ihre Antwort ab und es wurde aufgelöst. >> 14 km ist richtig. Anke, du hattest recht, das gibt den ersten Punkt. <<

>> Juchu, komm weiter, ich habe gerade einen Lauf. <<

>> Frage Nummer 2: Wie heißt der See östlich vom Pirolatal? <<

>> Hä? Woher soll man dass denn wissen? <<

>> Keine Ahnung Jana, rate doch einfach. <<

>> Friesensee? <<

>> Fast <<,lachte ich los. >> Schloppsee. <<

>> Frage 3: Wie hieß der Hof, auf dem Lale Andersen lebte? <<

Hanna fand Dünenhof hörte sich passend an, aber es war der Sonnenhof. Und so ging es noch weiter, bis zur Frage 20, dann kamen die ersten Nachfragen bezüglich Pinkel- und Raucherpause.

>> Letzte Frage: Wie heißen die Nachbarinseln von Langeoog? <<

Anke tippte auf Norderney und Juist, Ines auf Juist und Baltrum, Jana auf Föhr und Sylt und Hanna lag mit Baltrum und Spiekeroog genau richtig um zu gewinnen, was Anke ärgerte, denn sie verlor nicht gerne. >> Hättest du deine Batterien im Hörrohr nicht gewechselt, hätte ich vielleicht den ersten Platz gemacht. <<

Hanna schaute sie an. >> Was hast du gesagt? <<

Anke stutzte. » Nee ne? Jetzt sind die billigen Chinabatterien tatsächlich leer? Das kann doch wohl nicht wahr sein! «

» Quatsch, hab nur geschertzt «, und lachte über die sich langsam wieder entspannenden Gesichtsausdrücke ihrer Mitreisenden. » Ich trage doch das neue Gerät im Ohr, aber wenn ihr möchtet, kann ich auch gerne das alte mit dem Wackelkontakt einsetzen. Ich habe es eingepackt. «

» Bloß nicht. « Jana war jetzt schon genervt. Hanna konnte ja nichts dafür und ich nahm sie in Schutz.

» Kann doch manchmal auch ganz lustig sein, was Hanna so alles versteht. «

Jana gab klein bei. » Schon! Tut tut mir ja auch leid, Hanna, aber manchmal ist es eben schon etwas mühselig alles zu wiederholen. Hast du wenigstens für den Fall der Fälle genug Batterien eingepackt? «

» Leider nur die alten aus China. Neue sind zwar bestellt, wurden aber noch nicht geliefert. « Sie tippte sich auf das Ohr. » Ist ja neu und hat noch Garantie. «

» Das lässt ja hoffen. « Jana grinste schief.

*

Der nächste Rastplaz war unser, wir fanden einen schön schattiges Plätzchen unter einem Baum und Anke tischte auf. Zuerst kam eine kleine karierte Tischdecke aus ihrem Jutebeutel hervor. Diese wurde summend auf den Holztisch gelegt, bevor

Hartplastikteller, Tupperdosen mit bereits fertig geschmierten Butterbroten, ein paar Gurken, Käsehäppchen und Salamisticks folgten.

» Sag mal, wann bist du denn schon aufgestanden? « Hanna staunte.

» Ach, das meiste habe ich gestern schon gemacht und die Häppchen hat Peter geschnitten. «

» Lecker «, ich bediente mich spontan, als Jana mit fünf Dosen Sekt ankam. » Erstmal Stößchen Mädels. Ich würde sagen, auf eine gute Weiterfahrt, auf schönes Wetter und auf ne tolle Woche. «

Ich erinnerte Jana an die Alkohl am Steuer Regel, doch sie winkte ab und drückte mir eine Dose in die Hand. » Soweit habe ich doch wohl mitgedacht, dass ich dir eine alkohlfreie besorgt habe. «

Eine gute halbe Stunde nahmen wir uns die Zeit zum Stärken und Blaseleeren und dann klatschte ich in die Hände um zur Weiterfahrt zu animieren und dank des Sektes, wiederholten sich die Pinkelpausen noch zwei weitere Male, bis wir problemlos und knapp 1 ½ Stunden später wie geplant am Fähranleger in Bensersiel ankamen. Ich ließ die Mädels mit dem Gepäck am Anleger raus um das Auto auf den Inselparkplatz abzustellen, sattelte meinen Rucksack auf, schloss das Auto ab, genoß die frische salzige Meeresluft und wurde am Fahrkartenhaus von meinen Freundinnen mit einem Glas Sekt empfangen.

» Jetzt darfst du! Bist gut gefahren, Katja! « Hanna stieß mit mir an.

» Genau Prost, auf unsere Fahrerin. «

» Auf die Urlaubssponsorin! «

Ich verschluckte mich fast. » Momentchen. Um das klar zu stellen. Ich habe zwar die Unterkunft für eine Woche gewonnen, aber auch *nur* die Unterkunft. Also Verköstigung und sonstige Ausgaben, wie gleich die Schifffahrt und Versorgung, waren da nicht inklusive. «

» Nicht? « Jana tat überrascht und mir wurde die Situation peinlich.

Anke bemerkte das. » Jetzt lass dich nicht ärgern, dass wissen wir doch alle und das wäre ja wohl auch zu viel verlangt. Wir hatten gerade, als du den Wagen abgestellt hattest schon besprochen, dass wir als kleines Dankeschön, dass du nicht nur an uns gedacht, sondern uns auch mitgenommen hast, dich abwechselnd mit dem Zubereiten des Frühstückes überraschen. «

» Ach quatsch. Warum das denn? «

Hanna überhörte mich » Auch wenn du als Frühaufsteherin dann öfters auf ein Lachsbrötchen und Ei warten musst, möchten wir das abwechselnd übernehmen und jeder von uns übernimmt ein Abendessen. «

» Das ist doch blödsinn und jetzt Mädels … «

Jana übernahm »... nicht lang snacken, Sekt im Nacken. «

*

Mittlerweile glich das Fährhaus einem kleinen Flughafengebäude. Wir stellten uns am Schalter an und warteten, bis wir unsere Reisetaschen aufgeben konnten, die in Container verladen wurden und erst am Inselbahnhof wieder in Empfang genommen werden konnten. Die Abfertigung verlief schnell, alles klappte routinemäßig, bis Jana ihren Koffer auf die Waage abstellte und der Mitarbeiter sich höflich an sie wandte.

»Moin junge Frau, haben Sie Backsteine eingepackt? Möchten Sie auf unsere Insel auswandern? Wissen Sie, bei uns im Norden braucht man eigentlich nicht viele Kleidungsstücke, sondern nur die richtigen «,lächelte er ihr zu.

Jana genoss es im Mittelpunkt zu sein, auch wenn der junge Mann hinterm Schalter sie etwas aufziehen wollte und lächelte gekünstelt. » Junger Mann. Sie wissen doch, wenn Engel Reisen brauchen sie viel Gepäck, um für alles, was auf einer Insel passieren kann, gewappnet zu sein. «

» Was soll auf unserer Insel schon großartig passieren, außer bequem den Urlaub zu geniessen? Ich meine, wir sind ja nicht Sylt. « Er kniff ihr ein Auge zu.

» Das höre ich heute zumzweiten Mal, aber man weiß ja nie, wer ähhh was einem so am Tag begegnet. Schicke Restaurants, einen Golfplatz und einen Yachthafen gibt es ja schon mal auf der Insel, oder? «

Er nickte lachend. » Na dann, wünsche ich Ihnen eine gute Aussicht und einen erfolgreichen Aufenthalt. Trotzdem muss ich einen kleinen Aufpreis bei Ihnen berechnen, da die Kofferwaage über 20 kg anzeigt, da können Sie mich noch so nett anlächeln. «

Anke und Hanna war das schon wieder unangenehm, beide drehten sich ab und gingen schon mal langsam in Richtung Schiff um einen Außenplatz auf den Oberdeck zu ergattern. Hanna konnte sich ein Kommentar nicht verkneifen. » Ich dachte Jana sei endlich mit Henning wieder glücklich und vereint. Hoffentlich flirtet sie nicht wieder mit jedem entgegenommen Mann. Das kann mich nämlich nerven! Ich sag dir Anke, wenn das so ist, hol ich mein kaputtes Ersatzhörgerät raus! «

Endlich stand ich auch auf der Fähre nach Langeoog und konnte es irgndwie noch nicht richtig realisieren. Genießerisch zog ich die Luft ein und beobachtete die Möwen. Die Mädels hatten auf dem Schiffsoberdeck einen Platz gefunden, aber ich wollte erstmal eine kleine Runde auf der Frisia laufen und als ich an dem kleinen Schiffskiosk vorbeikam und die obligatorische Bockwurst roch, kaufte ich spontan vier und für

Hanna, unsere Vegetarierin, einen Laugenbrezel. Irgendwie gehörte die Bockwurst auf den Weg nach Langeoog, wie die Milch zur Kuh. Warum auch immer?

Mit einem Tablett bewaffnet machte ich mich wieder zurück zum Oberdeck und sah, wie Ines, Anke und Hanna über die Reeling hangen. Im ersten Moment dachte ich, allen dreien wäre von der Schifffahrt schlecht geworden, doch so tuckernd, wie die Frisia den Hafen verließ, merkte man nicht mal, dass das Schiff überhaupt schon abgelegt hatte. » Hallooo? Ich habe euch was mitgebracht. «

» Hoffentlich Hannas Hörgerät «, Ines drehte sich zu mir um.

» Wie Hörgerät? «

» Anke, die der Meinung war, das ihr Peter auch langsam eine Hörhilfe benötigen könnte, erkundigte sich bei ihr nach dem neuesten Modell, wie man das Gerät einsetzt und so weiter. Da ist Hanna aufgestanden, hat ihre Kekse auf die Bank abgelegt, ihr Hörgerät, um es Anke zu reichen, aus dem Ohr genommen und dann ging irgendwie alles so schnell. Wahrscheinlich dachte sich das blöde Vieh, das Hanna Anke einen Keks überreichen wollte, denn so schnell und gierig, wie der Aasgeier sich das Gerät schnappte, so schnell konnten wir gar nicht reagieren und nunja, jetzt ist die Möwe mit dem Gerät davon. «

» Ach du Scheiße. Und jetzt? «

>> Jetzt besitzt Bensersiel wohl die besthörenste Möwe der Welt. <<

Hanna guckte mich an. >> Zum Glück habe ich noch mein altes Gerät als Reserve eingepackt. Leider aber wirklich nur das mit dem Wackelkontakt. <<

>> Och nö, ne! << Anke wieder.

>> Ca la vie. << Hanna konnte Tieren einfach nicht böse sein und grinste. >> Da müsst ihr jetzt genauso durch wie ich. << Und rieb sich die Hände, da sie sich manchmal einen Spaß aus ihrer Hörschwäche machte, und sich hier und da auch gerne mal taub stellte.

Anke schielte neugierig auf mein Tablett. >> Ach Entschuldigung, ich wollte euch mit der traditionellen Bockwurst überraschen und hatte die jetzt ganz vergessen. Wahrscheinlich sind die Würstchen jetzt auch schon kalt. Wo steckt Jana eigentlich? <<

>> Keine Ahnung. Vielleicht beim Kapitän? <<

>> Da kommt sie doch gar nicht hin! <<

>> Jana schon! <<

Doch wir sollten uns täuschen, denn Jana war nach dem Ablegen etwas unwohl und sie wollte sich lieber in Toilettennähe aufhalten. Dass in dieser Nähe auf einem Tisch ein Schild mit „Reserviert für den Gummibierclub" stand, war purer Zufall und so plötzlich, wie die Überlkeit verschwand, machte sie sich wieder bemerkbar, als die fünf Clubmitglieder eintrafen, sich an den Tisch setzten und Stricksachen aus den Taschen zauberten. Jetzt beim genaueren hinsehen, musste sich Jana eingestehen, dass sie vielleicht doch langsam mal einen Optiker aufsuchen sollte, denn sie hatte anstelle des Buchstabend „t" ein „b" gelesen und schüttelte über sich selbst den Kopf. Au Mann, dachte sie, wenn das so weiter geht, brauche ich nicht nur eine Entzugs- sondern auch eine Sehhilfe und nickte den Damen des Gummitierclubs freundlich zu.

Für mich verging die Schifffahrt viel zu schnell, ich genoss jede einzelne der knapp 45 Minuten. Von weitem visierte ich den mittlerweile immer näher kommenden Wasserturm freudig an und machte ein paar Handyaufnahmen, auch von Anke, die sich Janas Bockwurst wie einen Schneuzer unter die Nase hielt und mir beim fotografieren zuwinkte. Seeluft machte Appetit, stellte sie fest und erntete von Hanna einen bösen Blick, denn das Menschen tote Tiere aßen war für sie eine Sache, aber spielen musste man nicht damit. Das fand sie herz- und respektlos.

Ines stand auf und reckte sich. Sie hatte vom langem Sitzen im Auto und nun von der harten Plastikbank Rückenschmerzen bekommen und stellte sich neben mir an der Reling, wo ich noch ein paar Fotos vom Meer, von den Möwen und von meiner immer näher kommenden Insel machte.

Kapitel 5
Haus ~ Fernweh ~

Die Frisia kündigte unser Inselankommen mit einem dreimaligen Schiffshorn an. Aufgeregt schnappten wir unser Handgepäck, verließen langsam mit den anderen Gästen das Schiff und steuerten die schon wartende bunte Inselbahn an. Jana blieb stehen und schaute sich suchend um.

>> Komm Jana, der Zug beißt nicht. <<

>> Ha ha, sehr witzig, Anke. Wo ist denn hier die Reisegepäck-Ausgabe? Ich dachte, wenn wir von der Fähre kommen, müssen wir unser Gepäck in Empfang nehmen. <<

>> Das stimmt, aber erst am Inselbahnhof, also im Ort, nicht hier am Anleger <<, klärte ich sie auf und ging weiter.

Hanna ging voran und an den ersten Waggons vorbei. Anke, direkt hinter ihr, wunderte sich und wäre schon in den fast leeren grünen Waggon gestiegen und rief ihr verwundert zu. >> Warum läufst du denn soweit, wenn drei Wagen vorher auch noch Platz war? Ich dachte du hast es mit den Ohren, nicht mit den Augen! <<

>> Du musst etwas lauter reden. <<

»Ich fragte, warum du unbedingt in diesen Wagen möchtest? Es waren doch noch genug Plätze in den anderen frei!«

» Du kannst manchmal auch blöde Fragen stellen, Anke. Einfach weil mir Lila gefällt «, kam es kurz von Hanna zurück.

» Na prima, dann hätten wir das ja auch geklärt. « Anke schüttelte den Kopf. » Alles Einsteigen! «, rief sie uns zu und verschwand ins Zuginnere. Ines drehte sich zu Jana um, die verträumt auf eine der Yachten starrte.

» Mensch Jana, jetzt komm endlich, der Zugführer wartet nicht auf uns oder meinst du, ich will bis in den Ort laufen? Wer weiß, wie lange wir dann unterwegs sind und weder du noch ich kennen den Weg oder hast du ein Navi eingepack? «

Jana löste sich vom Anblick ihres Traumes und stieg auch endlich ein, bevor ein schriller Pfiff ertönte und der Zug langsam anrollte. Ich ließ meine Mädels auf den Holzbänken im Innenbereich des Waggons sitzen, während ich mich nach draußen stellte. Noch nie hatte ich die kurze Fahrt im Zuginneren verbracht, ich musste einfach draußen stehen, die saubere Luft einatmen und die langsam vorbeiziehende Landschaft geniessen. Ein paar Radfahrer winkten den Zuginsassen zu, Fasanenrufe ertönten aus der Ferne, ich entdeckte den kleinen Flughafen, die Highland Rinder, den Golfplatz und sogar ein paar Alpakas. Die

Bewohner mussten neu hier sein, wunderte ich mich, denn die hatte ich hier auf der Insel noch nicht gesehen. Wenn unserer Tierlieben Hanna diese auch entdeckt haben sollte, würde sie wahrscheinlich direkt vom Bahnhof aus dort hin maschieren, dachte ich grinsend, als der Zug dort einfuhr.

Der Bahnhof bestand aus einem Gleis, sowie einem Notgleis und bei jeder Zugankunft wurde es hektisch. Die Hektik verbreiteten aber die Urlauber selbst, da sie so schnell wie möglich ihre Koffer aus dem Gepäckwagen schnappen wollten, deshalb setzte ich mich zu Hanna auf die Bank, die nach dem Ersatzhörgerät in ihrer Tasche suchte und ließ Anke und Ines den Gepäckwagen durchforsten. Anke hatte anscheinend nicht nur beim Essen einen Kampfgeist entwickelt, sondern auch im Koffer suchen, wunderte ich mich, denn schon kam sie mit ihrer und meiner Reisetasche zu uns zurück. » Das hätten wir schon mal, mann mann mann, ich dachte es wäre eine ruhige Insel « ,schimpfte sie. » Da drückte mich so ein kleiner Opi beinahe in den Gepäckwagen rein, so hektisch war er. Also manchmal sind ältere Menschen echt schlimmer als jüngere. « Sie stellte die beiden Taschen ab, als Ines auch mit zwei Gepäckstücken zu uns kam. » Sagt mal, wo ist Jana denn schon wieder abgeblieben? Ihren Koffer hole ich da aber nicht aus dem Regal, dann knackt mir mein Rücken ja sofort durch! «

» Stimmt! Wo ist denn Jana? Ich hatte sie gar nicht aus den Zug steigen gesehen. Ihr? « Ich schaute mich um, da sich der Bahnhof langsam leerte. Hanna, die ihr Wackelgerät ins Ohr eingesetzt hatte, ging nochmal zum Lila Waggon um nachzusehen ob Jana da drinnen eventuell eingenickt war, doch der war menschenleer.

» Das gibt's doch nicht «, schimpfte Anke. » Also ich habe keine Lust die ganze Woche auf Jana zu warten oder auf sie aufzupassen. Ich wollte mir auch ein paar entspannte Tage machen und die Woche Auszeit mit euch genießen. «

» Genießen Mädels? Habe ich richtig gehört? Na da haben wir doch das passende dabei. « Jana hatte sich von hinten angeschlichen und hielt uns fünf kleine Küstennebel-Fläschchen unter die Nase. » Stößchen Mädels! Auf eine tolle Woche! «

» Ich fass es nicht, Jana! Wo hast du die denn schon wieder her? «

» Frag nicht soviel Ines, trink lieber. «

» Na du bist gut, ich habe schon 'ne halbe Flasche Sekt intus und nun noch der Flachmann hier. Eigentlich wollte ich mit euch später die Insel erkunden und mich nicht schlafen legen. «

» Tja, das Leben ist wie 'ne Tür. Da musste durch. «

*

Vollzählig schlenderten wir die Hauptstraße entlang, in der sich kaum etwas nach meinem letzten

Aufenthalt vor knapp fünf Jahren verändert hat. Noch immer standen die Pferdekutschen wartend hinter dem Bahnhof, noch immer gab es hier die niedlichen Elektroautos und noch immer schaute das Langeooger Wahrzeichen auf die Hauptstraße hinunter.

>> Wie weit müssen wir denn laufen? << Hanna, die eigentlich nur mit Hund Luna gerne lief, holte sich ihren Fächer aus der Handtasche.

>> Hitzewellen! Wenn ich dich wedeln sehe, merke ich glatt, wie mir auch warm wird. Wann sind die eigentlich mal überstanden? << Ines konnte auch ein Liedchen davon singen und pustete sich eine Strähne aus der Stirn.

>> Hört bloß auf, mir macht die ewige Schwitzerei auch keinen Spaß mehr <<, auch Anke steckte mitten in den Wechseljahren. >> Deshalb habe ich ja wieder mit der Einnahme der Antibabypille angefangen. <<

>> Das möchte ich eigentlich nicht, alleine schon wegen des Rauchens. <<

>> Das stimmt, aber ich nenne mich ja selber Gelegeheitsraucherin. Ganz ehrlich Mädels, ich würde lieber auf Zigaretten verzichten, als Hitzwellen aushalten. <<

>> Kaum vorstellbar <<, mischte sich Jana ins Gespräch. Sie hatte als unsere jüngste in der Runde auch noch gut reden und durfte bis jetzt auf die

Bekanntschaft der Wechseljahre und Stimmungsschwankungen verzichten.

» Wo willst du dich vorstellen? « Hanna hatte Jana kaum verstanden, weil ihre Kofferrollen so laut über den Asphalt schallen.

» Wie Vorstellen? Wer hat denn was von Vorstellen gesagt? «

» Na du vorhin zum Thema Rauchen. Ich dache, du bist mit deinem Job mehr verheiratet als mit Henning und nun willst du dich in einer Bar vorstellen? «

» Na das kann ja was werden mit dir und deinem kaputten Gerät. Hanna, Hanna, Hanna. Schüttel mal an deiner Hörmuschel, dann verstehst du auch was von den Gesprächen. Ich sagte kaum vorstellbar und nicht Vorstellen in einer Bar. Du kommst aber auch mit Klöpsen um die Ecke. «

Hanna, die Jana jetzt wieder besser verstand, grinste nur. » Gut ne? Gewöhnt euch lieber dran, wird ´ne harte Woche für euch. « Sie nahm es wirklich mit Humor.

» Dann machen wir uns erst auf die Suche nach einem Akustiker. Bitte! «

Ich unterbrach die beiden lachend . » Ich glaube, das wird nichts. Hier gibt es weder einen Akustiker, noch einen Optiker, es sei denn, ihr schippert zum Festland zurück. «

» Ach nö, ne? «

» Doch Jana, da musst du diese Woche wohl durch. «

Jana schnappte sich ihren Koffer und Hanna fragte nochmal nach. » Wo sitzt der Lurch? « und Jana zischte ab.

Ich wollte gerade den Vorschlag machen an der nächsten Fischbude einen kleinen Boxenstopp einzulegen, als Anke mit gleicher Idee schon gezielt abbog und sich ohne groß zu überlegen ein Bismarckbrötchen bestellte. Hanna, die für Fisch nicht viel übrig hatte, setzte sich mit unseren Gepäck auf einem Mauersims und beobachtete zuerst uns, die wir hungrig in die Ausgabe spähten und dann eine frech aussehende Möwe auf einer Straßenlaterne, die ebenfalls gierig den Fischstand fixierte.

Anke verdrehte geniesserisch die Augen. » Boah Mädels, ist das lecker. Also den Bismarck kann ich nur empfehlen, der kam aber auch wie gerufen, ich war ja kurz vor dem verhungern. Das muss an der Seeluft liegen. Ich geh lieber schon mal zu Hanna rüber, sonst komm ich noch in Versuchung mir ein zweites zu kaufen. «

Hanna konnte den Sabber der Möwe quasi triefen sehen, als Anke erneut genussvoll in ihr Fischbrötchen biss, sich den Mund mit der Serviette abputzte und bevor sie ihre Freundin noch warnen konnte, schoss die

Möwe im Steilflug auf Anke zu und stibitzte ihr das Brötchen gierig aus der Hand.

Anke schrie auf und ließ vor Schreck alles fallen. »So ein Mistvieh «, schimpfte sie. »Oh seh nur Hanna, mein tolles Brötchen. «

Hanna musste lachen. » Ich wollte dich erst noch warnen, denn die Möwe hatte dich schon beim Brötchenaussuchen anvisiert. Jetzt steht es eins zu eins zwischen uns, obwohl das mit meinem Hörgerät etwas schlimmer ist, als mit deinem Fischbrötchen. «

» Das du da noch lachen kannst. Das liegt alles nur daran, dass die Menschen diese Tiere immer Füttern müssen, sonst würden die doch nicht so betteln und sich hier im Ort wie die Aasgeier auf alles Essbare stürzen. «

» Möwen sind nun mal gute Bettler. «

» Diebe sind das! Hinterhältige Diebe! Klar, dass du die Viecher wieder in Schutz nehmen musst! « Anke sammelte mit einer Serviette die Brötchenreste vom Gehweg auf, um sie in einem Mülleimer zu entsorgen und wurde dabei von der frechen Möwe, die wieder ihre Laternenposition eingenommen hatte, beobachtet und angemeckert. » Dachtest du jetzt etwa, dass ich dir das restliche Brötchen noch für unterwegs einpacke oder warum meckerst du so? « Hanna musste lachen und mittlerweile waren auch wir anderen mit einem Fischbrötchen bewaffnet bei den beiden angekommen. Von der Attacke hatten wir gar nichts

96

mitbekommen, sondern nur gesehen, wie Anke den Boden wischte.

Ines schaute zu ihr. » Hat dir das Brötchen doch nicht geschmeckt? «

» Sehr witzig! Pass lieber auf die Möwe da oben auf. Die hat schneller dein komplettes Brötchen im Schnabel, wie du Fisch buchstabieren kannst. Ist ja wie im Hitchkock Film hier. « Anke war immer noch erschrocken und Hanna grinste weiterhin. » Jetzt hör mit deinem blöden grinsen auf. « Wenn es bei ihr ums Essen ging, kannte sie keine Freunde.

» Es war doch nur ein Brötchen «, versuchte es Hanna.

» Nur ein Brötchen! « Schnaubte Anke zurück.

» Komm. Setzt dich hier hin und ich hole dir für mein blödes Grinsen ein neues, ok? «

» Quatsch, dass mach ich schon selber, aber diesmal esse ich es dirket neben dem Schalter unter der Markiese « und verschwand.

Uns ließ die Möwe komischerweise das Fischbrötchen zu ende geniessen, vielleicht war sie bei drei auch überfordert?

*

Frisch gestärkt machten wir uns weiter auf unsere Unterkunftssuche, entfernten uns aus der Ortsmitte und schlenderten Richtung Dünen weiter. Jana zog ihren Backstein-Koffer brav hinter sich her und beschwerte sich noch nicht mal über den holprigen Weg, als sie diesen über die Pflastersteine zog.

>> Wie weit ist es denn noch, Katja? << Hanna setzte sich die Sonnenbrille auf und kam zu mir.

>> Dürfte nicht mehr weit sein, wir sind ja schon bei den Dünen angekommen. Vielleicht noch ein paar Minuten. <<

>> Okay. Schön hier. << Hanna war ein sehr zufriedenstellender Mensch mit wenig Ansprüchen. >> Ich glaube, die Insel würde Sven auch gefallen. Ruhig, kein Streß, keine Menschentrauben, viel Natur, dürfte nur unser Pubertierende nicht mitfahren. <<

>> Das hört sich ja aber gemein an. Vergess nicht, dass es mein Patenkind ist. <<

>> Ich habe es ja in Svens Augen beschrieben, nicht in meinen. Du weißt, Fynn kann im Leben machen was er möchte, ich werde immer zu ihm halten. <<

>> Na immer ist vielleicht auch nicht richtig, aber in Kinder bzw.Jugenderziehung mische ich mich lieber nicht ein, aber ich denke, wenn Teenies mit purer Absicht etwas verbotenes tun oder sich daneben benehmen, dann darf man auch mit ihnen schimpfen und sie bestrafen. <<

>> Das sagt man immer so einfach. << Hanna zog ihren Rucksack über die Schultern und schaute über die Dünenlandschaft. >> Herrlich, Katja. <<

>> Na hoffentlich fällt unsere Unterkunft auch herrlich aus! <<

» Wieso? Hattest du die noch nicht gegoogelt? «

» Doch, aber die Seite ist momentan im Aufbau und wird neu gestaltet, deshalb prangte nur ein großes Baustellenfenster auf meinem Bildschirm und der Hinweis der Umgestaltung. «

Ines, die wie ich sehr pingelig war mich aber noch übertraf, schaute mich mit großen Augen an. » Also Katja, ich habe mich jetzt schon drauf verlassen, dass es eine Deluxe Ferienunterkunft ist. Ich meine, mit Whirlpool und mitten in den Dünen hört sich doch auch luxeriös an, oder nicht? «

» Wird es schon, Ines. Langeoog besitzt aber auch einige recht alte Häuser, die trotz der vielleicht nicht mehr so schönen Außenfassade von innen modern und gemütlich eingerichtet sind. Die Hauptsache ist, dass es sauber ist und da hatte ich hier noch nie Pech gehabt. «

» Wenn du Pech hast merkst du es sofort, wenn du Glück hast merkst du das eher selten. Komisch, aber an dem Spruch ist doch was wahres dran. Gut, dass ich hier gerade eine Drogerie entdeckt habe in der es im Notfall Putzmittel zu kaufen gibt. « Ines band sich ihr Haare zusammen.

Anke, die für so viel Pingeligkeit überhaupt kein Verständnis hatte, schüttelte nur den Kopf. » Mädels! Mädels, eure Probleme möchte ich haben! «

» Du hast doch Peter, der viel zuhause macht. Und eine Schwiegermutter, das sollte dir doch als Problem reichen! « Jana und Anke taten sich beide nichts und hatten öfters kleine, leichte Anstoßpunkte, die aber nie Böse waren.

Nach der nächsten Kurve bogen wir in die Willrath-Dreesen-Straße ein. Viele Häuser gab es hier nicht und die Nachbarhäuser, die hier standen, die waren alle gut 200 Meter entfernt voneinander gebaut worden. Es lag, wie in der Ausschreibung beschrieben, wirkich sehr idyllisch und ich entdeckte über der Hausnummer 7 das Schild Haus ~Fernweh~. Ich stellte meine Reisetasche ab. » Wir sind daaaaa! «

» Na endlich, wollte mir schon ein Taxi rufen. «

» JANA! Hier auf der Insel fahren keine Autos!«

» Nicht mal Taxen? «

» Kutschen. «

» Au Mann, Back to the Fiftys. Na egal, wir haben es ja auch so geschafft «, ließ ihren Koffergriff los und rieb sich heimlich die Hände.

Ich kramte aus meinem Rucksack die Unterlagen hervor, ging den schmalen Weg zum Haus hoch und kurz bevor ich dort ankam, wurde die Haustür geöffnet und eine nette ältere Dame Namens Jansen begrüßte mich fröhlich und winkte meinen Freundinnen zu.

» Herzlich Willkommen im Haus Fernweh. Ich hoffe, Sie hatten eine angenehme Anreise? «

» Moin und ja Danke. « Ich reichte Frau Jansen die Hand. » Abgesehen vom Verlust eines Hörgerätes und einem Fischbrötchen wegen eines Möwenangriffs, sind wir heile und unversehrt angekommen. «

» Ach herrje, so viel spektakuläres am frühen Mitttag? Ja auf die Möwen müssen sie hier aufpassen, die sind tatsächlich frech. «

Hanna kam zu mir und begrüßte Frau Jansen ebenfalls per Handschlag. » Schön idyllisch haben Sie es hier. «

» Das stimmt. Auch Ihnen herzlich Willkomen im Haus Fernweh.«

Hanna dreht sich suchend um. » Eine Moschee? Katja haste das gehört. «

Frau Jansen schaute Hanna fragend an und ich zeigte auf ihre Hörhilfe, die zu streicken schien und während wir noch über die Moschee lachten, setzten sich Anke, Ines und Jana auf die Bank am Weg und warteten geduldig, bis wir alle Anmeldeformalitäten ausgefüllt hatten.

Frau Jansen war eine nette urtypische Insulanerin, die im Haus Fernweh groß geworden war, doch als ihr Mann vor Jahren verstarb und ihr Sohn Sad ausgezogen war, wollte sie doch lieber etwas mehr im Ort leben und ließ das Haus zu einem Ferienhaus umbauen.

» Wie sind Sie denn auf den schönen Namen Fernweh gekommen? «

Frau Jansen lächelte Hanna an. » Das lag eigentlich an meinem Mann. Wissen Sie, er war mit Leib und Seele Seemann und als ihm eine schwere Krankheit die Schifffahrt verbot, veränderte das sein ganzen Leben. Aus dem geselligen und humorvollen Seemann wurde leider ein immer mehr in sich gekehrter Mensch. Oft saß mein Mann stundenlang auf der Terrasse oder dem Balkon und schaute schwermütig über die Dünen zum Meer. « Frau Jensen schaute jetzt ebenfalls traurig. » Er beklagte sich nie, doch wer ihn kannte, der wusste, dass mein Mann sehr unter Fernweh litt. «

» Das tut mir leid. «

» Ist schon alles Jahre her «, winkte Frau Jansen wieder lächelnd ab und reichte mir den Haustürschlüssel. » Ich entschloss mich lange nach dem Tod meines Mannes das Haus für Feriengäste zu vermieten, damit wieder Freude in die Stube kommt. Als ich das meinem Sohn Sad erzählte, war er erleichtert, denn es war ihm schon länger ein Dorn im Auge, dass ich hier draußen recht einsam wohnte und er selbst wollte die Unterkunft auch nicht für sich selber nutzen. Sad hat eine kleine Wohnung im Dorf angemietet und eine kleine Stube auf dem Festland. « Frau Jansen seufze kurz auf. » Früher, als die Nachbarn hier noch alle lebten, war natürlich mehr Leben in der Straße, aber viele Insulaner sind mittlerweile verstorben oder haben der Insel den Rücken gekehrt. « Sie zeigte zum etwas verkommend wirkenden

Nachbarhaus. >> Früher lebte dort eine Familie mit fünf Kindern, dessen Vater hier Insellehrer war. Sie können sich vorstellen, dass dort immer Stimmung war und man sich manchesmal nach etwas Ruhe sehnte. Heute ist es genau andersrum. <<

>> Was ist denn mit der Familie passiert? Ich meine, dass Haus sieht so verlassen aus. << Ich fand es schade, das so ein schönes Haus verkam. Es war im selben Baustil wie das ~Fernweh~ Haus gebaut worden, doch leider total verwildert und die geschlossenen Fensterläden hangen halb aus der Angel.

>> Tja, der Vater wurde versetzt und die Familie verließ die Insel. Ganz genau weiß man nicht was passiert war, denn der Auszug geschah von heute auf morgen und seid dem, lassen sie mich kurz überlegen, ja seid ungefähr zwanzig Jahren steht das Haus nun leer. Es ist wirklich eine Schande. So viel ich weiß, möchte die Familie das Haus aber nicht verkaufen und lassen es somit lieber vergammeln. << Frau Jansen zog die Schulter hoch. >> Aber jetzt meine lieben Gäste, habe ich genug von mir erzählt, jetzt erzählen Sie mal. Waren Sie schon mal auf Langeoog? <<

>> Auf der Insel ja, aber immer etwas mehr im Ortsinneren. << Ich drehte mich zufrieden im Essbereich um. >> Aber so schön habe ich noch kein Ferienhaus eingerichtet gesehen und die paar Meter, die wir es jetzt zum Strand oder Inselmarkt weiter haben, nutzen wir einfach für gute Inselluft und Bewegung,

außerdem wollten wir uns sowieso Fahrräder ausleihen. «

» Sie sind ja noch jung, meine Knochen wollen leider nicht mehr so. Im Schuppen ist übrigens ein Bollerwagen untergestellt, den können Sie gerne nutzen. Ansonsten müsste alles soweit fertig sein. Die Betten sind bezogen, Handtücher liegen in den Bädern aus, die Bezüge der Gartenmöbel liegen im Kellerregal und sollten Sie doch einen Grund zur Beanstandung haben, hängt am Türeingang ein Zettel mit meiner Telefonnummer, sowie die von meinem Sohn Sad, der hier unter anderem die Gärtnerarbeiten vornimmt. Also, wenn Sie hier einen feschen Burschen rumlaufen sehen, dann nicht wundern, dann ist es Sad «, stolz lachte Frau Jansen.

» Oje, da müssen wir auf unsere Freundin aufpassen, sie liebt junge Männer «, lachten wir mit. Dann bot sie uns noch freundlich den Getränke Lieferanten, sowie den Brötchendienst an, in dem ihr Sohn nebenbei arbeitete und während ich schnell die paar Formalitäten für das Reisebüro ausfüllten, notierte Frau Jansen sich gleich unsere Brötchbestellung für die ganze Woche, legte uns den aktuellen Flyer über Ausflugsmöglichkeiten auf den Tisch, bat uns noch um ein typisches Urlaubsfoto für ihr Gästebuch und verabschiedete sich winkend.

*

» Fertig für die Besichtigung? «

Ines war begeistert. » Auja, da bin ich ja gespannt. Ich bin eh auf alles hier gespannt, zumal ich noch nie auf einer Insel war. Wir waren mit Yannik, wenn wir mal zur Nordsee gefahren waren, an den Sielen hängen geblieben. Thomas wollte damals noch nicht mal einen Tagesausflug zu den Inseln wagen und gestern Abend hatte er mir noch gesagt, ich sollte viele Bilder machen und ihm zuschicken; denn wenn mir die Insel gefallen würde, würde sie ihm auch gefallen. So ändern sich die Zeiten. «

» TzzTzzTzz, ist schon ein kleiner Schleimi geworden, dein Thomas. « Jana setzte ihre Sonnebrille auf.

» Ha! Das sagst du mir! Dein Henning darf ja noch nicht mal an was anderes denken, als an dich, sonst flippst du schon aus. Der steht doch wohl total unter deiner Regie und das ist auch der feine Unterschied zwischen uns. Während mein Thomas noch seine eigene Meinung vertritt, spricht dir Henning nur nach den Mund. «

Jana schob ihre Sonnenbrille wieder zurück ins Haar. » Du hast zwar in allen Punkten Recht, meine Liebe, aber vergess mal nicht, dass mich mein Mann noch nie beleidigt hat. «

» Dafür aber betrogen «, rutschte es Ines raus.

Janas Augen verengten sich, denn das Henning mal einen kleinen Ausrutscher hatte, hatte sie ihren Mädels auf der Kreuzfahrt gebeichtet, doch seitdem ist dieses

Thema bei ihr Tabu. » Weißt du Ines, wer im Porzellanhäuschen sitzt, sollte nicht mit Steinen werfen und ich hatte meine Genugtuungen, übrigens vor und nach Hennings One Night Stand, da mach dir mal keine Sorgen.

» So genau wollte ich das jetzt auch nicht wissen. Sorry Jana, dass ist mir auch so rausgerutscht und war keine böse Absicht, aber du kannst ja auch verteilen und wer verteilt, muss auch einstecken können «, sie wollte schnell das Thema wechseln, da ihr der Ausrutscher tatsächlich leid tat. » Kommt Mädels, laßt uns die Unterkunft begutachten. «

» Genau und dann packen wir aus und gehen erstmal einkaufen, ich hab langsam Hunger. «

» Mensch Anke. Denkst du eigentlich nur ans Essen? «, lachte ich.

» Na ihr habt gut lachen, euch hat die Möwe ja auch nicht attakiert. « Jetzt lachten wir alle, da Anke ein total trotziges Gesicht zog.

*

Vorsichtig und gespannt durchquerten wir die Räumlichkeiten im Untergeschoss und der erste Eindruck ließ alle staunen. Nach einem kleinen Flur, folgte ein geräumiger Wohn/Esszimmer Bereich mit offener Küche, Kamin und direktem Zugang zu der Terrasse, die Hanna sofort öffnete, da sich wieder eine Hitzewelle ankündigte. » Cooler Ausblick Mädels, schaut mal, nur Dünen und da hinten das Meer. Wir haben sogar zwei Liegen und einen Strandkorb hier stehen. Toll! «

Ich zeigte auf die Wendeltreppe nach oben. » Sollen wir mal oben gucken gehen. «

» Ja klar, ich will doch die Schlafräume und das Bad sehen. « Anke war neugierig geworden und unser Putzteufel Ines kontrollierte heimlich mit einem Zeigefingerwisch auf dem Sideboard, ob alles sauber genug war.

» Na du Kontrollfreak? Haben die Raumpfleger den TÜV bestanden? « Jana wurde von Anke, die in der ersten Etage angekommen war, unterbrochen.

» Uij, was schön, guckt mal, sogar mit einem Himmelbett. Wie viele Schlafzimmer hat das Haus eigentlich, Katja? Es sieht überhaupt von Außen nicht so groß aus. «

» Ich meine es müssten vier Schlafräume sein. Zwei in der ersten Etage, eins im Keller und eins im ausgebautem Spitzboden. «

» Ohh, das würde ich gerne nehmen, dann könnte ich immer die Sterne durch das Dachfenster beobachten «, Hanna liebte Dachgeschoßwohnungen und kraxelte flink die Spartreppe nach ganz oben. » Hier ist ein großer Schlafraum, mit zwei großen Einzelbetten. Schlicht aber schön. Und hier, wartet mal, ich öffne mal die Tür, ach guck, hier ist noch ein Räumchen mit einem WC und einem kleinen Waschbecken. «

>> Du müsstes eigentlich im Keller schlafen, Hanna. <<
Ines kam aus dem Keller auf unserer Etage und schaute
sich die Schlafräume an.

>> Was soll dass denn heißen? <<

Ines lachte. >> Na wegen deinen ständigen
Hitzwellen. Da unten ist es total kühl. Wenn du es aber
nicht möchtest, dann werde ich mich dort ausbreiten
wollen, Hauptsache ich schlafe alleine und störe
keinem mit meinem Geschnarche. <<

>> Also Ines wenn du danach gehst, müsste ich auch
ein eigenes nehmen. Ich schnarche ja auch. << Stefan
erzählt mir oft von meinem nächtlichen Einsatz im
Sägewerk. Ich öffnete die nächste Tür und schaute mir
das Bad im ersten Obergeschoß an, welches mit einer
großen offenen Dusche schon sehr chic aussah und
machte sofort ein Foto mit dem Handy, denn die Braun
Beigen Fliesen harmonierten farblich so schön
zusammen, dass ich es Stefan schicken wollte.

>> Ich finde, Katja darf sich zuerst ein Schlafbereich
aussuchen und dann teilen wir uns die anderen
Zimmer auf. <<

>> Gute Idee Anke, so machen wir das <<, nickte
Hanna von oben und sah mich flehend an.

Ich entschied mich für den Schlafraum mit Balkon im
ersten Obergeschoß, Jana nahm das
Himmelbettzimmer gegenüber, Hanna und Anke
wollten es sich im Dachgeschoß gemütlich machen und

Ines zog tatsächlich freiwillig in den Keller, was ich blöd fand. » Ines? Du kannst auch gerne bei mir mit im Zimmer schlafen. Es ist groß genug für zwei, hat neben dem Doppelbett auch ein Einzelbett und wir könnten jeden Abend um die Wette schnarchen. « Ich zeigte auf den Balkon, der direkt über der Terrasse gebaut war. » Guck mal, alleine schon der Balkon. Klein aber für ein Gute Nacht-Kippchen am Abend völlig ausreichend. « Ines schaute sich alles in Ruhe an, entschied sich aber dagegen. » Es ist ein schönes Zimmer, aber unten habe ich nicht nur meine Ruhe, sondern mein eigenes Bad mit Badewanne und Whirlpool. «

» Im Ernst? « Auf einmal war Anke hellhörig geworden. » Ein Whirlpool? Ich dachte vorhin das wäre ein Scherz. Heißt dass jetzt, wer das Zimmer im Keller nimmt, hat somit das alleinige Recht auf die Whirlpoolnutzung? «

» Tja meine liebe Anke, man kann nicht alles im Leben haben! «

Anke streckte ihr die Zunge heraus, als wir von Janas lauter Unterhaltung unterbrochen wurden.

» Huhu und Moin Moin, ja wir sind gerade erst angekommen. « Ich sah Jana am offenen Fenster winkend stehen. » Ein was? Ein Friesengeist? Kenne ich nicht, hört sich aber gut an. Prost! Ach ich soll rüber kommen? Klar, gerne, alleine oder mit Anhang? «, lachte sie. » Welche Liste soll ich mitbringen? Die Getränkeliste? Mach ich glatt. «

» Ähm, Jana? Geht das schon wieder los mit deiner Urlaubsflirterei? Ich dachte, die Geschichte hätten wir im letzten Jahr schon durch gekaut und hinter uns. «

» Es ist doch nur der Gärtner. Frischfleisch, Anke, Frischfleisch! Erste Sahne sag ich dir! «

» Der Gärtner? Und der trinkt während seiner Arbeit? «

» Der Gärtner ist der Sohn von Frau Jansen, unserer Vermieterin «, versuchte ich zu erklären, doch Jana war völlig überdreht. » Trinken scheint bei den Ostfriesen doch gang und gebe zu sein, oder? So wie wir nach dem Essen einen Schnaps verbrennen, machen die es eben Mittags schon. Nett sieht der aus und einen tollen Body hat er. Ich frag mal, ob er meinen Koffer ins Himmelbettzimmer tragen kann. «

Anke ging kopfschüttelnd weiter auf Hausbesichtigung. » Ein Gärtner ist kein Roomboy. Wenn du so viele Sachen in den Koffer packen musst, dann seh auch zu, wie du den getragen bekommst. «

Jana warf ihr Haar nach hinten. » Fragen kostet nichts und man muss immer das praktische mit dem nützlichen verbinden. «

» Bei dir verbinde ich so einiges «, drehte sich Anke ab. Ich versuchte einen zweiten Versuch zu Wort zu kommen. » Dann würde ich jetzt vorschlagen, wir beziehen unsere Zimmer, gehen einkaufen und dann zeig ich euch schon mal einen Teil der Insel. Habt ihr Lust? «

» Wieso hat du in deinem Zimmer Pinsel? «

» Hannaaaa! « Ines zeigte auf ihre Ohren. » Batterientausch! Apropos Batterien. Sag mal Katja, wenn es hier keinen Akustiker gibt, gibts doch hoffentlich ein Laden, der Batterian verkauft oder hast du genug eingepackt, Hanna? «

» Aber ich bin doch nicht eingeschnappt! «

Anke musste lachen. » Mensch Ines, willst du nicht doch bei Hanna im Dachgeschoß schlafen? Hanna kann dich doch gar nicht schnarchen hören! Ich teile mir dann mit Katja das Zimmer und keiner schläft alleine im Keller wo es spukt und auch bestimmt viele Spinnen hausen. Außerdem wäre dann der Whirlpool für uns alle nutzbar! Was haben wir gerade noch gelernt? Immer das praktische mit dem nützlichen verbinden! «

» Na dass hast du dir ja jetzt geschickt ausgedacht «, lachte Ines. » Zum Glück bin ich ja kein Angsthase, deshalb bleibe ich gerne unten. Bleib du mal lieber bei Hanna, ihr zwei seid ja schon so ein eingespieltes Zimmerteiler-Team. «

Hanna verstand gar nichts mehr, schüttelte an ihrer Hörhilfe und als es endlich wieder Plöpp machte, strahlte sie uns mit einem Daumen hoch an. » Bin wieder online. «

Ich machte auch Plöpp, aber mit der gewonnenen Sektflasche aus dem Reisebüro, mit der ich mit meinen Mädels auf eine schöne Woche anstoßen wollte.

Kapitel 6
Endlich Urlaub

Nachdem wir alle unser paar Sachen ausgepackt hatten, schnappten wir uns den Bollerwagen aus dem Gartenhäuschen und machten uns auf dem Weg zum Inselmarkt. Jana, die tatsächlich zum Gärtner gegangen war, ignorierte uns, sie war in ihrem Flirtmodus und schien plötzlich Pflanzen interessanter zu finden, als die Spirituosenabteilung. Anke fand das verhalten unmöglich und schnappte ruckartig den Bollerwagen. ›› Dann hat unsere Madam eben Pech gehabt und muss morgen frühstücken, was auf den Tisch kommt. Wie war das? Man kann im Leben nicht alles haben? ‹‹ Ines gefiel das Verhalten auch nicht. ›› Wir packen einfach Kaffee und ein paar Rollmöpse ein. Sie wird morgen bestimmt einen Kater haben, wenn sie jetzt mit dem Gärtner anfängt zu trinken. Ostfriesen können Schnäpse gut vertragen, ich denke, da zieht sie den kürzeren. ‹‹ Auch ich fand es schade, das wir fünf nicht zusammen loszogen, versuchte aber dass Beste draus zu machen. ›› Nun laßt ihr doch den Spaß. Kommt Mädels, wir kaufen schnell ein und dann ab an den Strand. Ihr werdet begeistert sein! ‹‹ Und so machten wir das auch. Im Inselmarkt kauften wir etwas abgepackte Wurst, Speck, Käse, Marmelade und einen Nuss-Nougat-Aufstrich, sowie Kaffee, Filtertüten, Müllbeutel, Milch, Butter, ein paar Tomaten, Eier, WC-Papier, Küchenrollen, Servietten, tatsächlich Rollmöpse und am Ende landeten noch zwei Flaschen Wein, Zigaretten und Süßkram in unserem Einkaufskorb, bevor wir zufrieden mit dem Bollerwagen zur Unterkunft zurückwanderten. Gut, das wir den Wagen dabei hatten, fand Hanna begeistert. » So ein Wegelchen sollte man bei uns im Ruhrpott auch mal wieder einführen und nicht jeden Meter mit dem Auto anfahren. Hat irgendwas von früheren Zeiten. « Und genau dass war es, was mir so gefiel, dachte ich. Es fehlte zum Autoverbot nur noch ein Handyverbot hier auf der Insel damit die Menschen nicht nur mit einem Displayblick durch die Welt liefen, doch das wäre in der heutigen Zeit wohl unvorstellbar. Anke schien Gedanken lesen zu können, denn sie schnappte meine gerade auf. » Ich hab ´ne super Idee, Mädels. Sollen wir uns mal eine Woche Handy unabhängig machen und das Ding nur im Notfall nutzen? Also klar können wir unsere Zuhausegebliebenden anrufen oder schreiben, oder auch Fotos schicken, aber nicht ständig daran rum daddeln. Wir könnten ja eine Handy-Benutzungsuhrzeit vereinbaren. Back to the good old time! Danke für deine Vorlage, Hanna. «

Mir gefiel die Idee, mich brauchte Anke nicht fragend anzusehen und Jana fand einen Handyentzug bestimmt auch interessant da sie ja sowieso eine kleine Auszeit von Henning suchte. Ines und Hanna brauchten etwas Bedenkzeit, stimmten aber nacheinander der Idee, unter Berücksichtigung von Ausnahmeanrufen der Kinder, zu. Na da war ich ja mal gespannt, wer von uns zuerst schwach wurde um mal eben nach Schuhe oder den neusten Haarschnitt zu googlen.

*

Wir packten unseren Einkauf aus und wollten gerade los, als Jana im Türrahmen erschien.

» Habt ihr etwa schon euren Koffer ausgepackt, hicks? «

» Wir hatten ja nur eine Reisetasche auszupacken und keinen ganzen Kleiderschrank wie du. «

» Hicks, boah was macht ihr einen Streß, aber egal, Sad kommt eben und trägt meinen Koffer ins Zimmer. «

» Sad? Aha? « Anke wieder.

» Ja Sad, er hat eine Wette verloren. Er dachte, hicks, dass ich nach dem fünften Friesengeist zusammenklappe, aber taraaa, ich steh noch wie ein Leuchtturm in der Brandung und dafür muss er mir jetzt den Koffer hochtragen. «

» Da kenn ich schlimmere Wetteinsätze, gerade für einen Mann. « Ines wirkte genervt. » Wann kommt denn dein Sad? Wir wollten nämlich jetzt langsam zum Strand. «

Jana nahm ihr Handy aus der Gesäßtasche hervor. » Er müsste jeden Augenblick, hicks, hier sein und dann begleite ich euch. «

» Mit der Fahne? « Anke wedelte sich mit der Hand vor dem Gesicht.

» Warum nicht? Hier gibt´s soviel Fahnen, da falle ich doch gar nicht auf, hicks. «

» Dein Handy kannste gleich wieder wegstecken. Wir haben vorhin beschlossen, dass Langeoog für das Gemüt nicht nur eine Autofreie Insel sein sollte, sondern auch eine Handyfreie. Also haben wir uns für eine Handyfreie Woche entschieden. Die genaue Nutzungszeit müssen wir dann noch besprechen.«

Jana schaute uns mit offenem Mund an und tippte sich an die Stirn. Komisch, dachte ich, da hatte ich mich wohl vertan. Ich hätte schwören können, das sie sich über die Idee freuen würde, da Henning somit nicht ständig Nerven konnte. » Was stimmt denn bei euch da oben nicht? «

Anke legte die Weinflaschen in den Kühlschrank. » Da stimmt alles und darüber brauchen wir nicht zu diskutieren. Hättest du uns begleitet, hättest du ein Veto einlegen können, doch nun haben wir schon abgestimmt. 4:1. Blöd, ne? «

» Ihr habt sie doch nicht mehr alle, aber wenn ihr meint, ich könnte ohne Handy nicht Leben, dann bitteschön, ich will ja keine Extrawurst sein. «

» Neeeeeiiiiinnnn, du nie! «

Zum Glück klopfte in diesem Moment der Gärtner an der Haustür. » Moin Mädels, ich bin Sad, der Gärtner und Bote vom Dienst. Ich wollte euch nicht stören, nur eben meine verlorene Wette einlösen. « Er entschuldigte sich bei uns für seine dreckigen Klamotten und stempte seine muskeliösen Arme in die Hüften. » Na dann bring ich den Koffer mal eben in dein Himmelbettzimmer und dann bin ich auch schon wieder verschwunden. Habt ihr die Getränkeliste vielleicht schon ausgefüllt? «

Ach ja, das wollten wir ja auch noch machen, fiel es mir wieder ein. » Füllen wir gleich aus und werfen sie in den roten Briefkasten am Tor-Eingang, ok? «

» Na klar, kein Problem. Wo steht denn dein Koffer, Jana? «

» Ist er nicht toll, der Saddy, hicks. « Jana strahlte den Burschen an. » Wir sind gleich wieder da, eine Minute, länger brauchen wir bestimmt nicht, hicks. «

» Eine Minute? Du? Im Leben nicht und so schnell wird Sandy auch nicht sein. « Konnte sich Hanna nicht verkneifen und wir mussten ausnahmsweise mal über ihren Höraussetzer lachen.

*

Endlich konnte die Inselerkundung los gehen und wir starteten direkt mit dem Oststrand. Auf den Weg dorthin kamen wir am schönen Reetgedecktem Sonnenhof vorbei, wo einst Lale Andersen lebte.

Ines blieb stehen und holte ihr Handy aus der Tasche. >> Für Fotos dürfen wir die Handys ja nutzen, oder? <<

Ich lächelte. >> Ja natürlich. Du kannst dein Handy immer nutzen, wenn du möchtest, es wird ja keinem verboten. <<

Jana schnappte meine Worte auf. >> Ach ne, auf einmal? Vorhin hörte es sich aber anders an. << Ich harkte sie unter.

>> Es geht Anke und uns doch nur darum, dass wir mal eine Woche abschalten wollen und wenn nicht hier, wo uns keine typischen Ruhrpottgeräusche begleiten, wo denn dann? Wir dachten, dass wir alle ohne irgendwelche Ablenkungen durch Piep,- Vibrationen oder sonstigen Klingeltönen den Zwang ablegen könnten, ständig erreichbar zu sein. Ist doch nur ein Versuch und kein Verbot. <<

>> Pah. Ich brauch mein Handy nicht. Ist ja auch ´ne gute Idee, aber ich mag es nicht, wenn einfach was über meinen Kopf hinweg entschieden wird. <<

>> Hätten wir ja nicht gemacht, wenn du mit uns zum einkaufen gegangen wärst. Ganz einfach. <<

Ines machte ein Foto von dem Haus. >> Wow sieht das schön aus. <<

>> Leider gibt es hier nicht so viele Reetdachhäuser wie auf den Nordfriesischen Inseln, aber das hier ist wirklich sehr schön <<, gab ich zu.

>> Gibt es denn nur den einen Strandabschnitt hier? << Anke zeigte auf ein Hinweisschild, mit der Aufschrift Ostbad und ich erklärte ihr, dass Langeoog drei Strandabschnitte besaß, obwohl es optisch so aussah, als wenn es ein einzig langer gelber Fluß aus Sand sei. Der Oststrand war sowohl der Hunde,- als auch der Drachenstrand.

>> Für alle Schwiegermütter, vor allem für meine <<, lachte Anke.

>> Genau und wenn wir dann gleich nach links gehen, da wo ihr den Wasserturm seht, da ist dann der Hauptstrand. Das ist der Mittelpunkt der Insel. Dieser Strandabschnitt wird meistens von sportlich aktiven Urlaubern genutzt, sowie Familien. <<

>> Also nichts für uns <<, stellte Hanna trocken fest.

Ich erklärte weiter. >> Und direkt nach dem Hauptstrand kommt der Weststrand mit seinen zwei Gesichtern. Der eine Teil ist wunderschön naturbelassen und der andere wurde bebaut. Toll ist an diesem Abschnitt eine vorgelagerte Sandbank und einem Priel, der zwischen Sandbank und Strand liegt. Hier versuchen oft die Kite- und Surfanfänger ihr Glück, sich mit dem Sport anzufreunden. Ihr seht, der

Strand von Langeoog bietet sich hervorragend für ausgedehnte Strandwanderungen und ... «

» Ich hasse wandern. « Hanna meldete sich kurz zu Wort und wir gingen am Dünenfriedhof vorbei und ließen links von uns den Pirolaweg liegen. Also fast, denn Jana blieb wie angewurzelt stehen. » Boxenstopp Mädels! Boxenstopp und scharf links abbiegen! Hier gibt's ne Piraten-Pinte. Wie cool ist dass denn? «

Anke studierte noch die Preise der Getränkekarte am Aushang, während Jana bereits in den Biergarten trat, einen schönen Platz besorgte und uns zuwinkte. » Alleine der Kellner sieht doch wohl schon erste Sahne aus! «

Hanna schaute auf die Getränkekarte. » Ist immer eine Frage des Preises. «

» Wie jetzt? «

» Na ich schätze in dieser Lage, fast am Strand, wird eine extra Portion Sahne nicht billig sein. «

Jana verdrehte die Augen, nahm Hannas Gesicht in beide Hände und schüttlete leicht ihren Kopf bis es wieder Plöpp machte. » Hörst du mich? «

» Ja natürlich, warum sollte ich dich nicht hören, ihr tut immer als ob ich Schwerhörig sei. Wolltet ihr jetzt ein Sahnelikör trinken, oder nicht? «

Es wurde zwar eine Weinschorle, aber die schmeckte uns auch.

Unsere Erkundung ging weiter. Wir folgten der Dünen hinunter zum Oststrand und nahmen Kurs zum Hauptstrand. Unterwegs alberten wir mit einem vergessenen Ball herum, nutzten wie kleine Kinder die Wippe, sowie die Rutsche und fanden beim Muschelsuchen noch viele bisher für uns unbekannte Meeresbewohner.

Anke warf Ines den Ball mit so viel Kraft zu,dass dieser in den Dünengräsern landete. » Nicht so doll, Anke, wir sind doch hier nicht beim Handball «, lachte Ines, ging den Ball holen und kam mit zwei Stückchen Treibholz, sowie einem roten Gegenstand wieder zurück.

» Guckt mal, was ich im Gras gefunden habe. Sehen die beiden Holzstückchen nicht toll aus? Und dann noch der rote Holzseestern hier. Gut, die Farbe ist nicht mehr so frisch, aber niedlich sieht er doch aus. «

Hanna wunderte sich. » So ein altes Ding! Wer weiß, wer den schon alles in der Hand oder Mund hatte. Das gerade du Pingelkopp die Sachen ohne Gummihandschuhe anpackst, wundert mich ja etwas! Ich finde einen Seestern in naturfarbe schöner und was willst du mit den Holzstücken anstellen? «

» Das weiß ich noch nicht, ich mag Treibholz. « Ines packte die Sachen in eine papiertüte und verstaute alles in ihrem Rucksack. » Ich finde, Treibholz erzählt viele Geschichten und hat schon einiges von der Welt gesehen. Es treibt auf dem Wasser und wird durch

Wind, Gezeiten, Strömung oder dem ganz normalen Seegang an das Ufer getrieben und kann aus Baumteilen, Schiffsüberreste oder sogar Gebäudeteile bestehen, die zum Beispiel bei einem Tsunami versunken sind! Ist doch interessant, oder nicht? Und der kleine Seestern lag unter den beiden Brettern, ganz vom Sand verdeckt, den hätte ich auch beinahe übersehen, wenn nicht der Ball direkt daneben lag, wo ein Stückchen vom roten Arm herausguckte. «

» Ach wie niedlich, Ines. Aber sag mal, wenn dein Treibholz Geschichten erzählt und zufällig aus China kommt, dann verstehst du es ja gar nicht. «

» Sehr witzig, Jana. « Ines drehte sich ab, hörte Hanna und Jana aber hinter sich ʹTreib es nicht zu buntʹundʹjetzt übertreib mal nichtʹgackern und kam auf mich zu.

» Herrlich Katja. Der Strand ist herrlich, ich weiß gar nicht warum ich nie mit Yannik und Thomas nach Langeoog gefahren bin? Ist doch viele schöner, als die Küste. «

» Freut mich, dass es dir gefällt. Sollen wir am Hauptstrand wieder zurück in den Ort gehen und mal gucken, was wir heute noch essen möchten. «

» Essen? « Anke drehte sich sofort um. » Also Appetit hätte ich jetzt schon. Das muss doch an der Luft hier liegen. Von mir aus können wir selber kochen oder auch essen gehen. Was meint ihr denn? «

>> Von mir aus gerne selberkochen. << Ines kramte in ihrem Rucksack. >> Ich müsste nur kurz beim Fundbüro vorbei, um dort diesen Holzseestern abzugeben. Sieht für mich wie ein Kinderspielzeug aus und ich möchte nicht dran Schuld sein, wenn ein Kind wegen dem Verlust jetzt traurig ist. <<

Ich lachte auf. >> Also ein Fundbüro wird es hier nicht geben. Bestimmt können wir das Spielzeug im Haus des Gastes oder im Rathaus abgeben, aber die haben wahrscheinlich schon geschlossen. Warum hast du das Teil nicht gleich im Schilf liegen gelassen? Vielleicht hat es ein Kind dort versteckt und sucht es morgen? <<

>> Jetzt mach mir noch ein schlechtes gewissen, Katja. Ich hatte vorhin gar nicht soweit gedacht, fand den Stern einfach nur niedlich. Ich muss morgen unbedingt zum Rathaus. Das tut mir jetzt richtig leid.<<

>> Dann wäre das ja geklärt. << Anke schaute uns abwartend an. >> Und? Habt ihr euch jetzt entschieden? Essen gehen oder selber kochen? Ich wäre, wie Ines, für selberkochen. Wir gehen wacker zum Inselmarkt und dann machen wir es uns zuhause bequem. Einverstanden? <<

Hanna fand die Idee auch gut, denn dann konnte sie endlich in ihre bequemen Flip-Flops huschen und auch Jana und mir war es recht und somit landeten Nudeln, sämtliche Zutaten für eine Bolognese- und einer Pestosoße für unsere Vegetarierin Hanna in dem Einkaufkorb, gefolgt von verschiedenen Salaten.

Satt und zufrieden genossen wir den Abend auf der Terrasse und bevor jetzt die erste von uns, meistens war es Anke die zeitig auf ihr Zimmer verschwand, verschwand ich, um die Preise des Autorätsels zu verteilen.

Hanna, die den ersten Preis machte, überreichte ich eine Flasche Sekt, Ines bekam ein Piccolo überreicht und Anke eine Tüte Salzlakritz. Jana sollte auch nicht leer ausgehen und bekam als Trostpreis eine Packung Ahoibrause von mir überreicht, was sie aber gar nicht lustig fand und somit ließen wir den restlichen Abend ruhig ausklingen und so nach und nach verschwanden wir alle in unsere Zimmer, um am nächsten Morgen ausgeschlafen zu sein. Leider ließ sich Ines nicht überreden, mit bei mir einzuziehen und zog sich in den Kellerbereich zurück und während Jana mit Henning telefonierte, nutze ich das Bad, um mich abzuduschen. Anschließend rief ich laut ein Gute Nacht Mädels durch den Hausflur und bekam wie bei den 'Waltons` ein *Gute Nacht Katja* zurück.

Grinsend öffnete ich die Balkontür einen Spalt, knipste die Nachttischlampe aus und legte mich ins frisch bezogene Bett; Urlaub konnte so schön sein, dachte ich und schlummerte auch schon zufrieden ein.

Kapitel 7
Die Fahrradtour

Möwengeschrei weckte mich am nächsten morgen um punkt 7:00 Uhr. Ich wollte mich eigentlich noch mal umdrehen, doch irgendwie war ich zu aufgewühlt und konnte nicht mehr liegen. Leise schlich ich ins Bad, machte mich dort fertig, um dann im Erdgeschoß auf Ines zu stoßen, die durch den Flur huschte.

>> Boah Ines, willst du, dass ich hier einen Herzinfakt bekomme? Was schleichst du denn hier durch die Gegend. <<

>> Sorry, aber ich wollte niemanden wecken, außerdem schleichst du doch selber. <<

Ich hatte immer noch Pulsrasen. >> Stimmt, aber warum bist du überhaupt schon auf? <<

>> Ich konnte nicht mehr schlafen, hab auch irgendwie die halbe Nacht wach gelegen. Irgendwie hatte ich das Gefühl, ständig Geräusche zu hören, wie so ein knarrschendes Schiff. <<

>> Vielleicht hast du die Wellen und das Meeresrauschen von gestern noch im Gehörgang und dann von alten Schiffen geträumt? <<

Anke kam im Nachthemd leise die Treppen heruntergetapst. >> Guten Morgen ihr beiden, leidet ihr auch an Schlafstörungen? Und warum hast du deine Jacke an, Katja, warst du etwa schon spazieren? «

» Moin Anke, nein, ich wollte mich aber gleich auf den Weg machen. Frühstück darf ich ja nicht zubereiten. «

» Richtig, deshalb geh du mal eine Runde an die Luft, um den Appetit anzuregen und in einer guten halben Stunde gibt es dann Frühstück. Ines? Magst du dann gleich Jana und Hanna wecken, während ich kurz im Bad verschwinde?«

» Na toll. Die beiden bekomme ich doch nie wach. «

» Dann lass dir was einfallen! «

Den Part des Weckens wollte ich auch nicht freiwillig übernehmen, legte unsere Brötchenbestellung, die in einem Jutebeutel an der Haustür hing herein und sah zu, das ich verschwand. Mein Weg ging erst zum Schniederdamm, dann bog ich in Richtung langsam lebendig werdenen Ort ab und erkundigte mich am Kinoaushang nach den aktuellen Filmangeboten dieser Woche. Langsam, aber hungrig, machte ich mich auf den Rückweg und staunte über die schon recht vielen sportlichen Menschen, die mir alleine, mit Hund oder Kinderwagen entgegenjoggten. Na dass nenn ich Ehrgeiz, dachte ich und machte einer älteren Dame platz, die mir stur mit ihren Stöcken entgegen kam. Als ich in unserem Weg einbog, stand ein junger Bursche im Sportdress unweit unseres Ferienhaus und schien es zu beobachten.

» Moin, kann ich Ihnen Helfen? Suchen Sie etwas bestimmtes? «, rief ich ihm zu, doch der Typ schaute sofort zum Boden, zog seine Kapuze weiter ins Gesicht und stampfte davon. Eigenartiger Typ, dachte ich, aber mit schönen Turnschuhen. Ich schaute ihm kurz hinterher und überlegte, ob es vielleicht ein bekannter Sportler war? Aber auch wenn, hätte er ja wenigstens Grüßen und Antworten können.

*

Brav drückte ich auf unsere Türklingel, Ines öffnete mir mit einem Knicks und wies mir direkt den Terrassenplatz zu. Mich verfolgte der Geruch von Rührei und Speck und ich merkte, wie mein Magen knurrte.

» Guten Morgen, ich habe ein Frühstück gebucht. Bin ich hier richtig? «, witzelte ich und erntete von Jana und Hanna nur einen bösen Blick ein.

» Nanu, guten Morgen ihr beiden. Was schaut ihr mich denn so freundlich an. Habt ihr schlecht geschlafen? «

» Was für eine blöde Frage. « Hanna schien echt wütend zu sein. » Ich wusste nicht, dass man auf Langeoog nicht ausschlafen darf, sonst hätte ich es mir mit dem Mitkommen nämlich überlegt. «

Ich verstand die Laune gar nicht. » Aber wir haben doch gleich schon 9 Uhr! «

» Schon 9 Uhr? «, polterte jetzt auch Jana los.

Anke kam mit Schürze um die Ecke. » ZzzZzzZzz, jetzt schau dir doch mal die beiden langen Geischter an. So gucken sie schon seitdem sie hier am gedeckten Tisch sitzen… «

» … müssen «, unterbrach Hanna sie.

Anke lachte. » Also ich könnte mir gerade was wesenlich schlimmeres Vorstellen, als morgens mit meinen Mädels auf einer Insel am gedeckten Tisch zu frühstücken. « Ich setzte mich lachend an den appetitlich aussehenden Frühstückstisch und Ines stimmte in mein lachen mit ein. » Am Besten wendet ihr euer Gesicht der Sonne zu, dann fallen die Schatten hinter euch. «

Jana konnte zwar Spaß verstehen, aber so früh morgens weniger. » Schenkelklopfer Ines, voll der Schenkelklopfer. Und was, Anke, was könntest du dir bitteschön denn schlimmeres Vorstellen? «

Anke nahm ihre Schürze ab und ging kurz in die Küche. » Ach da gibt es einiges. Schlimmer wäre jetzt zu arbeiten, ein Regentag, Streit oder oh Gott, meine Schwiegermutter! «

Jetzt musste Hanna doch grinsen, denn die Geschichten von Ankes Schwiegermutter war für Außenstehende vielleicht ganz spaßig, aber sie kosteten Anke sehr viel Geduld und Nerven.

Bei unserer letzten gemeinsamen Reise offenbahrte uns unsere Freundin, dass ihr Mann Peter die kleine

Einliegerwohnung hinter ihrem Rücken für seine Mutter umbauen wollte. Seine Mutter war im Bauplan voll involviert, einzig und alleine Anke nicht. Ujujuj, war sie sauer, als sie von der völlig suspekten Idee erfuhr. Faiererweise muss man jetzt aber zugeben, dass Peter während seines Kuraufenthaltes doch klar geworden war, dass seine nicht gerade einfache Mutter vielleicht doch besser in einer altengerechten Wohnung untergebracht wäre und machte sich mit ihr gemeinsam auf der Suche nach einem passendem Zuhause. Keine einfache Aufgabe und da seine etwas enttäuschte Mutter an allen Unterkünften etwas zu nörgeln hatte, meldete Anke sie einfach in einem Wohnpark an und versprach, das sie an den Wochenende gerne zu Besuch kommen könnte, schließlich sei sie noch Mobil genug und auch wenn es Anke persönlich überhaupt nicht passte, stand sie zu ihrem Wort.

Jetzt schien Jana etwas wacher zu werden. » Erzähl mal Anke, was macht denn der kleine Drachen so? Hockt sie jetzt immer noch jeden Samstag in eurem Garten? «

Anke stellte eine Schale Rührei auf den Tisch und setzte sich zu uns. » Ja natürlich, sie nutzt am Wochenende unseren Garten länger als ich, da ich meistens zusehe, mich schnell aus den Staub zumachen, bevor sie aufkreuzt. Ältere Leute haben zum Glück ihren Zeitplan und ich weiß genau, dass meine Schwiegermutter jeden Samstag mit der 11 Uhr Straßenbahn ankommt, um sich 5 Minuten später über meine Blumenpflege im Vorgarten zu ärgern. « Anke nahm sich die Kaffeekanne und goß sich ein. » Doch letztens hat die blöde Kuh mich doch tatsächlich abgefangen und mich allen ernstes gefragt, ob ich wüsste, wann ihr Sohn Peter denn Silberehochzeit hätte! Ich war erst mal sprachlos und als ich mich dann dazu äußern wollte, machte die kleine Giftspritze gleich weiter, von wegen, dass ich jawohl einen sechser im Lotto mit der Heirat gemacht hätte, was natürlich nur auf ihre gute Erziehung zurückzuführen sei und dass ihr Sohn noch wisse, was Anstand und Achtung hieße und ich dankbar sein sollte, so einen tollen verständnisvollen Mann abbekommen zu haben. « Sie stellte die Kanne zurück und Hanna starrte sie mit offenem Mund an. » Ja ja, Hanna, so habe ich meine Schwiegermutter auch angestarrt und als ich dann zur Verteidigung ansetzte und ihr erklären wollte, dass Peter es mit mir ja auch gut getroffen hätte und wir die bald anstehende silberne Hochzeit schließlich gemeinsam gemeistert hatten, da drehte sie sich schnauften ab. Ich glaube, sie gibt mir immer noch die alleinige Schuld an Peters geplatztem Bauvorhaben und meint, ich wollte sie abschieben. «

» Und? «, bohrte Ines nach. » Habt du dich mit ihr wieder versöhnt und ihr verraten, wann eure silberne Hochzeit ist? «

Anke nahm sich ein Brötchen aus den Korb und ließ sich von mir die Butter reichen. » Im Gegenteil. Ihre Reaktion bestand aus folgenden Worten: *statt dich hätte mein Sohn auch gleich den Teufel heiraten können.* «

» Boah wie frech ist dass denn? « Hanna war entsetzt. » Und ? Was hast du geanwortet «

» Dass das nicht gegangen wäre, denn Kinder dürften kein Elternteil heiraten. «

Ich verschluckte mich am Tee und Ines lachte laut auf.

» Oh wie Böse. «

Anke bestrich seelenruhig ihr Brötchen mit Marmelade. » Wieso Böse? Vergiss mal nicht, was die mir schon alles vor den Kopf geworfen hat und ich habe immer geschluckt, aber meine Lieben, ich bin jetzt frisch Ü50 und habe mir vorgenommen, nicht immer alles abzunicken, sondern meine Meinung zu vertreten. «

» Na das ist sicherlich auch dein Recht, aber weißt du, deine Schwiegermutter ist auch schon etwas älter und vom Leben oft enttäuscht worden. Du hast uns doch selbst erzählt, wie oft sie von ihrem Mann betrogen worden ist und dass er ihr nicht nur die Kinder hinterlassen hat, sondern dazu noch einen Berg Schulden. «

» Ja ja, das stimmt ja auch alles, aber Hallo? Ich habe ihr nie etwas getan und bevor wir hier noch weiter über das Thema diskutieren und ich nachher so ein langes

Gesicht wie ihr beiden hier zieht, beenden wir lieber das Thema und genießen den Tag. Vielleicht kann man nicht immer gewinnen, doch wie man verliert, kann jeder selbst bestimmen. «

Jana schüttete sich eine zweite Tasse Kaffee ein. » Ich glaube langsam werde ich wach. Du haust heute aber Sprüche raus, Anke. «

» Na prima, dass euch beiden mein Alptraum Namens Schwiegermutter wenigstens die Knautschfalten im Gesicht etwas geglättet hat! «

Wir lachten alle zusammen und genossen gemeinsam unser erstes Frühstück auf Langeoog.

*

Hanna nahm ihre Zigaretten zur Hand und erkundigte sich nach den heutigen Programmablauf, worauf ich spontan eine Fahrradtour vorschlug.

» Ne Fahrradtour? Nicht chillen am Strand oder Wellness in der Schwimmhalle? «

» Kann ja jeder machen was er möchte, aber ich wollte mir gerne ein Rad mieten. «

» Ich würde mich dir anschließen « ,meldete sich Anke und auch Ines wollte sich etwas bewegen, denn vom langsamen Spazierengehen bekam sie schnell Rücken und wenn sie heute radeln würde, wäre sie vielleicht Abends so müde, um die kommende Nacht besser zu schlafen.

» Ich hab dir ja angeboten mein Zimmer mitzunutzen. Ich würde da unten im Keller auch kein Auge schließen. Das Angebot steht übrigens noch! «

Doch bevor Ines antworten konnte, machte Hanna einen Vorschlag. » Wie wäre es denn, wenn wir erst eine Runde Radeln, dann Mittags irgendwo einkehren und den Nachmittag am Strand verbringen?. «

Anke fand die Idee nicht so toll. » Das wird mir zu stressig. Lasst uns doch einfach nur Radeln und wenn wir dann noch Zeit und Lust haben, etwas im Ort shoppen. «

» Fast abgemacht! «

» Fast? «

» Nur wenn ich ein E-Bike bekomme! « Hanna grinste und Anke verdrehte die Augen. » Ja doch und jetzt kommt mal alle langsam in die Puschen, ich will heute ein bisschen was von der Insel sehen. «

*

An der Straßenecke liehen wir uns jeder ein E-Bike, machten noch einen kleinen Proviantkauf im Inselmarkt und starteten unsere Tour in Richtung Meierei. Als Hanna die Alpakas und die Highland-Rinder entdeckte, strahlte sie wieder und wir mussten geduldig warten, bis sie wenigstens ein Alpaka über der Zaunabsperrung streicheln konnte. Ich weiß nicht welches ihrer Geräusche das Alpaka von ihr verstand, aber nicht nur Hanna war glücklich, als endlich eines der Tiere reagierte und vor ihr stand, sondern wir auch. Zum Glück konnten wir sie von der Fütterung der Highländer abhalten, mussten aber hoch und heilig versprechen, auf dem Rückweg nochmal kurz bei denen anzuhalten. Ganz in Ruhe radelten wir zwischen Dünen und Salzwiesen und ich bemerkte, wie ruhig Jana schon den ganzen morgen war. Ich ließ mein Rad rollen, bis ich neben ihr war und erkundigte mich bei ihr nach dem Empfinden.

>> Alles gut, ich schalte gerade ab. <<

>> Das du das kannst! Hätte ich gar nicht gedacht, << neckte ich sie.

>> Ist ja auch nicht einfach immer für zwei Leute zu denken und dann von 100 auf 0 runter zu kommen. Das geht auf der Arbeit so, wie zuhause. <<

>> Wie meinst du das? <<

>> Na auf der Arbeit verlassen sich alle auf mich und zuhause ... ach du kennst doch Henning. Er hinterfragt alles und sobald ich ihm eine Aufgabe gebe, fragt er mich soviel darüber, dass ich es lieber gleich selber erledige. Er diskutiert gerne und das als Mann! Unvorstellbar, aber es ist leider so. <<

>> Was für Aufgaben gibst du ihm denn? <<

>> Was weiß ich! Zum Beispiel den Müll raus zu bringen. Dann kommt die erste Frage. Meinst du den Bio, den Wertstoff oder den Restmüll? Wenn ich dann sage, den Restmüll bitte, folgt hundertprozentig `aber da passt doch noch was in die Tüte, außerdem liegt hier ein

Joghurtbecher drin, der zu den Wertstoff gehört.´ Jana äffte ihren Henning nach, dass ich lachen musste. » Du hast gut lachen. Das Thema Müll ist damit noch lange nicht ausdikutiert, es geht dann noch weiter. `*Schatz, wenn du den Müll richtig zuordnen würdest, dann würde sich nicht nur die Umwelt freuen*` und dann folgt garantiert noch ein Bericht über den letzten Filmbeitrag Plastik und Co. « Jana tippte sich mit dem Finger an die Strin. » Bin ich denn doof? Dann mach ich doch lieber gleich alles selber. «

Ich musste immer noch lachen. ». Jeden Abend hätte ich auch keine Lust auf Diskusionen. «

» Und deshalb hatte ich vorhin auch nichts zur Frage Fahrradtour oder Strand gesagt, weil ich einfach keine Lust auf Entscheidungen habe, sondern einfach nur die Woche genießen möchte, egal was … « Ein plötzlich, direkt hinter uns stürmisches Fahrradgeklingel, ließ Jana verstummen. Vor Schreck fuhren wir auseinander und wurden von einem Radfahrer überholt, der ein Affentempo drauf hatte.

» Hey! Bist du irre uns so zu erschrecken? «, rief Jana hinterher, doch der Typ fuhr ohne einer Entschuldigung weiter und kitschte fasst noch Hanna von ihrem Rad, die gerade von den Austernfischern abgelenkt war. » Huch. Hast du keine Klingel an Bord? « und auch Anke und Ines, die vorweg fuhren, wurden dreist überholt. » Der liebe Gott schenkt dir

gleich Gegenwind, du Idiot. >>, schimpfte Anke
hinterher.

*

An der nächsten Parkbank legten wir einen
Boxenstop ein. >> Mensch, was eine Ruhe hier. << Ines
schaute in Richung Festland. >> Ist das da hinten jetzt
Bensersiel? Und was wächst hier für ein Grünzeug?
Sind das Kräuter? <<
Ich stellte mich zu ihr. >> Genau. Von da sind wir ja
gestern mit der Fähre abgefahren und hier vorne <<, ich
zeigte auf die riesen Fläche. >> Das sind alles
Salzwiesen; vom Meer überflutete Bestände krautiger
Pflanzen. Sie bilden den natürlichen Übergang und die
biologische Grenze zwischen Land und Meer. <<
>> Die Natur ist schon ein Schauspiel! <<,
Langsam radelten wir an der Jugendherberge und
derMeierei vorbei, bis zum Lehrpfad Osterhoog.
>> Schon 'ne ganz schöne Strecke. Bin jetzt schon froh,
dass ich mich für das E-Bike entschieden habe, obwohl
der Sattel schon recht hart ist. Euer auch? << Jana stellte
ihr Rad ab und ich nickte bestätigend. >> Da hast du
Recht. Als ich mit Stefan mal am Ostend war, drehte
der Wind und wir mussten nicht nur mit Gegenwind
hin, sondern durften damit auch zurückfahren. Ihr
glaubt ja nicht, wie sauer ich damals war auch wenn ich
da noch über zwanzig Jahre jünger war, außerdem gab
es da auch noch keine E-Bikes. <<
>> Ich hätte mir ein Taxi gerufen. <<

» Ne Kutsche, Hanna! «

» Dann 'ne Kutsche, egal, irgendwas, was mich abgeholt hätte. «

» Da besaß ich aber noch kein Handy, um eine fahrbare Alternative anzurufen. «

» Das nenn ich dann Pech. «

Ich streckte Hanna die Zunge raus und schloss ebenfalls mein Fahrrad ab um den Naturpfad zu folgen. Auf zahlreichen Bildern wurden hier die Flora und Fauna des Watts verständlich erklärt und veranschaulicht. Anke machte viele Bilder mit ihrem Handy und Ines überlegte laut, wer wohl Flora und wer Fauna waren, was Jana mitbekam.

» Mensch Ines, manchmal kannst du aber auch blöde Fragen stellen. «

Ines drehte sich verwundert um. » Ich hab doch gar nichts gefragt! «

» Ja sicher hast du dich gerade gefragt, wer Flora und Fauna sind. Ich hab das doch gehört und damit du heute Nacht besser schlafen kannst, erkläre ich es dir. Also, Flora ist im alt-italienischem die Göttin der Blüten und des Frühlings und Fauna stammt aus dem lateinischen und bedeutet Schwester des Gottes Faunus. Mit dem Begriff Fauna ist die Tierwelt gemeint. «

» Aha, Frau Klugscheißerin. Du tust so, als ob ich blöd wäre! «

» Stimmt nicht, ich wollte es dir ja nur erklären. «

>> Ja aber im typisch überheblichen Jana-Stil. Hätte auch gereicht, wenn du gesagt hättest, Flora steht für Pflanze und Fauna für Tiere. Punkt. <<

>> Huch was bist du empfindlich. <<

>> Bin ich nicht, aber gestern hast du mich wegen dem Treibholz aufgezogen und jetzt machste einen auf Lexikongehirn. << Ines stampfte zum nächsten Hinweis und ließ Jana stehen, die nur verwundert den Kopf schüttelte.

Wir maschierten den Pfad weiter und am Ende der Insel angekommen schauten wir durch ein Fernrohr auf die Nachbarinsel Spiekeroog. Hanna, die unbedingt einen Seehund sehen wollte, graste mit dem Fernrohr die Seehundsbänke ab, doch leider hatte sie keinen Erfolg.

>> Schade eigentlich, ich hatte Sven und Fynn ein Foto von einem echten Seehund versprochen. <<

>> Na da wird sich ja dein pubertierender Sohn bestimmt drüber freuen! Mensch Hanna, schick ihm lieber Bilder von der Destille, die ich vorhin entdeckt habe. <<

>> Jana wieder <<, konnte sich Anke nicht verkneifen.

>> Dafür hast du aber auch ein Näschen. Wo hast du die denn schon wieder entdeckt? <<

>> Ich sag nur Augen auf beim Fahrradlauf. <<

Ich musste lachen und wandte mich an Hanna. ≫ Hat sich Sven mal gemeldet, ob zuhause alles klappt oder spricht er schon nicht mehr mit dir? ≪

≫ Du kennt Fynn doch und auch Sven. Da prahlen zwei Sturböcke aufeinander und das kann nicht gut gehen, aber ich habe mir fest vorgenommen, diese Woche mit euch zu genießen, deshalb habe ich den beiden auch vor Abreise klar und deutlich gesagt, sie möchten mich nur im äußersten Notfall stören und damit ich nicht in Versuchung komme, kam mir die Handyverbot-Regel genau richtig. ≪

Ines schaute Hanna neugierig an. ≫ Was wäre denn ein äußerster Notfall für dich? ≪

≫ Na wenn einer Krank wird, wenn es meinen Tieren nicht gut geht oder die Wohnung brennt. Alles andere muss warten. Ach und natürlich wenn mit meinem Vater oder Schwiegervater etwas sein sollte. Ich bin wirklich froh mal eine Woche keine Schulgeschichten, Hiobsbotschaften oder sonstige Dramen zu hören. Abgesehen davon, tut mir der Abstand zur häuslichen Spannung auch gut, immer stehe ich dazwischen. Mal gucken, ob wir nach dieser Woche zuahuse alles renovieren können oder ob die beiden zu einem Herz und einer Seele zusammengewchsen sind. ≪

Anke musste lachen. ≫ Das wäre wünschenswert, aber da versprech dir mal nicht zuviel von. ≪

Ines, die die ganze Zeit über recht ruhig gewesen war, meldete sich nun auch zu Wort. ≫ Warte mal ab,

Hanna, wenn dein Sohn auch so plötzlich auszieht wie unser Yannik, dann denkst du auch anders und wünscht dir so manch kleine Sorge, kleinen Streit oder auch Schulärger zurück. Ich war und bin nie eine Helikoptermutter gewesen, das wisst ihr alle und auch als mir Yannik von seinem Plan, eine halbjährige Work & Travel-Auszeit in London zu absolvieren, habe ich noch gelächelt, aber jetzt, wo er zu seiner Sarah nach Hamburg gezogen ist, fühle ich mich oft leer und alleine. Yannik ist Achtzehn und Erwachsen, aber plötzlich wird einem schon bewusst, das es wieder einen neuen Lebensabschnitt geben wird und daran muss man sich auch erstmal gewöhnen. «

Jana zündete sich eine Zigarette an. » Du hast doch Thomas, der zum Glück wieder zu dir hält. Ich kann mich noch an Zeiten erinnern, da hat er dich ständig beleidigt und vor Allen bloß gestellt. Mein Gott was habe ich mich dann oft gefragt, warum du dir so etwas gefallen gelassen hast. Ich sag euch eins Mädels, wenn mein Henning mich Pfannkuchengesicht nennen würde, könnte er gleich abdampfen. Ciao Bella. Nie, wirklich nie, würde ich mir das gefallen lassen. «

Anke konnte sich ein ´das würde sich dein Henning im Leben auch nicht wagen` verkneifen und Ines überlegte laut. » Du hast vollkommen Recht, Jana, da gab es viele unschöne Momente in meiner Ehe und ich glaube auch, dass Thomas meine Gedanken einer Trennung schon erahnte. Hätte ich den Schritt damals gewagt, hätte er mit Sicherheit euch allen die Schuld für die Trennung gegeben, von wegen schlechten Einfluß. «

Hanna tippte sich an die Strin. » Von wegen. Dem hätte ich dann aber was anderes erzählt. Ich oder wir haben dich nie Hackfresse, Nichtsnutz oder Vollpfosten genannt. «

So böse es sich auch anhörte, konnte Ines ihren Freundinnen nur zustimmen. » Deshalb bin ich ja immer noch so überrascht, wie sich Thomas gewendet hat und erwische mich oft dabei, wie ich auf seinen nächstes Tobanfall oder Wutausbruch warte. «

Ich legte Ines meine Hand auf ihren Arm. » Manchmal wirkt so eine Auszeit wohl wahre Wunder. Jetzt genießt doch einfach die Zeit zu zweit, ist doch schön, wenn Thomas wieder ganz der Alte ist, in dem du dich vor fast zwanzig Jahren verliebt hast. Wenn er dir egal gewesen wäre, hättest du den Absprung in den letzten Jahren bestimmt geschafft, da wäre auch Yannik und euer schönes Haus kein Hindernis gewesen, aber du hast bestimmt auf eine bessere Zeit gehofft und nun ist sie da. «

Anke, die langsam Hunger bekam, überredete uns zum Aufbruch, um auf dem Rückweg in der Meierei eine Kleinigkeit zu essen. Hanna steckte ihren Zeigefinger in den Luft um die Windrichtung zu messen und somit fuhren wir mit ganz wenig Gegenwind den Dünenweg zurück. Nach gut 15 Fahrminuten hielt Anke rechts an. » Also die

Langeooger Gemeinde hätte hier aber auch mal ein kleines Toilettenhäuschen hinbauen können. Mädels ich muss so dringend püschern, was soll ich denn jetzt machen? « Auch Hanna musste mal austreten und suchte mit Anke nach einem Versteck, was bei dieser Dünenlandschaft schwer fiel.

» Die Dünen dürfen zum Schutze der Tierwelt nicht betreten werden, aber da vorne, hinter der Kurve, kommt ein kleines Holzhäuschen. Wie ein Bushaltestellenhäuschen, das musste ich auch schon mal nutzen « und schon radelten die beiden los, stellten hinter der Kurve ihr Rad ab und huschten flink zum Holzhaus. Ines nutzte die kurze Pause um ihr Fahrrad nochmal nachzupumpen und stellte sich neben ein führerlos abgestelltes Rad. » Wisst ihr was ich mich gerade Frage? Warum wird hier in der Pampa ein Wartebereich für Buskunden aufgestellt, wenn hier doch gar kein Busse fahren? «

» Wahrschenlich Typisch Ostfriesen! «, warf Jana ein und ich lachte. » Ich denke, das Häuschen dient als Unterstellmöglichkeit, wenn zum Beispiel ein Unwetter aufkommt. Das Wetter kann auf einer Insel ja unheimlich schnell umschlagen. «

Ines wühlte nach einem Taschentuch in ihrem Rucksack und fand den am Vortag gefundenen Seestern wieder. » Ach ich blöde. Jetzt habe ich ganz vergessen den Stern abzugeben. Da muss ich auf dem

Rückweg aber unbedingt dran denken. « Sie schniefte sich die Nase, setzte sich den Rucksack wieder auf und drehte sich zum herrenlosen Fahrrad. » Meint ihr, der Fahrradbesitzer hier ist auch von einem Unwetter überrascht worden? «

» Und hat vor Panik sein Fahrrad hier vergessen? « Ich schaute zu Ines. » Unwahrscheinlich. Wer weiß, vielleicht hatte er sich verletzt oder konnte nicht mehr Radeln weil er einen Krampf hatte. Oder es war ein platter Reifen schuld und er musste auf die vorbeifahrende Kutsche aufgespringen? «

» Dann wäre der platte Reifen ja noch zu sehen, das denke ich weniger. Gibt es hier auf der Insel eigentlich ein Radfahrer-Hilfemobil? «

» Einen Fahrraddoktor im Ort, das weiß ich wohl, aber ob der mobil ist und bei Pannen rausfährt, das weiß ich nicht. «

Ines fing an die Reifen nachzupumpen und schaute zu einem Holzansitz in den Dünen. » Vielleicht liegt da oben auch jemand im Hochsitz? Ich sehe schon den Titel vor mir: Mord in den Dünen. Wäre übrigens ein klarer Fall für unsere Miss Marple. «

Hanna, die nicht nur Krimis als Bücher verschlang, sondern auch richtige Psychoschocker faszinierte, hatte bei uns, wenn es um kriminelle Ereignisse ging, den Spitznamen Miss Marple.

Ich nickte Ines zu. » Erzähl ihr das gleich mal. Ich wette sie stiefelt direkt hoch und schaut nach. «

143

» Das darf sie ja nicht, denn dann müsste sie ja die Dünen betreten. «

» So wie der Typ davorne? « Jana schaute zu den Dünen und zeigte zu einer Bewegung zwischen den Gräsern.

» Wo?« Ich konnte keine Bewegung erkennen.

» Na eigentlich direkt rechts schräg unter dem Hochsitz. «

» Ich seh nichts. Ines? Siehst du dort jemanden? «

Doch auch Ines konnte nichts erkennen und deshalb kümmerten wir uns nicht weiter, bis wir einen lauten Aufschrei hörten. Erschrocken zuckten wir zusammen, liefen dann den schmalen Weg bis zur Kurve und sahen Anke mit hochrotem Kopf hinter der Hütte hervorkommen. » Alter Spanner, Anzeigen sollte man Sie. Schon mal was von Privatsphäre gehört? «

Doch die Gestalt musste so schnell hinter der nächsten Düne verschwunden sein, dass wir sie nicht mehr sahen, sondern nur noch Ankes roten Kopf, als sie sich wütend zu Hanna drehte, die entgeistert zu ihr guckte.

» Sag mal, ich dachte du stehst bei mir auch schmiere! Na auf dich ist ja ein toller Verlass! «

» Blass? Na kein Wunder, wenn du hier so durch die Gegend schreist. «

» Blass? Ich habe doch nichts von blass gesagt. «

Anke machte einen Schritt auf Hanna zu und klopfte auf ihre Hörhilfe bis es *Plöpp* machte.

» Huch, das hatte ich gar nicht bemerkt. Hier auf der Insel ist ja alles so ruhig. «

» Hast du den Typ wenigstens gesehen, der gerade hinte der Düne verschwunden ist? «

» Nein, nur einen Fasan, der Dank deinem Geschrei auch um sein Leben gelaufen ist. «

Jetzt waren auch wir an der Hütte angekommen. » Was schreit ihr denn so? «

Anke baute sich vor uns auf. » Ich bin beinahe einer Straftat zum Opfergefallen und unsere Hanna flirtet mit einem Fasan. Kaum zu glauben, oder? «

Ines musste lachen. » Jetzt mal halblang, Anke, was ist denn passiert? Hast du dich verletzt? «

» Ach was. « Anke schloss ihren Hosengürtel. » Hanna hatte sich links von der Hütte entleert und ich habe schmiere gestanden und als ich mich rechts von der Hütte hinhockte, polterte von hinten ein Mutant an mir vorbei. Ich hatte mich so erschrocken, dass ich von der Hocke nach hinten kippte und da komm erstmal mit einer Hose, die in den Kniekehlen hängt, wieder hoch! Hanna war mal wieder in ihre Tierwelt abgetaucht und bekam nichts mit, erst, als ich dem Typen hinterher rief, reagierte sie. « Anke war richtig sauer.

Jana hatte Kopfkino und sang leise » *...nichts ist so schön, wie der Mond von Wanne Eickel...* «

» Sehr witzig Jana, sehr witzig. Habt ihr denn den Typen wenigstens gesehen? «

» War er hübsch? «Überlegte Jana laut.

» Woher soll ich das wissen, ich hab doch so schnell sein Gesicht nicht gesehen, sondern eher zugesehen, dass ich und meine Hose wieder standhaft wurden. «

Ich ahnte was. » Wie war er denn gekleidet? Ganz in schwarz? «

» Einfach nur dunkel. Ob schwarz, grau oder dunkelblau kann ich nicht sagen aber ich meine die Turnschuhe waren blau abgesetzt. «

Ines haute sich mit der Hand vor die Stirn, drehte sich um, lief schnell wieder zu den Fahrräder und kam mit der Bestätigung zurück, dass das herrenlose Fahrrad verschwunden war.

Alle hatten wir zum Glück unsere Rucksäcke aufbehalten, alle, bis auf Jana, doch auch ihrer lag noch im Fahrradkorb. » Das wäre auch nicht weiter schlimm gewesen. Mein Handy liegt im Ferienhaus und Geld habe ich in der Hose. Der hätte sich höchstens über Taschentücher und ein paar Piccolöchen freuen können. Tja, jetzt müssen wir sie wohl selber trinken, denn was du heute kannst entkorken, das verschiebe nicht auf morgen. «

*

Die Meierei, ein klassisches Ausflugsziel mit Gaststätte und Ferienwohnungen, gehörte früher zum Kloster Loccum und war für die Versorgung des Inselhospizes mit Milch, Butter, Käse, Fleisch, Getreide, Eiern und Gemüse zuständig. Auf der Sonnenterrasse hatte man einen wunderbaren Blick auf das Wattenmeer und wir großes Glück, dass wir dort noch einen freien Tisch ordern konnten.

Anke studierte sofort die Speisekarte wie ein Scanner und entschied sich für die Spezialität, die berühmte frische Dickmilch mit Sanddornsaft, der Rest von uns bestellte sich ein Stück Kuchen oder ein Süppchen.

Gesättigt schaute Ines auf die Uhr. >> Wir haben jetzt kurz nach Mittag. Was steht denn heute noch auf dem Plan und wie und wo verbringen wir den heutigen Abend? <<

Ich meldete mich. >> Ich würde gerne hier vorne den Strandabschnitt besuchen, der immer menschenleer ist. Seht ihr da vorne den schmalen Weg zwischen dem Zaun? Da vorne führt ein kleiner Dünenweg zum Strand und den Rest des Tages schließe ich mich euch gerne an. Ich habe nichts mehr geplant. <<

Anke stand auf. >> Dann lasst uns zahlen, den einsamen Strand besuchen und dann radeln wir zum Dorf zurück und gehen etwas shoppen. <<

>> Und was ist mit meinen Highländern? << Oh Mist, wir hatten alle gehofft, dass Hanna die Rinder vergessen hätte.

Jana meldete sich. >> Okay Leute, Strand, dann die Viecher, Shoppen und heute Abend würde ich gerne das Panorama Restaurant besuchen und dich, Katja, einladen. «

Unser Resttagesplan stand und gegen 16 Uhr waren wir wieder im Ort angekommen, fuhren direkt zum Fahrradverleih um die Räder zurückzugeben und machten uns auf dem Weg in die Langeooger City. Jana befürchtete, dass sie trotz E-Bike bestimmt am nächsten Tag Muskelkater hätte und konnte erst gar nicht richtig laufen.

» Mädels ich komm mir vor wie ein Ranger. Lauf ich wirklich so als hätte ich Schweine gezählt oder meine ich das nur? «

Ines musste lachen. » Lauf erstmal ein paar Schritte, dann geht es gleich bestimmt wieder. «

Ob es nun an den paar Schritten lag oder den ersten Geschäften, das weiß ich nicht, doch Jana vergaß ziemlich schnell ihr O-Bein Gefühl und folgte uns in den ersten Krimskrams Laden.

Mir kamen bei dem Anblick viele Erinnerungen hoch, denn als Kind hatten wir schon mit dem Ohr an der Muschel gehangen, um den darin versteckten Meer zu lauschen und auch damals hatten wir schon die angeblich aus der Nordsee stammenden bunten Seepferdchen bestaunt. Hier schien die Zeit stehen geblieben zu sein. Bunte Muschelschatullen, Piratentücher und Fähnchen wurden hier immer noch zum Kauf angeboten, wie Murmeln, Quartettspiele und Ostfriesennerze. Manches veränderte sich nie und das war auch gut so, da es ja schöne Erinnerungen waren. Ich drehte mich um und stand direkt vor einem Sprücherondell und wie passend sprang mir folgender ins Auge:

Erinnerungen sind wie Zeitreisen,

die uns zurück zu unseren

schönsten Augenblicken führen.

>> Oh schaut mal diese Robben hier <<, Anke riss mich aus meinen Kindheitserinnerungen und hielt ein Plüschtier hoch. >> Ob wir wohl noch echte Robben hier auf der Insel sehen? <<

>> Wäre mir bedeutend lieber als all die toten Tiere hier in den Regalen. << Hanna drehte sich angewidert ab und so schlenderten wir gemütlich ein paar Geschäfte und Boutiquen ab, wurden hier und da fündig und hatten nichts gegen Janas Boxenstopp-Idee einzulegen.

>> Mädels? Wir haben jetzt 17:30 Uhr. Sollen wir die restlichen Läden heute noch abklappern oder uns die für morgen aufbewahren und uns einen kleinen Appetitanreger gönnen? Mir tun echt die Knochen weh. <<

Für Ines waren es alles Ramschläden und somit stimmte sie sofort zu. >> Ich denke auch, wir haben uns heute schon genug bewegt. Ich wäre dafür. « Auch ich stimmte zu, während Hanna und Anke sich noch kurz im Schmuckladen umschauen wollten.

Wir hatten das Glück, dass eine Familie gerade bezahlte und uns ihren Tisch überlies von dem wir einen Ausblick auf die kleine Shoppingmeile hatten und beobachteten Gäste und Einheimische, als Jana die Stille brach.

>> Hat sich dein Klammeraffe Thomas schon gemeldet, Ines? «

>> Wieso Klammeraffe? «

>> Na weil er dir, seit euer Junge in die Weite gezogen ist, so den Hof macht. «

>> Neidisch? «

>> Quatsch, ich doch nicht. Du weißt doch selber, wie ich Henning seit fast 18 Jahren um die Finger wickeln kann! «

>> Der Ärmste. « Ines konnte auch kontern. >> Aber falls es dich wirklich interessiert: Thomas hat sich noch nicht gemeldet, weil er uns Mädels nicht stören möchte und außerdem haben wir ein Handyverbot ausgesprochen. Schon vergessen? «

>> Chacka Mädels! Wir sind auch wieder da und guckt mal, was ich mir gerade gegönnt habe. « Anke zauberte eine kleine Schachtel aus ihrem Rucksack hervor. >> Na? Ist die nicht hübsch? « Eine Bernsteinkette!

Ich traute nicht meine ehrliche Meinung zu sagen, deshalb trank ich hastig einen Schluck und bekam glatt einen Hustenanfall. Ines jedoch nahm interessiert die Kette in die der Hand. » Hmmm, was hast du dafür bezahlt, wenn ich mal Fragen darf? «

» Die war jetzt auf 89,90 € heruntergesetzt. Ist schließlich echtes Bernstein. «

» Huj, das ist aber ein Wort, aber wenn sie es dir Wert ist, dann freue ich mich für dich « und reichte das Schmuckstück zurück.

Jana winkte den Kellner herbei. » Ist ja alles Geschmacksache, mir fehlt da etwas das Bling, aber nichts desto trotz trinkt ihr bestimmt ein Alster mit uns, oder? « Anke nickte etwas geknickt, da sie doch so stolz auf ihre Kette war.

Hanna tat sie leid. » Jetzt sei nicht böse, aber es ist ja wirklich, wie Jana schon sagte, Geschmacksache. Komm Ankelein, wir trinken uns jetzt das Alster und dann lassen wir uns von der Küche im Panoramarestaurant inspirieren. Einverstanden? «

Das zog und als wir im Restaurant zu unserem reservierten Tisch geführt wurden, strahlte nicht nur Anke, denn mittlerweile hatten wir alle schmacht und entschieden uns spontan für die vier Personen Fischplatte und einem Vegetarischem Gericht für Hanna.

» Ich habe gerade gedacht, dass ich morgen das Frühstück vorbereiten möchte. « Hanna, die am Fenster saß, lehnte sich wohlig zurück. » Aber erst ab 11

Uhr, es wird sich nämlich um ein Spätaufsteher-Frühstück handeln! «

» 11 Uhr? Da ist es ja schon fast Mittag! Ich dachte du wolltest morgen unbedingt zum Strand? «

» Wollte und will ich auch, aber ich möchte auch mal im Urlaub ausschlafen und wenn ich mittags am Strand bin, bleiben mir ja noch ein paar Stunden um ihn zu genießen. «

» Das ist mir aber zu spät. « Ich, als Frühaufsteher, konnte ja die Menschen, die gerne länger liegen blieben, verstehen, aber man musste auch mich verstehen, also bat ich meiner Freundin einen Deal an. » Machen wir es so, Hanna. Du brauchst morgen kein Frühstück für mich zu machen, sondern bringst mir einfach ein leckeres Fischbrötchen zum Strand mit, falls ich und davon gehe ich jetzt aus, schon eher im Strandkorb sitzen sollte als du. «

» Deal, so können wir es auch machen. «

» Na toll «, mischte sich Jana ein. » Ich bin auch kein früher Vogel, aber ich halte mich an die Abmachung, die wir vor der Überfahrt verbindlich beschlossen haben. «

Ines verstand das gar nicht, sie konnte aufgrund ihrer Rückenschmerzen auch nicht so lange liegen. » Meine Güte, dann mach ich morgen Frühstück, begleite Katja zum Strand und ihr kommt nach, wenn ihr ausgeschlafen habt. «

» Ich würde mich auch Katja und Ines anschließen «, meldete sich Anke. » Und ein Fischbrötchen könnt ihr mir auch mitbringen. «

Hanna grinste. » Machen wir. Versprochen. «

» Du und deine Versprechen «, konnte sich Jana nicht verkneifen und ich musste grinsen, denn genau deshalb mochte ich meine Freundinnen so. Wir konnten alle zusammen feiern, spielen und fröhlich sein, wir konnten uns alle unterstützen, helfen und für einander da sein, aber wir konnten uns auch die Meinung sagen.

*

Das Essen kam und es war einfach köstlich; der Seelachs schön zart, der Zander und Kabeljau perfekt zubereitet und die Krabben frisch und lecker. Ines, die mit Hanna am Fenster saß und sich den vollen Bauch streichelte, schaute auf die langsam untergehende Sonne. » Schaut mal, sieht das nicht herrlich aus? Ich glaube, ich gehe mal kurz raus um ein Foto zu machen. « Hanna wollte Ines begleiten, damit sie sich eine Zigarette als Dessert rauchen konnte und wunderte sich wie viele Urlauber hier standen und mit Kameras und Handy den perfekten Sonnenuntergang festhalten wollten. » Als ob das Meer die Sonne verschlingen würde. «

» Stimmt Hanna. Wäre auch ein schöner Buchtitel für deine Krimis, die du immer liest. « Ines gähnte.

» Machst du schlapp? «

» Ach, ich hatte die letzte Nacht so gut wie gar nicht geschlafen und jetzt kommt so langsam die Müdigkeit durch. «

» Welche Möglichkeit? «

» Hmm? «

» Na welche Möglichkeit findest du ruhig? «

» Hannaaahhh! « Ines zeigte auf das Ohr und Hanna verstand, schubberte wieder bis es Plöpp machte und drehte sich zu den anderen Urlaubern um.

» Suchst du wem? «

» Nicht unbedingt, ich hatte nur das Gefühl, irgendwie beobachtet zu werden. «

» Ich sag´s ja, wer immer nur Psychos guckt und liest, leidet irgendwann automatisch an Schizophrenie. «

» Sehr witzig, Ines. « Erneut drehte sie sich um.

» So witzig scheint es nicht zu sein. « Ines fotografierte mit ihrem Handy das Spektakel, schickte diese trotz Handyverbot schnell ihrem Mann und dann ließen wir den Abend im Panorama-Restaurant ausklingen und machten uns erst bei richtiger Dunkelheit auf den Weg zu unserer Unterkunft.

Anke mit ihrer schwachen Blase ging schon einen Schritt schneller als wir und kam auch schnell wieder zu uns zurück, als sie das Ferienhaus als erstes von uns erreichte.

» Sag mal, hatten wir das Haus heute Morgen nicht abgeschlossen, als wir losgefahren sind? « Sie zappelte vor uns.

» Doch, natürlich «, erinnerte ich mich. » Ich hatte extra noch die Gegenprobe gemacht. Da bin ich mir hundertprozentig sicher. Warum fragst du? «

» Na weil ich die Haustür gerade aufschließen wollte und bemerkte, dass diese nur angelehnt war. Ohhh Leute, ich mach mir gleich in die Hose! «

» Setzt dich doch hier in die Dünen, da sieht dich doch sowieso keiner. Ines? Hattest du die Tür nicht heute früh abgeschlossen und dann Anke den Schlüssel gegeben? «

» Ja, warum? «

Hanna rieb sich die Hände. » Jetzt wird's spannend. Toll! Ein Abenteuerurlaub! «

Wir gingen gemeinsam zum Haus, untersuchten jede Etage nach irgendwelchen Spuren und kamen zum Entschluss, die Tür wahrscheinlich doch nicht richtig verriegelt zu haben. Und auch wenn ich beteuerte, dass es auf so einer kleinen Insel bestimmt nie zu einem Verbrechen kam, bot ich Ines erneut an, bei mir mit im Zimmer zu übernachten. Gähnend winkte sie ab. So müde wie sie sei, würde sie jetzt sogar alleine draußen auf der Liege schlafen.

Na gut, mein Angebot stand. Wir überprüften und schlossen trotzdem alle Fenster und Türen im Haus und verzogen uns alle nach und nach auf unsere Zimmer. Ich machte es mir mit dem Handy im Bett bequem, schrieb Stefan eine Nachricht und packte am Ende meines Textes noch ein paar Bilder hinzu, wie Hanna die Alpakas fütterte, von der Aussichtsplattform und unserer tollen Fischplatte.

Als ich auf Absenden drückte, fiel mir auch wieder das typische Urlaubsfoto ein, welches wir Frau Jansen ja versprochen hatten und unbedingt noch aufnehmen mussten. Na, vielleicht morgen am Strand.

Kapitel 8
Strandtag

Punkt 7:00 Uhr klingelte mein innerer Wecker. Ich stand auf und zog die Vorhänger der Balkontür zur Seite. Ich freute mich die Sonne aufgehen zu sehen, trat auf den Balkon um ... Rauch? Roch ich Rauch? Ich lehnte mich über die Brüstung.

» Ines? Guten Morgen! Was machst du denn schon so früh da draußen? «

» Guten Morgen Katja. Ach ich konnte nicht mehr schlafen und habe es mir mit Decken hier draußen gemütlich gemacht. «

» Na prima. Ich mach mich eben ein bisschen frisch und komm dann runter. «

Ich zog mir bequeme Sportsachen an, ging ins Bad um mich zu waschen und gesellte mich zu meiner Freundin. » Und da sagt ihr mir nach, ich würde an Schlafstörungen leiden, aber du bist ja noch schlimmer als ich. Hast du wieder so schlecht geschlafen? «

» Eingeschlafen war ich gestern Abend erstaunlich schnell. Ich hatte noch kurz mit Thomas telefoniert, dann habe ich noch den Fernseher eingeschaltet und bin auch irgendwann eingeschlafen. Nachts bin ich dann wach geworden, habe die Flimmerkiste ausgeschaltet und dann nochmal versucht, ein paar Stündchen zu schlafen, doch das klappte nicht. Ich hörte immer so ein Klopfgeräusch und weiß bis jetzt nicht, woher, also bin ich aufgestanden, habe es mir mit Kaffee und Decke hier draußen gemütlich gemacht und ganz einfach die Ruhe und das Vogelgezwitscher genossen. Sad alias Sandy war auch schon mit den Brötchen hier vorbeigekommen. Er hatte mich gar nicht bemerkt, aber ich bin ihn um das Haus herum gefolgt und habe ihn beobachtet, wie er sich vor Janas Fenster stellte und leise pfiff. «

>> Was hat er denn gepfiffen? Den Radetzkymarsch? «

Ines lachte. >> Keine Ahnung, ich bin dann ja auch wieder auf die Terrasse und habe mir erstmal eine Zigarette geraucht. Sag mal, habe ich dich eigentlich durch den Zigarettenqualm geweckt? «

>> Ach was, ich hatte doch das Fenster nicht ganz auf, sondern nur auf Kippe. «

>> Na das nenn ich ein Wortspiel. « Ines lachte. >> Frühstück? «

>> Gerne. Ich helfe dir eben. «

>> Nichts, du hast Frühstück All Inn, schon vergessen? Ich koch noch schnell ein paar Eier und huch, guten Morgen Anke, du bist ja auch schon wieder so früh auf den Beinen. «

» Bei dem Gezwitscher kann man ja nicht schlafen. Also so einen Vogel habe ich aber auch noch nie gehört. Gibt es hier eine besondere Züchtung? «

» Keine Ahnung, frag mal Katja. Ist Hanna denn auch schon wach? «

» Ach Hanna hört doch nichts. Bei so einem Geträller kann es manchmal auch ein Segen sein. «

» Na dann setz dich mal nach draußen, ich hole nur eben den Kaffee, Tee und Käse und koch schnell ein paar Eier. «

» Oja, Kaffee! Haben wir noch genug Nutella? «

» Ja natürlich, den haben wir doch gestern erst gekauft! «

» Nicht das mir den einer von euch abends heimlich leerlöffelt, schließlich schlafe ich mit der Schokifreude ein und habe morgens immer noch ein Grinsen im Gesicht. « Anke trat auf die Terrasse. » Moin Katja. «

» Moin Anke. Wann hast du ein Grinsen im Gesicht? Wenn du pfeifend geweckt wirst? «

» Hör bloß auf. Was leben denn hier für eigenartige Vögel? Die können hier ja ganze Lieder singen! Vielleicht muss ich Sad mal fragen. «

» Genau, den frag mal, der kann dir bestimmt auch sagen, was für Lieder hier welcher Spaßvogel pfeift. « Ich nahm Ines das Tablett ab. » Wie sieht denn euer heutige Tagesablauf aus? «, fragte ich die beiden.

» Also ich würde gerne einen ruhigen machen, mir tut mein Hinterteil schon etwas vom Sattel weh und so ein fauler Strandtag mit etwas lesen wäre genau das richtige. Außerdem wollte ich noch den Seestern im Rathaus abgeben und mir das Inselprospekt durchlesen, mal gucken, was hier noch so alles angeboten wird. «

»Oja, da würde ich auch gerne mal einen Blick hineinwerfen. « Anke schnappte sich ein Brötchen aus den Korb. »Mensch habe ich einen Kohldampf. Das muss an der Seeluft liegen, kann ich mir nicht anders erklären. «

Ich nickte. »Bestimmt, Anke, bestimmt. Ich würde mich dir, Ines, anschließen, auch ich merke heute meine Knochen. Trotz E-Bike bekomme ich bestimmt einen Muskelkater in den Oberschenkeln, aber egal, das schadet ja nichts. Also ich hätte auch Lust, den heutigen Tage faul am Strand zu verbringen. Auf dem Weg dorthin würde ich nur kurz in der Buchhandlung anhalten und etwas stöbern, ansonsten habe ich auch nichts geplant. Du Anke? «

» Nicht wirklich. Ich schaue einfach was der Tag so bringt. Aber bevor ich euch gleich zum Strand begleite wollte ich im Inselmarkt ein paar Cracker oder so für den Strand holen. «

Ines hob lachend den Finger. »Denk an die fresslustigen Möwen hier auf der Insel! «

Und Anke verdrehte die Augen. »Wie könnte ich! «

*

Bei guter Laune, blauem Himmel und Sonnenschein, zogen wir drei nach dem Frühstück gemeinsam los, deckten uns mit Lesestoff und etwas Naschereien ein und hielten den Strandkorbvermieter unsere Kurkarte unter die Nase. Wir buchten gleich drei Strandkörbe, da wir ja wussten, dass unsere beiden Murmeltiere auch irgendwann aufkreuzen würden und bekamen die Strandkörbe 454, 368 und die 615. Anke war mit der Auswahl nicht einverstanden. » Wir möchten schon gerne die Strandkörbe nebeneinander haben und nicht zum nächsten Strandabschnitt wechseln um sich zu unterhalten. Können Sie bitte mal auf ihren Plan schauen, ob das Möglich ist? «

Der Vermieter kratzte sich am Kopf. » Myn strânstuollen binne allegear hjir op it haadstrân yn seksje G-H. De manden krije in opienfolgjend getal, dat betsjut dat as men oan 'e ein fan it jier foarby is, wurdt der ôffierd en de nije dy't wurdt boud krijt it folgjende opfolgjende strânstoelnûmer. Elke fragen? «

Das war platt und Anke war es. » Ähhh, ich habe jetzt nichts verstanden, außer ich soll Elke etwas fragen, aber was? «

Der bärtige Mann im Vermieterhäuschen lachte auf und wiederholte seine Worte nochmal auf Hochdeutsch. »Meine Strandkörbe stehen alle hier auf den Hauptstrand im Abschnitt G-H. Die Körbe bekommen fortlaufende Nummern, heißt, wenn einer am Jahresende hinüber ist, dann wird er entsorgt und der neue bekommt die nächst fortlaufende Strandkorbnummer. Noch Fragen? «

Wir lachten, als wir Ankes verdutztes Gesicht sahen.

» Also wenn die Deutsche Sprache schon schwierig ist, was ist denn dann bitteschön Ostfriesisch? «

» Auch Deutsch? «, kniff ihr der Vermieter ein Auge zu und überreichte uns die Quittung. Wir machten nun das Spiel, was ich als Kind schon gerne gemacht habe und das hieß: Strandkorbsuchen! Man irrt dabei im Sand durch zig bunte Körbe, wird von manchen Inhabern neugierig beobachtet und freute sich tierisch, wenn man ihn dann endlich gefunden hatte. Auch jetzt irrten wir drei querbeet durch den feinen Sand, als Ines freudig rief » Hab sie! «. Und da standen unsere drei, in zweiter Reihe und schön bunt in Grün, Rot und Blau. Mit unseren Handtüchern befreiten wir die Sitzflächen vom Sand, schoben die Körbe nebeneinander, klappten die Lehnen etwas zurück und jeder besetzte zufrieden erstmal einen für sich ganz alleine.

Ich genoss den Ausblick auf das Meer, schloss dann die Augen um der Brandung zu lauschen und wunderte mich, dass der Geruch des Strandkorbes auch noch immer derselbe wie früher war; ein Gemisch aus Gummi, Wetter und Sonnenmilch, als ich es Nebenan rascheln hörte. » Anke? Bist du das? «

» Hm hm. «

» Was machst du da? «

>> Ach ich habe mir die gewonnene Tüte Salzlakritz mitgenommen, aber bekomm sie irgendwie nicht auf, weil ich mir gerade das Gesicht eingecremt habe und nun so glitschige Hände habe. Kannst du mir die mal öffnen? << Ich half ihr und lehnte mich wieder zurück, als Anke schmatzend feststellte, dass man manchmal erst die Urlaubsreife merkte, wenn man vom täglichen Geschehen fern ist. >> Geht es euch auch so? Manchmal reichen einem schon ein paar Tage Auszeit, um wieder neue Energie zu tanken. Wenn ich allerdings daran denke, dass meine Schwiegermutter tatsächlich bei uns in die Stube eingezogen wäre, hätte ich mindestens eine Weltreise buchen müssen. << Sie knisterte weiter in ihrer Tüte herum.

>> Ja da kannst du echt froh sein. Ich hätte, ehrlich gesagt, nicht gedacht, dass dein Peter sich besinnt. Ihm ist seine Mutter sehr wichtig im Leben, das merkt man ja, deshalb war ich mir sicher, das dem Einzug nichts im Wege stand. << Ich freute mich für Anke, denn ich kannte ihre Schwiegermutter zwar nur flüchtig, aber das reichte zur Flucht.

Heimlich holte ich mein Handy aus der Strandtasche um mir noch mal die Bilder anzugucken, die mir Stefan heute früh vom langsam wachsenden Bad gesendet hatte. Bei dem Anblick, der noch teilweise offenen Leitungen, den Betonboden und der halb gefliesten Wände, war ich doppelt froh, dass ich jetzt nicht zuhause war und mein Mann schickte mir diese Bilder noch mit einem lachenden Daumenhoch Emoji. Leid tat er mir immer noch, aber Stefan schien es zum Glück anders zu sehen. Ich schrieb ihm schnell ein paar Zeilen zurück.

» Handyverbot?!? « Ines schaute aus dem Nebenstrandkorb herüber.

Vor Schreck hätte ich beinahe mein Handy fallen gelassen. » Ich wollte unseren Langschläfern doch nur die Strandkorbnummern zuschicken damit Sie uns finden. «

» Aha. Und ich dachte schon… «

Anke meldete sich von links. » Wer von euch hat denn das Programmheft eingepackt? «

Ines überreichte es ihr. » Wenn du etwas Schönes finden solltest, dann sag Bescheid, ich bin zu allen Schandtaten bereit. «

Ich ahnte schon böses. » Fehler Ines, dass hättest du bei Anke nicht sagen sollen, du weißt, dass sie manchmal zu skurrilen Ideen neigt? «

Ines schaute mich mit großen Augen an. » Stimmt, Katja. Also, ähh Anke, zu fast allen Schadtaten! Denk dran, ich habe heute etwas Hintern, Rücken sowieso und wollte mich eigentlich nur ausruhen. Ach Mensch, jetzt fällt mir der Holzstern wieder ein, den ich doofe zuhause im Rucksack vergessen habe, dabei wollte ich den beim Strandkorbvermieter abgeben. «

» Beim Strandkorbvermieter? «

» Ja. War mir das nächste, wo ein Kind oder auch eventuell Eltern nachfragen könnten. «

» Gute Idee, dann machen wir das morgen. « Ich schaute auf meine Armbanduhr. » Mensch, schon gleich 11 Uhr. Wann wollen unsere Mitreisenden denn am Strand erscheinen? «

» Da habe ich auch gerade dran gedacht. Die beiden verschlafen noch den halben Urlaub. « Ines stand auf und klopfte sich den Sand von der Hose. » Sagt mal, wisst ihr warum unsere Jana so relativ ruhig ist? Ich finde, sie übertreibt nicht so mit dem Trinken und ihre Flirterei hält sich auch in Grenzen. «

» Schrei nicht so laut, ich hatte mich schon erschrocken, als sie mit diesem Sad Sandy auftauchte. « Anke feuchtete ihren Finger an, um eine Seite weiter zu blättern.

» Ihhh, Anke! Dass macht man nicht. «

» Was denn? Mit dem Gärtner reden? «

Ines verdrehte die Augen » Na den Finger befeuchten. Andere möchten auch noch durchblättern und haben dann deine Spucke am Finger kleben! «

Anke schaute aus dem Strandkorb hervor. » Das trocknet doch wieder. Was ihr Pingelköppe aber auch immer habt. « Sie schüttelte verständnislos den Kopf. » Aber nochmal kurz auf das Gespräch von gerade zurückzukommen. Ich bin sehr froh, dass Jana diesmal nicht jedem Kerl zuzwinkert, obwohl… « Sie lachte laut los und das konnte sie gut. Wenn Anke einen Lachkrampf bekam, musste man einfach mitlachen, denn es war so herzlich. Peter, ihr Mann, ermahnte Anke dann immer, da es ihm unangenehm war. Er fand es auch äußert unangenehm, wenn Anke zu Klatschen anfing, denn sie hatte einen Klatscher! Laut, kräftig, dynamisch und schwungvoll.

Anke trocknete sich die Lachtränen, atmete tief durch

und begann nochmal. » Erinnert ihr euch noch an ihr Gesicht, als ihr Traumprinz, der Schiffsarzt, sich ganz locker vor ihr outete, nach dem sie ihn nicht von der Bettkante schubsen wollte? «

Ich musste nun auch grinsen. » Stimmt. Ujujuj, da war sie aber sauer geworden. «

» Aber für ihre Gedanken konnten wir ja nichts und dass Doc Holiday lieber Männer mochte, auch nicht. « Bei der Erinnerung musste nun auch Ines lachen. » Ach herrlich Mädels. Was sagt man immer, die schönsten Erinnerungen sind die, die einem beim Zurückdenken ein Lächeln auf die Lippen zaubern. «

Anke schoss aus ihrem Korb hervor. » Zwiebeln? «

» Was Zwiebeln? Fängst du jetzt auch mit einer Hörschwäche an? «

» Na riecht doch mal. Zwiebeln! Eindeutig. «

» Taraaa! « Und eine Hand mit einer Plastiktüte kam neben Ankes Strandkorb zum Vorschein. Anke klatschte vor Freude in die Hände, da war der besagte

Klatscher. »Oh toll, ich wusste es.« Der Hand folgte Hanna, die eine Plastiktüte voller Fischbrötchen enthielt. »Na hier steckt ihr. Guten Morgen oder schon bald Mahlzeit!«

»Moin Hanna, ausgeschlafen?«

»Heute ja, das wurde aber auch mal Zeit.«

»Und Jana schläft noch?«

»Nein, wir sind beide zusammen aus den Haus gegangen, aber sie wollte sich erst die Surfschule angucken, deshalb bin ich alleine zur Fischbude gegangen. Wo darf ich mich denn Niederlassen?«

Ich machte Platz und nahm ihr die Plastiktüte ab.

Anke wurde richtig nervös nebenan und starrte auf die Tüte. »Mensch Katja, jetzt pack schon aus.«

»Ja ist ja gut. Was haben wir denn hier? Hmmm, ein Bismarckbrötchen mit Zwiebeln?«

»Nehm ich, nehm ich.« Anke streckte nervös den Arm aus und ich reichte ihr das Brötchen mit den warnenden Worten »denk an die Möwen!«

Es gab noch Matjes, ein Fischfrikadellen, ein Krabben und ein Bratrollmopsbrötchen.

»Boah Hanna, die sind so richtig lecker. Toll! Vielen Dank.« Hanna verzog etwas die Nase und ließ sich ihre Veggie Frikadelle ebenfalls schmecken.

Ich schaute mich um. »Wo bleibt Jana denn nun? Ihr Brötchen wird doch ganz matschig.«

167

>> Mir egal <<, Anke lehnte sich wieder zufrieden in ihrem Strandkorb zurück um sich weiter den Veranstaltungskalender von Langeoog durchzulesen, als wir hinter uns laute Rufe hörten.

>> Juchuuuuu? Mädels??? Wo seid ihr? <<

>> Man sieht sie nicht, aber hört sie. << Anke verdrehte die Augen >> Kann sie keine Zahlen mehr lesen oder warum muss sie so laut rufen? <<

>> Haloooo? Wo steckt ihr denn? <<

Hanna putzte sich den Mund an der beigelegten Servierte ab. >> Ist doch ihre Extra-Showeinlage, denn sogar ein Analphabet würde uns schon von weitem finden, da es die einzigen drei zusammengeschobenen Strandkörbe in diesem Abschnitt sind. <<

>> Huhuuu? <<, rief Jana weiter und bekam ihre Aufmerksamkeit, allerdings von einer Urlauberin, dessen Kind durch die lauten Rufe geweckt wurde, doch Jana wäre nicht Jana, wenn sie nicht schlagfertig antworten würde. >> Was kann ich denn für die Schlafstörungen ihres Balges? << und dann schien sie uns urplötzlich gefunden zu haben.

>> Ach, hier steckt ihr! Ich habe euch schon gerufen! <<

>> War nicht zu überhören <<, konnte sich Anke nicht verkneifen.

>> Und? Dann hält es keiner von euch für Nötig mal aus den Korb aufzustehen und mir mal zuzuwinken? <<

>> Ich habe Rücken. <<

» Und ich Oberschenkel. «

» Ich war mit dem Essen beschäftigt. «

» Und ich wollte deinen Extraauftritt nicht versauen. «

» Ach ihr habt sie ja nicht mehr alle. Ines, rutsch mal und lass mich mal sitzen. «

» Gerne. Kommt dein Surflehrer auch noch? Ich meine falls, würde ich dann zu Anke übersiedeln. «

» Habt ihr heute alle einen Kasper gefrühstückt? «

» Jetzt lasst sie doch erstmal ihre Tasche auspacken und dann habe ich hier auch noch dein Bratrollmops-brötchen. «

» Danke Katja, wenigsten du hast etwas Verständnis für meine Orientierungslosigkeit und jetzt Mädels, lasst mich mit euch regenerieren « und zauberte fünf Dosen Prosecco aus ihrer Strandtasche, die sie an uns verteilte. » Fisch muss schwimmen, oder? Deshalb Stöööößchen mit drei Öchen! « Naja, das Stößchen rief sie auch etwas wieder übertrieben laut und schaute provozierend zu der genervten Frau mit dem wachen Baby auf dem Arm.

*

Wir genossen den Mittag am Strand, lasen, quatsch-ten, gingen zum Priel, sonnten uns und hörten Anke vom Strandkorb aus telefonieren.

» Das ist ja prima. Dann würde ich mich und meine Freundin Ines für gleich anmelden. Wo finden wir denn die bunten Buden? Ach am Hauptbad. Das finden wir, also dann bis gleich, ich freue mich schon und bin sehr gespannt. «

Ines schaute aus ihrem Strandkorb mit großen Augen zu Anke. » Dürfte ich vielleicht erfahren, wo du mich jetzt gerade angemeldet hast? Komm mir jetzt nicht mit einem Wettbewerb in Krabbenpuhlen oder so, da bin ich raus. «

Anke lachte. » Nein, Ines, keine Angst. Du hast noch Zeit für eine Zigarette und dann müssen wir langsam los. «

» Ja aber wohin denn? «

» Na zum Bernsteinschleifen. «

» BERNSTEIN? «

» Ja genau. «

Hanna schubberte ihre Hörhilfe. » Ich meinte, ich hätte Bernsteinschleifen gehört? Wahrscheinlich spinnt mein Gerät wieder. «

» Ne, du hast schon richtig gehört «, prustete ich los, denn Ines sah gar nicht glücklich aus.

» Was ist daran so lustig? « Anke verstand uns nicht. » Jetzt habe ich mir so eine Kette gekauft, dann wäre es doch auch interessant zu erfahren, wo solche Steinchen gefunden und bearbeitet werden. Sag wenn du fertig bist, Ines. «

» Ist sie schon, aber so was von «, antwortete Jana an ihrer Stelle.

*

Und während sich die beiden handwerklich betätigen wollten, wollte Hanna den Mörder in ihren E-Book weiter auf die Spur gehen und Jana einfach nur chillen, deshalb nahm ich mir das Veranstaltungs-programm nochmal vor und las mir die Angebote für diese Woche durch. Unter der Rubrik Schifffahrten wurden für morgen ein Ausflug nach Spiekeroog, eine Piraten-Kutterfahrt zu den Seehundsbänken und eine Tagestour nach Helgoland angeboten, sowie Aktionen im sportlichen, sowie im kreativen Bereich und für abends wurde das Dünensingen empfohlen. Das Singen gehörte hier schon zur Tradition, dachte ich und knickte in die Seite ein Eselsohr. Eine Schiffstour könnte aber auch interessant sein, überlegte ich und fragte mal nach, ob Interesse bestehen würde.

» Sagt mal Mädels, hättet ihr vielleicht Lust morgen auf eine Kutterfahrt zu den Seehundsbänken zu unternehmen? «

» Der erste Sekt, der löscht meinen Durst, der zweite stimmt mich heiter, nach dreien ist mir alles wurscht, drum trink ich fröhlich weiter. «

Ich setzte mich aufrecht hin und schaute in meinen Nebenstrandkorb zu Jana, auch Hanna richtete sich mit großen Augen auf. » Reiter? Wo siehst du die denn? «

» Heiter, Hanna und nicht Reiter. Schubber, hicks, mal dein Mann im Ohr. Wolltet ihr eigentlich auch noch ein Piccololöööchen mit drei öööchen, hicks? «

» JANA! Sag mal bist du betrunken? «

Sie machte eine abwertende Handbewegung. » Eher beschwipst. Was dagegen oder vergessen, dass wir Urlaub haben? «

» Hast du mal auf die Uhr geguckt? Es ist gerade mal Nachmittag. «

» Der frühe Vogel fängt den Wurm, sagst du doch selbst immer. «

» Ja, damit meine ich ja dann auch, wenn er morgens früh aufsteht, aber nicht, wenn er früh trinkt. «

» Früh! Es geht doch schon den Abend entgegen, hicks, also den Mittag im Rückspiegel betrachtet… «

» … sag mal, was trinkst du denn da? «, unterbrach Hanna sie und schon reichte ihr aus dem rechten Strandkorb Jana die Dose Prosecco hin. » Schön, dass du mich unterstützt. «

» Ich unterstütz dich nicht, ich bin eher überrascht, denn eigentlich wollte ich einen von euch beiden zu einer Partie… «

» … Party? Strandparty, hicks? «

Hanna überhörte die Frage. » Einer Partie Strandtennis herausfordern. «

» Du und Tennis? Wusste gar nicht, dass in dir eine kleine Steffi Graf steckt. Hast du deinen Mörder schon gefangen oder wie kommst du auf die abwechslungsreiche Idee, hicks? «

Hanna reichte Jana eine Flasche Wasser. » Ich denke, ich fordere Katja heraus, dann kannst du hierbleiben

172

und unsere Sachen hüten und, Jana, trink zwischendurch mal ein bisschen Wasser, wir wollen doch noch was vom Abend haben, oder nicht? «

» Ihr seid aber auch Trauerklöße, aber wenn es euch beruhigt, dann switsche ich jetzt auf Wasser um, aber nachher… «

» … gute Idee. « Ich kroch aus meinem Strandkorb und war froh, mich etwas bewegen zu können. » Die Plecken liegen hier. « Ich schnappte mir gleich das Paar und stiefelte schon mal voraus in Richtung Wasser, um die umliegenden Strandkorbnutzer nicht mit dem Plöpp-Plöpp-Geräusch zu nerven.

Hanna und ich gaben echt alles, doch leider sah das Spielen bei anderen einfacher aus als es bei uns war. Wir schafften gerade mal stolze 3 Ballwechsel am Stück, mehr war nicht drin und vom ständigen Ballaufheben kamen wir auch ganz schön aus der Puste.

» Ist das anstrengend «, jammerte Hanna. » Hatte tatsächlich ich diese Idee? «

Ich lachte und pustete tief durch. » Hatte mich auch etwas gewundert, aber so war es tatsächlich « und rieb die Oberschenkel

Ein paar Versuche den Ball doch öfters mal zu treffen schafften wir dann noch, aber dann brachen wir einstimmig ab, bevor wir uns noch ganz blamierten und auf allen vieren zum Strandkorb zurückrobben mussten.

Von weitem sahen wir Sad bei uns an den Körben stehen. >> Was will der denn wohl? Ist er auch noch Strandkorbvermieter und kontrolliert die Zahlungsbelege? <<

>> Ne, Hanna, der Vermieter war älter und der sprach richtig Plattdeutsch, was Jana bestimmt nicht verstehen würde. <<

>> Och in ihrem momentanen Pegel kann sie mit der Sprache bestimmt mithalten <<, antwortete sie schlagfertig. >> Guck mal, Katja, was hier für schöne Muscheln liegen. Ich glaube davon sammle ich ein paar als Deko für das Badezimmer. Apropos Badezimmer, hat Stefan sich gemeldet, ob euer Bad bald fertig ist? <<

>> Er hatte mir stolz Bilder geschickt, aber ganz ehrlich, für mich ist es immer noch eine Großbaustelle. Ich weiß gar nicht, wie er die Fotos mit lachende Emojis schicken konnte. Guck mal, die Muschel sieht doch auch sehr hübsch aus. Möchtest du die auch mitnehmen? <<

>> Auf jeden Fall. Hier sind ja so viele schöne. Ich hole wacker eine Tüte. Ach guck, Sandy hat sich auch schon wieder von Jana verabschiedet, dann störe ich die beiden jetzt wenigstens nicht. <<

>> Mach das, ich suche hier vorne noch weiter. <<

>> Bin gleich zurück! <<

Ich fand noch ein paar von den Perlmuttfarbenden Muscheln die in der Sonne mehrfarbig glänzten und bemerkte gar nicht, dass ich mich dabei immer weiter von unserem Lager entfernte. Ich war auch zu beschäftigt und in Gedanken, dass ich zuerst den dunkel gekleideten Typen in einem Strandkorb gar nicht bemerkte, sondern erst aufsah, als dieser fast neben mir ruckartig aufsprang und ziemlich schnell verschwand. Verwundert schaute ich ihm hinterher. Irgendwie kam mir der Typ bekannt vor. War ich dem nicht schon mal begegnet? Komisch, dachte ich, dass der bei so einem herrlichen Wetter eine Kapuze trug. Ich schaute ihm hinterher wie schnell er sich in Richtung Hauptbad davonmachte, als ich Anke und Ines von weitem den Holzsteg herunterkommen sah und der Typ spontan erneut seine Richtung zum nächsten Strandabschnitt wechselte.

*

» Hallöle! «, winkte Anke fröhlich, als wir alle wieder an unseren Strandkörben eintrafen. » Ihr habt echt was verpasst. Der Kurs war wirklich interessant. «

Ines verdrehte hinter Anke die Augen, doch sie ließ unsere aufgeregte Freundin erzählen. » Habt ihr gewusst, dass Bernstein teilweise 200.000 Jahre alt und sehr wertvoll ist. Wie wertvoll, erfährt man nur, indem man sie schleift und poliert, denn dann erst zeigt sich der Bernstein, ob er Pflanzenreste oder Insekten enthält. «

» Ihh, dann trägst du jetzt Insekten um den Hals? «

» Die sind doch tot, Hanna und außerdem im Stein gefangen. « Anke zeigte drei Steine, die sie gerade geschliffen und poliert hatte. Ich selber konnte den orangen Steinen nicht viel abgewinnen und verstand Ines, die immer noch unglücklich dreinschaute. » Piccolöchen? « Auch Jana erkannte ihren Gesichtsausdruck.

*

Bis zum frühen Abend nutzten wir noch die Stunden am Strand, dachten sogar noch an das Urlaubsfoto für Frau Jansen und unterhielten uns über Gott und die Welt. Als jemand das Thema Tagesplanung für den nächsten Tag erwähnte, guckten mich alle erwartungsvoll an. Ich schlug dann vorsichtig die Kutterfahrt zu den Seehundsbänken vor, dem alle unverhofft zustimmten, sogar Ines, obwohl ich dachte, dass ihr der Spaß an Urlaubsangeboten erstmal reichte. Anke, die noch immer überglücklich mit ihrem Bernstein war, machte den spontanen Vorschlag, heute Abend mal eine Pizza zu bestellen, denn so langsam bekam sie Hunger. » Das muss an der frischen Luft liegen! Wie wäre es, wenn wir auf dem Rückweg an der Pizzeria im Ort anhalten, uns das Essen mitnehmen und den Abend gemütlich auf unserer Terrasse ausklingen lassen? Katja, heute bist du mein Gast. «

Gegen den Vorschlag hatten wir alle nichts einzuwenden, denn auch faulenzen machte müde und abgesehen von unserem kleinen sportlichen Tennisauftritt, hatten wir alle große Lust den Tag im Schlabberlook zu beenden. Wir packten unsere Sachen zusammen, warfen die Strandkorbschlüssel in den vorgesehenen Briefkasten der Vermietung und machten uns auf den Weg in den Ort. Jana erzählte uns von Sad, der in seiner Freizeit Surflehrer war und dass sie ernsthaft überlegte, mal auf ein Brett zu steigen.

>> Sad scheint ein Mann für alle Fälle zu sein. Gärtner, Brötchen und Getränkelieferant, sogar Surflehrer. Hat er noch mehr Vorzüge?

>> Werde ich herausfinden. << Jana ließ sich mal wieder ein Hintertürchen offen. Natürlich sprangen viele Männer auf ihre Flirtereien an, aber wenn es denen so leichtgemacht wurde, war es ja auch kein Wunder. Sie sah es als Spaß und Spiel.

>> Mensch Jana, du kannst es aber auch wirklich nicht lassen. Was sagt Henning eigentlich dazu? <<

>> Wozu? <<

>> Na zu deinem ständigen drall nach Mittelpunkt. <<

>> Versteh ich nicht, Hanna. <<

>> Dann erkläre ich es dir. Es gibt bei dir zwei Arten von Auffallen. Einen nenne ich mal den Mittelpunktauftritt. Wenn der bei dir auftritt, brauchst du wieder Anerkennung bei Männern und da ist dir jedes Opfer recht. Die andere Art nenn ich mal Mitleidauftritt. <<

>> Mitleidauftritt? << Jana blieb erstaunt stehen.

» Genau. Der tritt ein, wenn du, wie meistens, gestresst als letzte irgendwo zum Geburtstag einkehrst oder auch zu unserem Cocktailabend. Dann machst du oft auf die total gestresste Art, damit wir Mitleid haben, aber Hallo? Du hast kein Kind, kein Tier, kein Haus, kein Garten, kein was auch immer. Es gibt nur dich und deine Arbeit, was ist daran so stressig? Ich weiß nicht, warum du so darauf bedacht bist, immer einen Extraauftritt ergattern zu müssen, deshalb stellt sich mir auch die Frage, ob das nicht irgendwann langweilig wird? «

Jana schien kurz sprachlos zu sein, denn so direkt hatte man es ihr noch nie gesagt. Sie musste erstmal schlucken, doch dann besann sie sich. » Im Gegenteil, meine liebe Hanna, flirten tut der Seele gut. Probiere es doch selber aus, manchmal macht es sogar Spaß, man darf nur seinen Stil nie vergessen. «

» Danke, ich bin mit Sven glücklich und zufrieden. «

» Selbst Schuld. « Jana drehte sich nach einem Jogger um und pfiff ihm hinterher.

Hanna setzte ihre Kapuze auf. » Toller Stil. Langsam wird es peinlich. «

Als wir wieder in unserem ~Fernweh~ ankamen, stürzten wir uns gleich auf unser italienisches Menü.

» Köstlich Mädels. « Anke hatte noch einen großen Salat als Beilage bestellt und diesen in die Mitte des Tisches platziert. Ines füllte die Weingläser auf und kam damit auf die Terrasse. » Das nenne ich Urlaub «, lachte sie zufrieden. Wir genossen fast schweigend die Pasta und Pizzagerichte.

>> Was ist denn morgen mit der Kutterfahrt? Machen wir die nun? <<, unterbrach Anke die Stille.

>> Sag mal Anke <<, nuschelte Jana mit vollem Mund, >> ich wusste gar nicht, dass du so Wissensdurstig bist. <<

>> Was heißt Wissensdurstig <<, sie bestrich ihr Pizzabrötchen mit Kräuterbutter. >> Aber, wenn ich jetzt schon mal hier oben an der See bin, dann möchte ich auch gerne was sehen und kennenlernen. Peter und ich kraxeln ja eher in den Bergen herum und da gibt es ja zum Beispiel keine Seehunde. <<

>> Schneehunde? Du meinst bestimmt Huskys, oder? <<

>> Hanna!!! Ich sagte Seehunde! Wenn wir zwei in die Berge fahren sehen wir keine Seehunde! <<

>> Überlegt mal! Schneller wie zwei Sekunden! Die sind echt flink, da würde unsere Luna nicht mithalten. <<

>> Ich gebe es auf, diskutiert ihr ruhig weiter mit ihr <<, Jana wollte sich nicht aus der Ruhe bringen lassen, doch Ines musste grinsen und stieß Hanna gegenüber unter dem Tisch mit dem Fuß an und zeigte auf die Ohren. >> Schubber mal an deinem Gerät << und dank aller, verstand Hanna die Geste, rüttelte an ihr Gerät bis es Plöpp machte und strahlte. >> Wo waren wir stehen geblieben? <<

>> Vergiss es und esse lieber, bevor deine Pizza kalt wird. << Jana schüttete sich noch ein Glas Wein nach.

>> Wann startet denn morgen die Kutterfahrt? <<

>> Ich meine gegen 13:30 Uhr. <<

>> Na Gott sei Dank nicht wieder mitten in der Nacht aufstehen. <<

>> Du musst ja nicht mitkommen, Jana. Wenn du lieber mit Sad Sandy Stand-up-Paddling machen möchtest, dann ... <<

>> ... sag mal Anke, willst du mich loswerden, oder was? <<

>> Ich? Wie kommst du denn darauf? <<

>> Ich finde deine Anspielungen manchmal schon etwas unpassend. Was kann ich denn dafür, dass du nur deinen Peter Pan im Kopf hast und keine anderen Männer anguckst. Ist doch nicht schlimm, wenn man ein bisschen Flirtet! Ich habe das gerade schon Hanna versucht zu erklären, dass es mir einfach Spaß macht und ihr tut so, als ob ich ein Flittchen sei. << Jana war echt etwas enttäuscht von uns. >> Außerdem dürft ihr nicht vergessen, dass mir die Männer hinterherlaufen und ich nicht denen. <<

Die Stimmung war angespannt, dass sah man an Ankes Gesicht, deshalb versuchte ich schnell zu schlichten. >> Na dann sind wir uns ja einig und fahren morgen gemeinsam mit dem Boot zu den Seehundsbänken. Wäre ja toll, wenn wir welche sehen, vielleicht sollte ich vorsichtshalber mein Fernglas einpacken? <<

>> Vielleicht sollten wir erstmal dort anrufen und fragen, ob noch fünf Plätze frei sind? «

>> Stimmt Hanna. Ich rufe schnell an und reserviere direkt, wenn noch etwas frei sein sollte. «

Ines war zwar skeptisch und hatte Bedenken, dass sie Seekrank werden würde. >> Was kostet der Spaß denn überhaupt? «

>> Um die 20 € und geht knapp 3 Stunden. «

Jana fand den Preis vollkommen in Ordnung. >> Mensch Ines, wer kann schon behaupten für 20 € zu schunkeln und sich zu übergeben. Wenn du in eine Kneipe gehen würdest, wäre dein Deckel für den Schunkel-Pegel wesentlich teurer. «

Lachend rief ich beim Veranstalter an und hatte Glück, wir wurden der Teilnehmerliste zugefügt.

*

>> Wie sieht es aus? « Ines guckte in die Runde und in unsere satten und zufriedenen Gesichter. >> Spielen wir noch eine Runde Rummikub zusammen? «

Hanna mochte das Spiel. >> Sehr gerne, ich entsorge nur schnell die leeren Schachteln und dann wäre ich startklar. «

>> Und ich zieh mir nur schnell meine Wellnesshose an und bring noch etwas Trinknachschub mit, damit unsere Anke mal ein bisschen lockerer wird «, zwinkerte Jana und verschwand schnell.

Ich wischte den Tisch sauber und musste über meine Freundinnen grinsen.

*

Langsam fing es an zu Dämmern. Anke schaltete die Außenlampe der Terrasse an und baute das Spiel auf, Ines polierte ihre Brille, ich verteilte Schalen mit Knabbereien auf dem Tisch, Jana kam mit Getränkenachschub und Hanna kam zur Terrasse zurück und war kreidebleich und außer Puste.

» Nanu? « wunderte sich Ines. » Was schnaubst du denn so? Die Kartonverpackungen waren doch leer und nicht mehr schwer. «

» Ein Reimer? «, klatschte Anke lachend in die Hände.

» Mädels? Ich glaube, uns wollte jemand überfallen. «

» Wie überfallen? Sag mal Hanna, trinkst du ohne mich? « Jana stellte ihren Getränkevorrat auf dem Tisch.

» Jetzt mal ohne Mist. « Hanna packte sich ans Herz. » Ich war gerade nahe an einem Herzkasper und habe mich tierisch erschrocken. «

» Tierisch passt doch zu dir. «

» Mensch Jana, jetzt halt doch mal den Babbel und nein, ich habe auch nicht zu viel Miss Marple geguckt. Ich bin runter zur Mülltonnenbox gegangen und gerade in dem Moment, wo ich den Deckel von der Papiertonne anhob, bemerkte ich hinter mir eine Bewegung. Ich fuhr erschrocken herum und sah eine Gestalt mit Kapuze verschwinden. Na warte, dachte ich und habe versucht hinterher zu kommen, doch so schnell wie er war ich leider nicht. «

» Hm... vielleicht hatte der sich verlaufen? «, überlegte Ines.

» Verlaufen? Bei den paar Häusern hier in dieser verlassenen Straße? Das glaubst du doch wohl selber nicht. « Hanna tippte sich an die Stirn und ich kombinierte. » Hatte der zufällig blaue Turnschuhe an? «

» Dass konnte ich nicht erkennen, aber könnte sein, warum? Kennst du hier jemandem mit blauen Turnschuhen? «

» Nicht direkt, aber heute am Strand habe ich auch eine dunkle Gestalt vor uns fliehen sehen und die hatte blaue Turnschuhe an. Denkt mal an den Typen der bei eurer Pinkelpause aus den Dünen kam und Anke fast überrannte. Der hatte ebenfalls blaue Turnschuhe an und wenn mich nicht alles täuscht, habe ich den Typen hier in der Straße schon mal gesehen. Er trägt ständig diese Kapuze auf seinen Kopf. «

Jana sah das ganze recht locker. » Wer weiß, vielleicht hat Katja doch ein Abenteuerurlaub in Sachen Krimi gewonnen und wir sind die Lockvögel in diesem Thriller? Ich sehe schon die Schlagzeile „Schlachterei auf Langeoog" oder noch besser „Dünengemetzel". «

Ines, sonst auch nicht so schreckhaft, fand die Situation etwas merkwürdig. » Es ist eine kleine Insel die nicht zu hundert Prozent ausgebucht ist, da kann es doch schon mal sein, dass man sich öfters über den Weg läuft, oder meint ihr nicht? «

» Über den Weg laufen schon, aber weglaufen? « Hanna hatte sich etwas beruhigt und jetzt kam die Krimi-Expertin in ihr durch. »Reich mir doch mal bitte den Block, Anke, ich muss mir das mal aufschreiben. « Jana fand, es wurde zu viel tamtam um die unbekannte Person gemacht und wollte jetzt den Abend gemütlich ausklingen lassen. » Na gut Leute, sollte uns der Typ morgen nochmal begegnen, auflauern oder einfach komisch aufstoßen, dann schnappen wir ihn uns. Wir sind immerhin fünf gegen einen, das werden wir doch wohl schaffen. Jetzt lasst uns noch etwas spielen und den Abend genießen. Ach und morgen, morgen bin ich für das Frühstück zuständig, ich muss ja sowieso zeitig wegen der Kutterfahrt aufstehen. «

» Die ist mittags, Jana! «

» Naja, bis ich fertig bin, käme die Zeit schon hin. «

» Wieder das Extra! « Hanna schaute Jana von der Seite an, doch die streckte ihr nur die Zunge heraus.

*

Der Abend wurde doch länger als gedacht und Janas Getränkekarte hinterließ seine Spuren, denn irgendwann fing Anke an » Warum hat ein Ostfriese zwei Heuballen auf dem Beifahrersitz? – Na Hauptsache blond. «

» Ein Ostfriese nimmt ein Maßband und klettert an einer offenen Bahnschranke hoch, um sie zu vermessen. Ein Passant fragt: „Warum warten Sie denn nicht, bis die Schranke geschlossen ist?" Da antwortet der Ostfriese: „Sie Schlaumeier! Weil ich die Höhe messen soll und nicht die Breite! « Jana lachte über sich und den Witz.

Auch Hanna fiel einer ein » Warum mögen Ostfriesen keine Brezeln? – Weil sie den Knoten nicht aufbekommen «

Anke bekam schon Bauchweh vom Lachen, auch ich musste mir ständig die Lachtränen wegwischen und Ines holte tief Luft, ihr tat bereits alles weh. Es dauerte noch etwas, bis uns die Ostriesenwitze ausgingen, die Augen langsam zufielen und wir somit beschlossen, den Abend lieber mit einem letzten Absacker zu beenden, bevor sich unsere Hormone noch Partyhütchen aufsetzten.

Ich stellte in meinem Zimmer die Balkontür wieder auf Kippe, zog die Vorhänge zu und gerade als ich in meinem Bett lag, hörte ich leise die Tür aufgehen. Überrascht drehte ich mich um, knipste das Licht an und sah Ines, die den Finger an den Lippen hielt und auf das freie Bett zusteuerte.

Vielleicht waren unserem Kellerkind die Berichte vom Kapuzenmann doch etwas unheimlich geworden?

⚓

Kapitel 9
Schiff Ahoi

>> Guten Morgen, Ines. << Ich legte mein E-Book zur Seite.

>> Moin Katja, bist du schon wieder wach? Du bist ja schlimmer als ein Hahn. <<

Ich musste lachen. >> Wie ein Hahn? <<

>> Die sind doch auch immer in aller Herrgottsfrühe wach oder habe ich so laut geschnarcht, dass du nicht mehr schlafen konntest? << Sie sprang aus dem Bett. >> Bestimmt, oder? Oje, dass tut mir leid, wäre ich doch im Keller ... <<

>> ... alles gut Ines, alles gut. Du hast nicht geschnarcht oder sagen wir kaum, also nicht der Rede wert. Ich bin einfach ein Früher Vogel, das hat nichts mit dir oder sonst wem zu tun. Ich bin ja froh, dass du nicht mehr alleine da unten schläfst, sondern zu uns nach oben gezogen bist. <<

Ines legte sich wieder zurück ins Bett und seufzte hörbar aus, während ich aufstand und den Vorhang zur Seite schob. Ich trat auf den Balkon und sah Sad Sandy, wie er einen Rosenstrauch bearbeitete. Optisch sah er nett aus, dass musste ich zugeben, aber er war bestimmt 10 Jahre jünger als wir, deshalb verstand ich Janas Interesse auch nicht. An seiner Gartentasche

konnte ich sehen, dass er schon eine ganze Ecke freige-
schnitten hatte. „Der Mörder ist doch immer der Gärtner",
fiel mir der Spruch ein, winkte ihm trotzdem höflich zu
und wollte mich gerade auf ins Bad machen, als ich
vom Nachbarhaus kurz etwas aufblitzen sah. Ich blieb
stehen, hielt mir, da die aufgehende Sonne etwas blen-
dete, die Hand über meine Augen, doch konnte nichts
erkennen. Alles war ruhig und bewegungslos, da muss
ich mich wohl getäuscht haben und ging ich ins Bad.

» Katja, erzähl doch bitte noch mal was uns gleich bei
der Schifffahrt erwartet, damit ich weiß, was ich anzie-
hen und einpacken muss. « Anke war wie ich gerne gut
organisiert und vorbereitet.
Ich nahm mir nochmal den Veranstaltungskalender
zur Hand. » Hier steht: Kapitän Sören fährt mit Ihnen
durch das Wattenmeer zu den Seehundsbänken. Wer
mag, kann mit einem kleinen Fanggeschirr Fische fangen. Der Fang wird ausführlich erklärt und ... «
» ... Veto! « Hanna hob die Hand. » Beim Angeln bin
ich raus, das kann ich nicht. Die armen Tiere. «
» Nun lass mich doch erstmal zu Ende lesen. Also,
anschließend werden die gefangenen Tiere wieder ins
Meer zurückgesetzt. Krabben werden gekocht und es
gibt einen kleinen Lehrgang im Krabbenpuhlen. Die
Fahrt führt durch den Nationalpark Niedersächsisches
Wattenmeer. Ach und hier für dich, Ines, der Kutter
schaukelt nicht mehr, als die Fähre bei der Überfahrt

nach Langeoog. Auf dem Kutter sind festes Schuhwerk, Pullover und gegebenenfalls Regenbekleidung empfehlenswert. «

Anke schlürfte ihren Kaffeepott leer. » Na dann ist ja alles geklärt. Ich pack mir vorsichtshalber trotzdem die Regenjacke ein. «

» Wofür? Es soll doch trocken bleiben. «

» Man weiß ja nie, hast du gestern selbst gesagt, Katja. Das Wetter auf der Insel kann schnell wechseln. Ach packst du bitte noch dein Fernglas ein? «

» Gute Idee, dann können wir die Seehunde besser beobachten. « Hanna nahm das Nougatglas aus Ankes Reichweite und erntete dafür einen grimmigen Blick.

» Also ich würde vorab noch im Inselmarkt etwas Obst... «

» Du und Obst? « Anke staunte.

» Obstler kaufen! Ihr müsst mich auch mal ausreden lassen. «

Ines, die gerade abgelenkt war, klinkte sich nun auch ins Gespräch. » Bananen oder lieber Äpfel? «

Das war zu viel für Jana. » Bitte Ines, fang nicht wie Hanna an. «

» Mit was denn? «

» Na mit der Hörschwäche, sonst werde ich noch verrückt. «

» Bedrückt? So kennt man dich gar nicht! «

» HANNA! «

» Scherz«, lachte sie und rieb sich die Hände.

188

Ines stand auf und fing an abzuräumen. » Wie kommen wir denn zum Hafen? Mit der bunten Bahn, leihen wir uns nochmal Fahrräder oder laufen wir? «

» Ich würde gerne mit dem Zug fahren. «

» Und ich gerne radeln. «

Jetzt musste ich doch über unsere Runde am frühen Morgen lachen.

*

Hanna wurde vierstimmig zum Radeln überstimmt, deshalb besuchten wir zuerst wieder den Fahrradverleih von Sonntag und mieteten uns diesmal normale Fahrräder, da der Hafen ja nicht so weit entfernt lag. Jeder befüllte seine Taschen mit Snacks und Getränken aus dem Inselmarkt und dann radelten wir an den Gärten vorbei in Richtung Wäldchen. Ines drehte sich nach mir um. » Ich frage mich gerade, warum hier so extrem große Betonplatten liegen. Stand hier mal ein Dorf was überflutet wurde? «

Ich schüttelte den Kopf. » Soweit ich weiß, stand hier ein kriegerischer Flughafen. Der jetzige Flughafen liegt ja in Nähe des Bahnhofs, den hast du Sonntag gesehen als wir bei den Alpakas waren und dann wurde ein weiterer Flughafen im zweiten Weltkrieg gebaut, diesen allerdings nur als Schein-Flughafen zur Täuschung des Feindes. Ich meine, die Briten haben nach Kriegsende die Einrichtung gesprengt und dass sind hier noch die Betonflächen der ehemaligen Rollbahn. «

» Das ist ja interessant. Wer kann schon behaupten, er ist auf einer Insel mit dem Fahrrad über eine Rollbahn geradelt! Das muss ich Thomas nachher mal erzählen. Dann gab es hier also einen Stützpunkt? « » Vereinzelt gibt es hier sogar noch alte Soldatenhäuser und es gab hier ein paar Kasernengebäude, die als Schule bzw. Landheim genutzt und vor ein paar Jahren leider durch Brandstiftung völlig zerstört wurden. «

Ines hielt an, um ein paar Bilder zu machen und hielt ihr Handy auch auf unsere drei gemütlichen Radler, die fröhlich winkend an ihr vorbei düsten.

Da wir noch gut zwei Stunden Zeit bis zur Schiffsabfahrt hatten, führte ich meine Freundinnen noch zum Naturschutzgebiet Flinthörn, welches im Südwesten der Insel lag und als Ruhezone zum Nationalpark gehörte.

» Möchte jemand von euch den Naturpfad folgen und sich die bebilderten Informationstafeln durchlesen oder sollen wir direkt den Pfad zum Strand nehmen? Von hier habt ihr einen schönen Ausblick auf die Insel Baltum. «

Anke schnürte sich den Rucksack auf. » Also mir reicht der Strand, zu viel Input verkrafte ich nicht. Wir lernen ja gleich bestimmt auch noch etwas über die Fischerei, oder? «

» Stimmt, das reicht mir dann aber auch. « Jana folgte Anke und nachdem wir uns etwas am Strand aufgehalten hatten, fuhren wir zum Hafen, schlossen dort unser Fahrräder ordentlich ab und gingen bei strahlendem Sonnenschein mit dem Kutter „Silbermöwe" auf große Fahrt.

*

>> Moin und Herzlich Willkommen auf meinem alten, aber noch voll funktionsfähigen Kutter Silbermöwe «, schalte es aus den Lautsprechern. Wir hatten am Heck des Schiffes noch eine freie Ecke neben einer Damenrunde, die fröhlich mit ihren bestickten Westen den Namen Gummitierclub präsentierten, gefunden und hockten uns auf provisorische Bänke und Plastikstühle, während der Kutter langsam aus dem Hafenbecken fuhr.

>> Mein Name ist Sören, Kapitän Sören, ich bin hier an Bord der erste Mann, wenn es um Fragen geht und der letzte, falls wir sinken ... «

>> Ich habe es gewusst. « Ines sah uns mit großen Augen an

>> Mensch Ines, jetzt schau dir doch mal das ruhige Meer an! Keine Welle, nichts. Selbst wenn Jana mit einer Polonaise anfangen sollte, wirst du keine Bewegungen merken. «

>> Ich warne dich Jana «, doch die hörte gar nicht zu, sie sah einen kräftigen Mann in Jeanslatz, der gestapelte Plastikkörbe auf dem Deck platzierte.

Ich grinste, machte ein paar Aufnahmen mit der Kamera und hörte den Kapitän weiter zu.

» ... links heißt Backbord, rechts heißt bei uns Steuerbord. Wenn es heißt Mann über Bord an Backbord achteraus, dann ist das die Stelle, wo die nette Dame mit dem roten Käppi sitzt. « Er zeigte auf Jana, die direkt Aufstand und sich verbeugte.

Anke verdrehte die Augen. » Du bist nicht zu seiner Assistentin ernannt worden! Jetzt setzt dich wieder! « Kapitän Sören machte ohne Beachtung weiter. » Nun schalten Sie ab, genießen Sie die Weite, riechen und schmecken Sie die salzige Luft der Nordsee und spätestens, wenn wir die Netze hinablassen, melde ich mich wieder. Ansonsten können Kaffee und Softgetränke gerne im Bug, sprich vorne, bei Torben erworben werden. « Dann zeigte er auf den Herrn in Latzhose. » An der Backbordseite sehen Sie unseren Mann für alle Fälle, Iwan. Er ist für das Herz des Kutters zuständig und nun wünsche ich allen einen angenehmen Aufenthalt auf der „Silbermöwe"« und mit den Worten Ahoi und volle Kraft voraus schaltete Sören sein Mikrofon aus.

» Ach nö, Mädels, jetzt habe ich meinen Jutebeutel mit den Salamisticks und den Bonbons im Fahrradkorb liegen gelassen. Der wird mir bestimmt geklaut. «

» Das glaube ich nicht, Ines. Hier klaut doch keiner etwas. «

» Es sei denn der Dieb hat Flügel und heißt Möwe! «
Anke musste nach der Fischbrötchenattacke eine Art

Möwentrauma erlitten haben und traute keinem weißen großen Vogel mehr über den Weg.

Jana hob ihren vollen Rucksack hoch. » Ich habe doch alles an Bord. Verhungern und verdursten können wir nicht. Möchte jemand eine Waffel? «

» Ich «, Anke hob die Hand. » Irgendwie habe ich das Gefühl, hier an der See werde ich nie satt. Muss doch an der Luft liegen. « Ihr mittlerweile Standartspruch durfte nicht fehlen.

Hanna und ich stellten uns ans Schiffsheck und schauten auf die aufspülenden Wellen. Der Langeooger Wasserturm wurde immer kleiner und nach einer Zeit drosselte die Schiffsmaschine und Fischernetze wurden ins Wasser gelassen.

» Hoffentlich fangen die keinen einzigen Fisch. Ich kann da gar nicht hinsehen. Empfindest du das nicht als Tierquälerei, Katja? «

» Aber die lassen doch die Fische nachher wieder frei, nachdem wir uns diese angeschaut haben. «

» Ja aber jetzt überleg doch mal was die Tiere für eine Angst haben. Die schwimmen so nichtsahnend durch das Meer und dann auf einmal landen sie in so einem Netz, werden aus dem Wasser gehoben, begutachtet und anschließend wieder ins Wasser gelassen. Meinst du, so ein Fisch hat keine Gefühle? «

» Ach Hanna, bestimmt, aber das wichtigste ist doch, dass sie wieder frei gelassen werden und jetzt schau

mal da vorne, ich glaube ich habe gerade einen See-
hundkopf im Wasser entdeckt. Ich hol mal schnell mein
Fernglas. «

Auch Kapitän Sören hatte nicht nur einen, sondern
gleich mehrere Seehunde an der Steuerbordseite entdeckt und das den Teilnehmern durch sein Mikrofon
weitergegeben. Aus dem Schiffsinneren kletterte Iwan,
der seine Zigarettenkippe in eine alte Metalltonne warf,
zu den Fangkörben ging und diese entstapelte. Jana
konnte dabei seine Muskeln spielen sehen und fühlte
sich wie von einem Magneten angezogen. Langsam
stand sie auf und schlenderte direkt auf ihn zu.

» Hallöchen Popöchen, du schöner Matrose. « Sie
zeigte auf seine Hand. » Netter Ring, ist das ein ostfrie-
sischer Ehering? «

Der junge Mann ging einen Schritt zurück und mus-
terte Jana. » Привет красивая женщина! « Sie schaute
ihn wie eine Außerirdische an und verstand kein Wort.

» Ähh, Sorry, but I dont understand. Is this Ostfriesisch? «

» Что? «

» Plattdeutsch? «

» Ahh, het. « Er lachte auf. Jana war geblendet, stolperte einen Schritt zurück, nuschelte ein » Ostfriesen
Mafia « bevor sie schnell den Rückwärtsgang einlegte.

» Na «, Anke polierte ihre Sonnenbrille und haucht
sie an. » Das war aber eine kurze Unterhaltung. Hat er
dich abblitzen lassen? «

Jana kramte in ihrem Rucksack. »Nicht abblitzen, sondern anblitzen, gerade jetzt, wo ihm die Sonnen ins Gesicht schien. Anke! Der hatte nur Gold im Mund. «

»Wie Gold im Mund?«

»Na die ganzen Zähne waren aus Gold. Ich war ja richtig geblendet. Junge Junge Junge, das habe ich auch noch nicht gesehen. Und verstanden habe ich den auch nicht. Ich weiß nicht ob das jetzt plattdeutsch war, aber es klang mir eher nach Russisch oder Polnisch. «

Anke setzte sich die Sonnenbrille auf. »TsTsTs, jetzt machst du noch nicht mal vor Goldfischen halt «, lachte über ihren eigenen Witz und drehte sich zu der Frauenrunde nebenan um, die die Schifffahrt zu genießen schien.

»Entschuldigen Sie, aber darf ich Sie mal fragen, was Gummitierclub bedeutet? « Anke zeigte mit dem Zeigefinger auf den Schriftzug der Westen.

Eine der Damen lächelte. »Na raten Sie doch mal. «

»Boah, das wird schwer. Also entweder Sie sind oder waren alle so beweglich wie Gummi, es gibt doch diese Schlangenmenschen oder es hat etwas mit alten Zeiten zu tun. Hm! Genau, ich schätze das ist es. Sie kennen sich bestimmt aus Kinder oder Jugendzeiten, oder? «

»Gar nicht mal so schlecht. Wir kennen uns tatsächlich schon länger, wenn ich jetzt nachrechne, müssten es mittlerweile bald sechzig Jahre sein. Wir waren alle in ein und derselben Firma beschäftigt, die Gummitiere hergestellt hat und auch noch herstellt. «

» Gummitiere? Ich kenne wohl Gummitwist, aber was sind denn Gummitiere? «

Die nette Frau lächelte. » Na Sie kennen doch die ganzen bunten aufblasbaren Wassertiere, mit denen Kinder gerne spielen. Die gibt es doch als Delphin, als Krokodil, Orka und so weiter. Meine Damen und ich waren alle im Einkauf sowie in der Verpackung der Firma Watertool beschäftigt und aus uns Kollegen, wurden Freunde und jetzt, jetzt gönnen wir uns jedes Jahr eine kleine Reise. Früher reisten wir viel in fremde Länder. Wir waren in Rom, in Paris und haben das Bernsteinzimmer in Sankt Petersburg besucht, doch mittlerweile haben wir alle unsere kleinen Blessuren und sind zufrieden, wenn wir noch zusammen verreisen können. Auch in Deutschland gibt es viele schöne Ecken. Und Sie? Sind Sie auch Kolleginnen? «

» Nein, wir sind Freundinnen. Wir alle kennen uns schon sehr lange, wohnen im selben Ort, haben einen Cocktailclub und treffen uns somit jeden Monat zu einem Spieleabend. Katja, die da vorne mit ihrer Kamera sitzt, liebt Langeoog und hat bei einem Gewinnspiel eine Woche Auszeit gewonnen und uns eingeladen, sie zu begleiten. «

» Ach das hört sich aber auch gut an. Na dann wünsche ich Ihnen und Ihren Freundinnen noch einen schönen Urlaub und alles Gute. Vergessen Sie nie: Wahre

Freundinnen sind wie BH's. Sie sind schwer zu finden, unterstützend, erhebend und ganz nah am Herzen. ‹

Anke lachte. » Dankeschön, Ihnen aber auch noch einen schönen Aufenthalt und noch viele gemeinsame Reisen « und drehte sich wieder um.

*

Ines bekam Panik, weil sich alle Passagiere wegen der Seehunde auf die Steuerbordseite platzierten » Leute! Wir gehen gleich unter und ihr beiden streitet euch wegen Janas Balzversuche. Na eure Probleme hätte ich gerne. «

» Mensch Ines, ich versteh dich nicht. Letztes Jahr warst du mit uns auf einem Kreuzfahrtdampfer und jetzt hier, auf den kleinen Kutter, machst du dir fast in die Hose. «

» Ich habe eben keine Lust hier unterzugehen. « Sie kramte zur Ablenkung in ihrem Rucksack.

Jana stand nicht lange unter dem Verblendungsschock und versuchte es erneut, mit den männlichen Schiffsgästen in Kontakt zu kommen. » Sag mal Ines, hast du den Holzseestern dabei? Ich würde ihn mir gerne kurz ausleihen und die Herren der Schöpfung mal fragen, ob ihr Kind eins vermissen würde. «

» So viel Nächstenliebe deinerseits? « Anke staunte und Jana streckte ihr wortlos die Zunge heraus.

» Ich habe den Stern im Ferienhaus im Keller liegen, da ich ja wusste, das wir heute nicht zum Strandkorbvermieter oder zum Rathaus kommen würden. «

» Hmm. Schade eigentlich «, zog Jana eine Schnute.

*

Ich zoomte vom Schiffsheck aus die niedlichen Heuler näher, um noch ein paar Bilder von ihnen zu machen und bekam von den Diskussionen der Mädels nichts mit, als der Kapitän abdrehte und die Rückfahrt anvisierte. Nach einer Zeit wurden auch die Netzte eingefahren und man sah den Familienvätern mehr Spannung im Gesicht an, als deren Sprösslingen. Hanna wandte sich sofort ab, kaufte sich bei Torben eine Limonade und setze sich zu mir auf die Bank.

» Ach Katja, so geht's, ne? «

Ich nickte. » Das stimmt. Jetzt müsste man die Zeit anhalten können. Guck mal, hier habe ich ein paar schöne Treffer von den Seehunden gemacht. «

Hanna nahm die Kamera und schaute sich die Bilder an. » Das sind aber auch süße Tiere. Ich versteh die Menschen nicht, die solche niedlichen Lebewesen jagen und erschießen nur um das Fell verarbeiten zu können. Die sollte man auch mal jagen und hinterher die Haut abziehen. Ehrlich Katja, die Menschen machen so viel kaputt. Ich hatte letzten noch einen Bericht im Fernsehen gesehen, das ein T-Shirt, bevor es bei uns auf dem Ladentisch liegt, einiges über sich ergehen lassen muss. Glätten, Bleichen, Färben, Bedrucken und für spezielle Outdoor-Kleidung kommt noch das Imprägnieren dazu. Für diese Prozesse werden in der Textilindustrie pro Kilogramm Kleidung rund ein Kilogramm

198

Chemikalien verwendet. Über 6000 verschiedene Chemikalien sind bei der Textilveredelung im Einsatz, darunter sogar Schwermetalle wie Kupfer, Arsen und Cadmium. Viele davon sind giftig, einige auch krebserregend. Wenn ich im Kleiderschrank meines Sohnes gucke und dann an den Bericht denke, fühle ich mich echt schlecht. « Ich verstand Hanna. » Tja Hanna, die Welt ist manchmal zu schnelllebig und nur nach Profit aus. «

» Aber warum? Jetzt vergleich doch mal unser Leben zu dem unserer Vorfahren. Wir hatten doch immer schon alles. Ob Kleidung, Schulbedarf, Urlaub, Autos und nicht nur materielle Sachen, sondern wir hatten Freiheit und keine Langeweile. Was fehlt der Welt von heute denn noch? «

Tja, das war eigentlich eine gute Frage, denn viele stöhnten auf sehr hohem Niveau. Wir hatten zu essen, zu trinken, ein Dach über den Kopf, brauchten im Winter nicht frieren und da stellte man sich tatsächlich die Frage, was fehlte uns Menschen denn noch? Hanna fing an, sich in diesen Gedanken zu verfangen. » Weißt du Katja, wir sind ja noch die Generationen, die vielleicht mit einem Kassettenrekorder aber mit nur einem Fernseher für die ganze Familie groß geworden sind. Wenn ich alleine schon bei meinem Fynn im Kinder...ähhh, t´schuldigung, Jugendzimmer schaue, staune ich selbst manchmal. Der hat einen größeren

Flachbildschirm TV als wir im Wohnzimmer stehen haben. Abends könnte man beim Betreten des Zimmers denken, man wäre in ein Spaceraum der Nasa gelandet, soviel LED Lampen leuchten bei ihm um die Wette. Er nennt es Chillout-Licht, ich nenne es Blödsinn, denn früher gab es auch nur eine Deckenleuchte und Teelichter. Er besitzt zwei Handys, einen Laptop, ein Tablett und eine Spielekonsole. Da frag ich dich, Katja, ist das normal? Und was fehlt den Leuten heutzutage tatsächlich noch, um endlich zufrieden zu sein? «

Ich schaute Hanna an und überlegte kurz. » Eigentlich ganz einfach. Freunde. Freunde und Freude. «

Hanna nickte stumm. Und legte eine Schweigeminute ein » Du weißt, wie sehr ich an meinem Sohnemann hänge, aber ich finde es so schade, dass er so ein Markenfetischist geworden ist und von den beiden Opas nebenbei zu viel zugesteckt bekommt. Fynn besucht beide teilweise nur, um sich sein Taschengeld abzuholen und wenn ich ihn dann mal Vorschlage, etwas Zeit mit beiden zu verbringen, zeigt er mir höchstens den Vogel. «

Ich klopfte Hanna aufmuntert auf die Schulter. » Glaub mal, mit dem Problem stehst du bestimmt nicht alleine da. Man kann nur hoffen das die Jugend wieder wach wird und einen Gang zurückschaltet, sonst sehe ich für deren Zukunft rot. Sei mir nicht Böse Hanna, aber so manchmal hat dein Mann Recht, wenn er auf seinen bequemen Sohn schimpft. «

Hanna schmollte etwas. » Er übertreibt aber immer gleich und meint nur Fynn wäre so faul. «

» Das glaube ich nicht, Sven ist ja nicht blind. Er möchte vielleicht auch nur, dass sein Sohn was aus seinem Leben macht. Es entdeckt. Man muss immer irgendwie den Mittelweg finden, das wäre gut, aber wer gibt die Richtung vor? Guck mal Yannik. Ines war so froh, als das halbe Jahr vorbei war und ihr Sohn endlich aus London nach Hause kehrte. Du weißt doch selbst, wie sie uns mit ihrer Willkommen Zurück Party verrückt gemacht hatte. Alles wurde geschmückt und geplant, das Essen nur vom Caterer bestellt und dann steht der Jaus mit einem Mädel an der Hand vor seinen Eltern, um lächelnd zu erzählen, dass er eine Woche später seine Freundin nach Hamburg begleitet um sich dort ein neues Leben aufzubauen. «

Hanna nickte. » Stimmt, da hat der aber auch eine Bombe platzen lassen! «

» Wie dem auch sei. Ich finde, Thomas und Ines haben die Kurve gekriegt und das Beste draus gemacht. Yannik ist nun mal Achtzehn und erwachsen. «

» Ich glaube, wenn das Fynn gewesen wäre, wäre ich mit ihm nach Hamburg gegangen. «

» Und warum? Weil dein Sohn seinen Weg suchen möchte? «

» Ich weiß nicht. Einfach um ihn zu schützen und bei ihm zu sein. «

» Aber, wenn er doch bei dir bleiben wollte, würde er doch, wie in dem Fall Yannik, nicht nach Hamburg ziehen. Alleine los zu ziehen ist ein mutiger Schritt aber solange die Reisenden wissen, dass sie immer nachhause zurückkommen können, sollte jeder seinen Weg, vielleicht den richtigen Weg, finden dürfen. «

Hanna schaute nachdenklich auf das Meer und ich merkte, dass sie über die Worte nachdachte und ließ sie in Ruhe.

*

» Katja! Kaaatja! «, hörte ich Anke rufen und sah, wie sie mir eifrig zuwinkte. Ich raffte mich auf und ging zu ihr. » Was denn? «

» Jetzt schau dir doch mal diesen böse blickenden Fisch an. Hast du so was schon mal gesehen? Torben erklärte mir gerade, dass es ein Knurrhahn ist. Guck dir mal die bürstenartigen Zähne an. Wenn der bei uns in der Praxis auftauchen würde, hätte mein Chef aber viel zu tun. Was meinst du, wie viele Eier diese Fische im Wasser ablaichen? «

» Hm! Wenn ich mir so die Größe vom Fisch angucke, würde vielleicht 500 Schätzen, höchstens 800! «

» Da kommst du nicht mit hin. Es sind bis zu 300.000 und schon nach etwa 10 Tagen schlüpfen die Larven. Verrückte, ne? « Anke zeigte auf die großen Metall-Kochtöpfe aus denen schon Dampf aufzog und sich ein paar Passagiere sammelten. » Und da werden gleich die Krabben gekocht, zum Probieren und natürlich auch zum Kaufen. Sollen wir uns nachher Krabben mitnehmen? «

Mir schwirrten Hannas Worte durch den Schädel.» Ich denke nicht. So frisch gefangen tun mir die Tiere irgendwie leid. Die sind dann ja noch ganz warm. «

» Aber frischer geht es nicht! «

» Das stimmt, aber weißt du Anke, das ist wie mit dem Fleisch. Ich könnte nie frisches Fleisch beim Bauern kaufen und essen. «

» Warum das denn nicht? «

» Es ist mir einfach zu nahe am Tier. « Ich tippte mir an die Stirn. » Kopfsache. Kann ich nicht erklären und ich denke, es wird mir mit den Krabben nicht anders gehen. «

Anke, die relativ schmerzfrei war, schüttelte nur unverständlich den Kopf. » Ihr seid auch manchmal etwas eigenartig. Der eine isst kein Fisch, der andere kein Fleisch, der nächste kein Fleisch vom Bauern, der andere nur Fettarm, … ich sag dir eins Katja, wenn unsere Großeltern so wählerisch gewesen wären, dann wären wir nicht auf der Welt, denn bevor sie uns in diese gesetzt hätten, wären sie verhungert. «

Was sollte ich sagen, wo sie Recht hatte, hatte sie Recht und schlenderte zu Ines und Jana zurück.

>> Na ihr zwei, geht's euch gut, oder seid ihr Seekrank? Jana, du bist ein bisschen blass um die Nase! Geht es gut? <<

>> Stehe noch etwas unter Schock. Goldschock. <<

*

Langsam näherten wir uns der Hafeneinfahrt und ich stellte mich wieder zu Hanna, um vom Kutter aus noch ein paar Bilder festzuhalten.

Ich zoomte eine Möwe näher, die friedlich auf einen Holzpflock lauerte und sich wahrscheinlich schon auf den Fangfisch freute. Ich tätigte den Auslöser der Kamera und suchte durch das Display nach einem weiteren Motiv, als ich eins entdeckte, doch statt erneut auf den Auslöser zu drücken, ließ ich die Kamera sinken.

>> Das darf doch wohl nicht wahr sein. <<

>> Was denn? <<, fragte mich Hanna verwundert.

>> Na da an unseren Fahrrädern. Siehst du da die Gestalt nicht? Die wühlt doch da in so einem weißen Sack rum. <<

>> Schwer zu erkennen, aber könnte das nicht Ines ihr Jutebeutel sein? Wo ist denn dein Fernglas? <<

>> Stimmt! Warte, ich hol es schnell << und drückte Hanna meine Kamera in die Hand. >> Versuch du bitte mal Beweisfotos zu schießen. <<

>> Beweisfotos? << Hanna wurde langsam kribbelig und ich hetzte schnell zu den anderen, schnappte mir den Beutel mit dem Fernglas und rannte schnell wieder zurück.

» Hast du Fotos gemacht? «

» Ich such noch unsere Fahrräder! «

» Na toll Miss Marple! Gleich ist es zu spät! Weiter links, da am Stromkasten, stopp, da. Jetzt drück ab! «

Ich war richtig nervös geworden und versuchte durch das Fernglas einen näheren Anblick zu bekommen, doch genau in diesem Moment, als ich die Gläser schärfer gestellt hatte, entdeckte die Gestalt den einfahrenden Kutter, schnappte sich den Beutel, lief auf ein abgestelltes Fahrrad und entfernte sich flink aus dem Hafenbereich.

» Jetzt ist er weg. « Hanna hatte zwar zwei Bilder von vorne mit verdecktem Gesicht erwischt sowie zwei von hinten, aber den praktischen Test ihres Traumberufes einer Kripobeamtin stellte sie selbst gerade in Frage.

*

Jana salutierte dem Kapitän beim Verlassen des Schiffes und verabschiedete sich höflich. » War´ne tolle Tour mit dem Schiff! Alles Gute weiterhin! «

» Vielen Dank, Ihnen allen noch einen schönen Aufenthalt und passen Sie gut auf den Schleicher auf. Man guckt den Menschen immer nur vor dem Kopp. «

» Wie wahr! Dabei hätte ich es vorhin auch belassen sollen, dann wäre ich nicht so bestrahlt worden. «

Zum Glück verstand der Kapitän Spaß und lachte.

Anke wartete mit einer Tüte frische Krabben auf uns und wunderte sich, was wir noch mit dem Kapitän zu besprechen hatten. Ich wartete, bis auch Ines und Jana die Gangway heile überquerten und erzählte allen meine Beobachtung, während Hanna das fotografierte Bild näher zoomte und in die Runde zeigte.

>> Man sieht sein Gesicht ja nicht. <<

>> Stimmt, Anke. Aber fällt euch nicht langsam auch etwas auf? Wieder ein Typ in dunkler Kleidung mit Kapuze und guckt mal auf diesem Bild hier <<, ich zappte zwei Fotos weiter. >> Wieder Blau/Weiße Turnschuhe. Die lassen sich hier einwandfrei erkennen. <<

>> Der Kapuzenmann <<, hauchte Hanna leise.

Ich nickte. >> Genau. Ich würde echt bald Wetten, dass das hier derselbe Typ war, wie der in den Dünen, der am Strand und wer weiß wo sonst noch überall. <<

Ines schaute mich großen Augen an. >> Langsam bekomme ich doch etwas Angst. <<

>> Papperlapapp <<, fand Jana, sie sah das Ganze nicht so ernst. >> Ihr seht auch hinter jedem und allem gleich eine Geschichte. Vielleicht hat sich der Typ hier nur seine Schuhe zugebunden und dass rein Zufällig an unseren Fahrrädern? Ihr seid aber auch Dramaqueens geworden. Kommt, lasst uns erstmal gucken, ob wir noch alle Profil und Luft auf den Reifen haben und dann radeln wir in den Ort zurück und fertig. Katja behauptet doch immer, hier auf der Insel passieren keine Verbrechen, also! Lasst uns lieber überlegen, wo wir heute Abend dinieren möchten. <<

>> Feine Idee <<, fand Anke zurück ins Spiel.

» Alles schon geregelt. Ich habe vorhin auf dem Kutter gegoogelt und schon einen Tisch bestellt. Diesmal im Restaurant Knurrhahn und Katja, heute bist du mein Gast. «

» Danke Ines, das Angebot nehme ich gerne an. Wie viel Uhr denn? «

» Extra 18 Uhr, damit du um 20:30 Uhr zum Dünensingen kannst. «

Anke grinste. » Gute Idee, trotz Handyverbot! Ich habe auch schon einen Megaappetit. Muss echt an der Luft liegen. Die Krabben können wir ja heute Abend noch puhlen, oder? «

Hanna schüttelte sich angewidert. » Ich bestimmt nicht. «

Wir überprüften unsere immer noch ordnungsgemäß abgeschlossenen Fahrräder nach irgendwelchen Auffälligkeiten, doch bis auf den Verlust des Jutebeutels war alles fahrbereit und noch vollständig vorhanden. Etwas beruhigt fuhren wir über den Damm steuerbord abbiegend zu unserer Unterkunft zurück.

*

Als wir wieder im ~Fernweh~ ankamen, mussten wir ganz schön in die Hufe kommen, denn es blieb uns nicht mehr viel Zeit zum Umziehen. Eine halbe Stunde später machten wir uns bereits schon wieder auf den Weg zum Knurrhahn und nachdem uns ein schöner Tischplatz im freien angeboten wurde, studierte jeder für sich die ausgiebige Speisekarte. Hanna, die eine eigene Vorstellung vom Erholungsurlaub hatte, schmollte erst etwas und dann richtig, als sie die magere Ausbeute des Restaurants an Veggie-Gerichten entdeckte. Kurzum entschied sie am nächsten Tag den rill auszuprobieren, den sie im Schuppen entdeckt hatte. >> Freut euch aber nicht zu früh, ich werde morgen einkaufen gehen. Stellt euch schon mal alle, auch du Anke, auf ein pures Veggie-Essen ein. <<

Anke bekam große Augen. >> Ach nö. Kein Fleisch oder zumindest Fisch? Nichtmals eine Bratwurst? <<

>> Nix davon, lasst mich mal machen. << Hanna entschied sich für einen großen Salat mit Brot und Aioli, lehnte sich gemütlich zurück, zündete sich eine Zigarette an und schaute den Urlaubern zu, die gemütlich flanierten, als sie etwas entdeckte. >> Ich sehe was, was ihr nicht seht und das trägt eine Kapuze. <<

>> WO? << Ich knallte sofort die Karte auf den Tisch, so dass Jana vor Schreck aufsprang.

>> Spinnst du? Nicht so auffällig! Schaut mal, jetzt nur vielleicht nicht alle gleichzeitig und ganz vorsichtig zum rechten Baum neben der Eisdiele da drüben. Wenn mich nicht alles täuscht, steht dort der Kapuzenmann. << Ich verrenkte den Kopf um etwas sehen zu können und bemängelte meine Kurzsichtigkeit. >> Jetzt guck du doch mal, Jana, du hast schließlich noch die Beste Sehkraft von allen hier am Tisch! <<

» Ich? Die nicht mal einen Gummibierclub von einem Gummitierclub unterscheiden konnte? Ich mach mich doch jetzt zum Affen und gaff die Leute hier an. «

» Er könnte es aber sein. Leider kann ich die Schuhe nicht erkennen. Mensch Jana, jetzt schau doch mal. «

Sie verdrehte die Augen. » Na gut, aber nur, damit eure Hirngespinster Ruhe geben. Wo soll euer Kapuzenmann nun sein? Ich sehe nämlich viele Männer. «

» Jetzt schnell, er steigt auf ein Fahrrad. Da vorne, siehste ihn? Ich mach wacker ein Foto vom Handy und wir zoomen ihn «, doch der Typ war schneller und verschwand um dieselbe Ecke, hinter der Sad Sandy just in dem Moment auf einem Rad herauskam, uns entdeckte und fröhlich zuwinkte.

*

Das Essen war wirklich toll und wir genossen es alle. Pünktlich um 20:00 Uhr machten wir uns dann auf dem Weg zum Dünensingen. Dieses Singen fand jeden Dienstagabend im Dünental unterhalb des Wasserturmes statt und der Verkauf der Liederbücher wurde zu Gunsten der Stiftung Musik auf Langeoog gestiftet. Auf den Hinweg zum Restaurant hatte ich bereits im Vorverkauf in der Bücherei jeden ein Liederbuch gekauft und verteilte sie nun an meine Freundinnen. Hanna wollte keins, sie sang sowieso nicht, sondern summte höchstens, doch damit gab sich Anke nicht zufrieden. » Du stellst dich in sowas aber auch immer an!

Du kannst doch mit uns zusammen ein oder zwei Lieder singen. «

» Können schon, aber ich höre lieber zu. «

» Wenn deine Hörhilfe nicht streikt! «

Hanna streckte Jana die Zunge heraus und ich steckte das übrige Liederbuch wieder zurück in meine Tasche. Die Dünenfläche war schon ganz gut von Urlaubsgästen und sonstigen Singfreudigen gefüllt. Wir setzten uns auf den trockenen Rasen, mit Blick auf den Wasserturm.

» Darf man den Turm eigentlich besichtigen? «, fragte mich Ines.

» Ja klar und von da oben hat man eine tolle Aussicht auf die Insel, aber auch auf Baltrum. «

» Dann warst du schon mal da ganz oben in der Kuppe? «

» Ja. «

» Ist das sehr groß da oben? «

» Was heißt groß? « Ich überlegte kurz. » Also wenn ich mich richtig erinnere, können dort vielleicht zehn Personen Platz finden. Warum fragst du? «

Und bevor Ines antworten konnte, fingen alle Versammelten an zu klatschen und nach der netten Begrüßung des Chorleiters, wurde das erste Lied angestimmt. Jana war natürlich wieder voll in ihrem Element, stand sogar beim Singen auf und schmetterte laut das La Paloma von Hans Albers mit, sowie das folgende Seemannslied von Freddy Quinn.

» Mensch Jana, setzt dich doch wieder und lass deine Gesten. Die Leute denken ja, du singst in Gebärdensprache. «

Doch sie ignorierte Ankes Worte und schmetterte jedes Lied fast auswendig mit. Ines stieß Hanna an. » Guck dir mal unseren Schlagerfuzzi an. Sie kann fast jedes Lied auswendig. «

Hanna nickte und harkte Ines zum Schunkeln unter. Als letztes Lied wurde Lale Andersen mit Lili Marleen angekündigt.

Ich holte mein Handy hervor und drückte auf Videoaufnahme, um die Kulisse und den Moment einfach festzuhalten. Es war ein purer Gänsehautmoment und ich fand es sehr ehrhaft, mit wie viel Gefühl die Menschen das berühmte Lied Lili Marleen gemeinsam sangen. Mein Blick ging zum Wasserturm, der jetzt von der untergehenden Sonne in ein warmes Licht getaucht wurde und genau in dem Moment, wo ich eine Kapuze in der Menschenmenge entdeckte, harkte mich Hanna unter und auch ich musste langsam im sitzen mitschunkeln.

*

Anke gefiel das gemeinsame Singen und sie katschte begeistert Beifall, als der Chor sich dankend verbeugte. Jana tat es denen gleich.

» Wieso verbeugst du dich denn? « Anke schaute zu ihr rüber.

>> Herrlich Mädels. Wer hätte gedacht, dass ich mal vor so einer Kulisse alte Gassenhauer schmettern darf? Wahnsinn! << Sie band sich ihren Pullover um die Hüften und wandte sich uns zu, die wir uns umständlich von der Rasenfläche aufrafften.

>> Sagt mal, was steht denn heute Abend noch an? Ich habe durch die Musik voll Lust auf einen Diskobesuch bekommen, zweifle nur gerade an der Alterskontrolle, so wie ihr gerade behelfend aufgestanden seid. << Anke unterdrückte einen Gähner. >> Na warte ab, in zwei Jahren hast du auch die Fünfzig erreicht und dann sprechen wir uns wieder. Hast du mal auf die Uhr geschaut? Es ist schon spät und außerdem ist heute Dienstag, ich glaube kaum, dass da Diskotheken geöffnet sind. <<

>> Wir können doch mal gucken gehen. <<

>> Ich bin da raus und für eine Disko viel zu salopp angezogen <<, fand Anke, doch Jana ließ nicht locker.

>> Was meint ihr anderen denn? <<

Ich hatte schon Lust, schließlich waren wir im Urlaub. >> Also ich wäre dabei, ist doch auch egal, wenn wir in Jeans und Turnschuhe dort erscheinen, sind doch schließlich Ferien. <<

>> Also wenn dort Griechischer Wein gespielt wird, bin ich auch dabei. << Hanna wollte noch weiterschunkeln und da Ines auch Lust auf ein bisschen Musik und Tanz hatte, nahmen wir Janas Idee zu ihrer Freude gerne an. Anke, die sich ein Abend im Whirlpool und

ein Film mit 'ner Tüte Chips vorstellen konnte, war bei dem Diskobesuch raus, schließlich warteten zuhause noch ein paar Krabben, die für das Frühstück am nächsten Tag gepuhlt werden mussten. Sie wünschte uns einen schönen Abend und machte sich dann auf den Weg zum ~Fernweh~, während wir anderen den Dünenweg entlangliefen und schon bald vor den geöffneten Türen der Düne 15 standen. Laute Musik dröhnte uns am Eingang entgegen, was mit den gerade gehörten Gassenhauern nicht viel Ähnlichkeit hatte, trotzdem kauften wir uns am Eingang eine Flatkarte und gingen neugierig hintereinander hinein. Es war nicht besonders voll und die Leute, die sich auf der Tanzfläche bewegten, schienen auch eher Urlauber zu sein, deshalb fielen wir in unserem langsam knackigem Alter nicht weiter auf. Jana schien wieder voll in ihrem Element zu sein, wollte die erste Runde Cocktails am Tresen bestellen und stand überraschend Sad Sandy im Barkeeper-Outfit gegenüberstand. Heute schien ihr Abend zu werden, dachte sie und Ines, die sich eher unwohl fühlte, beneidete Anke, die es sich daheim bestimmt gemütlich machte. Hätte sie selber nicht so eine Orientierungsschwäche, würde sie es ihrer Freundin gerne gleichmachen.

>> Mensch Ines, was ziehst du denn für eine lange Schnute. << Jana tänzelte sie mit einem Cocktail bestückt an. >> Wir haben URLAUB! Genieß doch einfach die Zeit

und sei froh, dass es am Eingang keine Gesichtskontrolle gab und wir nochmal in den Genuss kommen dürfen, eine Disko von innen zu betreten. «

Ines grinste mühselig. » Hab ich auch verstanden. «

» Na siehste, dann guck mal etwas entspannter, sonst wird uns heute nie einer zum Tanzen auffordern. «

Ich musste lachen. » Von wem möchtest du denn heute noch aufgefordert werden? Meinst du, Iwan, dein Goldfisch, wird sich hierhin verlaufen? «

» Hör bloß auf, also auf den könnte selbst ich heute Abend verzichten. Wartet mal ein paar Minuten, es ist ja noch früh am Abend, es wird schon noch Frischfleisch erscheinen. «

Hanna schüttelte nur den Kopf. » Au Mann Jana, manchmal nervt es. Ich schalte mein Hörli lieber Offline « und setzte es direkt um.

Die Musik und die Location gefielen mir, sie waren schlicht aber dennoch sehr gemütlich eingerichtet mit vielen Seemannaccessoires und dank der Flat und der nächsten Runde Cocktails, wurden wir lockerer und wagten uns unter den Tänzern. DJ Tammo merkte, dass bei vielen Tanzfreudigen die Musik aus den 80er Jahren gut ankam und spielte viele Lieder, die in uns Erinnerungen weckte.

Gegen Mitternacht beschlossen wir uns genug bewegt und getrunken zu haben und wollten langsam den Nachhauseweg antreten, doch Jana weigerte sich, denn sie wurde erst richtig warm und forderte nicht nur Sad in seiner Pause zu einer Runde auf dem Parkett auf, sondern auch andere Besucher. Unsere Nichttänzerin Hanna unterdrückte einen Gähner und auch Ines und ich wurden langsam müde und als Sad Sandy uns versprach, Jana später im Haus ~Fernweh~ abzusetzen, machten wir drei uns auf den Heimweg. Langsam schlenderten wir durch die dunklen, Menschenleeren Straßen. » Die Ruhe tut richtig gut. «

» Hast du dein Hörgerät noch im Offlinemodus? «

» Bitte? «

Ines zeigte auf die Ohren und Hanna verstand. » Na viel lauter ist es online aber auch nicht. Mensch was eine Ruhe hier. Also jetzt mal im Ernst, wer hier auf der Insel nicht abschalten kann, ist doch wohl selbst schuld. «

Ines harkte sich bei uns unter. » Das stimmt. Deshalb lasst uns die Zeit bloß genießen, in den lauten Ruhrpott kommen wir schnell genug zurück. Was steht denn morgen eigentlich auf den Plan? «

» Ich wollte nur einkaufen und abends Grillen, sonst wüsste ich nichts. Katja? Du bist doch hier unsere Organisatorin. Hast du für morgen einen Plan aufgestellt? «

Ich lachte. » Ich habe nichts geplant, dachte vielleicht an eine Partie Minigolf oder abends einen Kinobesuch?

Ansonsten vielleicht 'ne kleine Fahrradtour, Krabben puhlen, ... «

Jetzt lachte Hanna auf. » Wusste ich's doch, Frau Planerin! «

*

Wir bogen in unsere Straße ab und sahen von weitem unser Ferienhaus hell erleuchtet.

» Nanu «, wunderte ich mich, » Ich dachte Anke schlummert schon längst tief und fest. Wusste nicht, dass sie das nur bei voller Außen- und wie ich sehe, Innenbeleuchtung machen kann. «

Ines jedoch ahnte gleich, das etwas nicht stimmte und forderte uns auf, einen Schritt schneller zu gehen.

Hektisch schlossen wir die Haustür auf und sahen die Terrassentür sperrangelweit aufstehen.

» Anke? «, rief ich so laut wie es ging. » AAaankee? « Wir gingen auf die Terrasse und sahen zuerst nichts, bis auf einen umgekippten Gartenstuhl und dann fielen uns die auf den Fußboden verteilten Chips auf. Es musste etwas passiert sein.

Ines zückte ihr Handy aus der Tasche. » Ich ruf die Polizei oder gibt es hier um diese Zeit keine? «

Ich reagierte nicht und rief weiter nach Anke. Hanna ging zur Küchenschublade und drückte uns beiden ein Küchenmesser in die Hand, bevor wir gemeinsam die Treppe nach oben stiegen. » Ankeeee? «

Ich merkte, wie ich etwas zu zittern anfing, als Ines sich meldete. » Mein Handy zeigt elf Anrufe in Abwesenheit – alle von Anke. Ich ruf definitiv die Polizei. «

» Hallo? « Hörten wir plötzlich Ankes Stimme durch die Stille schallen und zuckten zusammen. » Hanna? Ines? Seid ihr das? «

Wir sahen uns kurz erschrocken an und stiegen dann schnell die Stufen ins Dachgeschoss. » Anke? Anke wo bist du? «

Langsam öffnete sich die Tür des kleinen Bades und eine total blasse Anke schaute zu uns.

Jetzt merkte ich richtig, wie mir die Beine zitterten, versuchte aber Ruhe zu bewahren. » Mensch Anke, was machst du denn für Sachen? Warum ist das Haus so beleuchtet und warum versteckst du dich? «

Ines ließ ihr Handy sinken und ging auf Anke zu, die uns völlig fertig ansah. » Ist alles gut bei dir? Bist du verletzt? «

» Wo wart ihr denn so lange? Ich habe euch zigmal versucht anzurufen, aber keiner von euch hielt es für nötig, mal einen Blick auf sein Handy zu werfen. «

Hanna merkte, dass Anke leicht hyperventilierte, legte das Messer zur Seite und nahm sie in den Arm.

» Mensch Anke, du hast uns einen ganz schönen Schrecken eingejagt. Was ist denn passiert? «

» Was passiert ist? Überfallen wollte man mich oder uns. «

» Hier? « Ich war sprachlos.

» Natürlich hier, sonst hätte ich mich doch nicht verkrochen. «

Hanna witterte die Gefahr. » Sind die Einbrecher noch im Haus? Hast du überall nachgeguckt? «

Anke schüttelte den Kopf. » Die sind nicht mehr da. Glaube ich zumindest. Die Polizei konnte ich nicht rufen, da mein Handyakku nach den tausend versuchen euch zu erreichen leer war und mein Ladekabel im Wohnzimmer lag. Mensch bin ich froh euch zu sehen. «

» Na da frag uns mal. Wir hatten uns ganz schön erschrocken, als wir die Beleuchtung von weitem schon gesehen hatten. Jetzt komm erstmal aus deinem Kabuff und dann gehen wir gemeinsam durch die Räume. Nicht, dass sich doch noch jemand irgendwo versteckt um uns Böse zu überraschen und dann Anke, erzählst du uns in aller Ruhe, was passiert ist, ok? « Ich sah mich in dem großen Schlafbereich um und dann gingen wir vier angespannt und mit Küchenutensilien bewappnet durch das ganze Haus, konnten aber nichts und niemanden entdecken.

» Ich glaube, ich brauche etwas Sauerstoff « und wir folgten Anke nach draußen auf die hellerleuchtete Terrasse. Ines holte vier Fleecedecken, eine Flasche Schnaps und vier Gläser. » Und nun erzähl mal in aller Ruhe, was passiert ist. « und füllte jedem ein Glas zur Entspannung ein.

» Ich bin nachhause gekommen und habe mich gleich an das Krabbenpuhlen gemacht, anschließend bin ich in den Keller, um mir Wasser in den Whirlpool einzulassen und nachdem ich mich eine gute halbe Stunde durchsprudeln lassen habe, bin ich Müde ins Wohnzimmer getrudelt. Also entweder wurde mir durch das heiße Bad oder auch der nervigen Hitzewelle so warm, deshalb öffnete ich die Terrassentür und machte es mir mit einer Tüte Chips vor den Fernseher bequem. Irgendwann muss ich wohl eingeschlummert und durch ein polterndes Geräusch im Haus wach geworden sein. Ich bin sofort hoch, habe dabei wohl die Schale Chips umgeworfen und erstmal die Terrassentür geschlossen. Ich war mir nichts sicher, ob ihr vielleicht schon zu Hause wart und habe nach euch gerufen, doch es war Mucksmäuschen still, also machte ich überall Licht an, nahm mein Handy und wie ihr ein Küchenmesser und ging langsam die Stufen nach oben. Als ich ungefähr bei dir am Zimmer ankam, Katja, hörte ich aus dem Keller wieder polternde Geräusche und bin die Treppe ganz hinauf, um euch zu alarmieren und mich zu verstecken. « Anke hielt Ines ihr Pinnchen zum Nachkippen hin.

» Hast du denn irgendwas gehört? Ein Reden, Husten, Fluchen oder durch das kleine Dachfenster jemanden flüchten sehen? «

» Nichts. « Sie schüttelte den Kopf. » Gar nichts. «

Für Hanna wurde es interessant. >> Wie hörte sich denn das Geräusch an? War es ein poltern, ein klopfen oder eher ein klirren wie zum Beispiel Glas? <<

>> Ich weiß es nicht. Eher ein Poltern. So, als wenn einem etwas hinfällt. <<

>> Und das Geräusch kam definitiv aus dem Keller? <<

Anke nickte.

>> Und du hast keine Spuren gesehen oder sogar schon weggewischt? <<

>> Sag mal, meinst du ich habe hier noch Putzfrau gespielt bis ihr endlich nachhause gefunden habt? Was meinst du was ich für eine Angst hatte. <<

Ines streichelte Anke über die Schulter. >> Ich kann es mir vorstellen. Aber warum hast du auch die Terrassentür aufgelassen? <<

>> Das war ja keine Absicht. Meine Hitzewellen haben mich plötzlich so müde gemacht, dass ich gar nicht mehr dazu kam die Fenster zu schließen. Ich hatte aber auch keine Angst, da Katja ja immer sagt, auf Langeoog gäbe es keine Einbrecher und Co. <<

>> Wie? Jetzt bin ich schuld? <<

>> Ich sag nur der Kapuzenmann <<, überlegte Hanna laut, doch Anke hörte es nicht und fragte, wo wir Jana eigentlich gelassen hätten?

>> Sie wollte noch in der Disko bleiben und wird von Sad nachhause gebracht. <<

>> TsTsTs. <<

Langsam beruhigten wir vier uns wieder und machten uns nochmal gemeinsam auf den Weg, die Kellerräume zu überprüfen. Vielleicht war ja doch etwas durch einen Windzug hinuntergefallen, vermutete ich. Auch jetzt, auf den zweiten Blick, erkannten wir, dass jemand etwas gesucht haben musste, da ein Bild nicht mehr an der Wand hing, sondern lehnte und eine Bodenvase in mehreren Teilen neben dem Nachttischchen verbreitet lag. Für uns stand spätestens jetzt fest, dass jemand etwas gesucht hatte und wir die Polizei informieren mussten und als wir uns wieder dem Treppenaufstieg zuwandten, blieb Ines abrupt stehen. » Moment mal. Wo ist denn der kleine Seestern? Habt ihr ihn weggenommen? «

» Welchen Seestern? «

» Na der rote, den ich bei unserem Strandspaziergang gefunden habe. «

Hanna erinnerte sich. » Ach den. Wolltest du den nicht schon längst irgendwo abgegeben haben? Vielleicht hast du es schon getan, nur vergessen? «

» Ich habe ja noch kein Alzheimer! Katja? Hast du ihn gesehen? «

» Ich war doch gar nicht mehr hier unten im Keller. «

» Komisch. « Ines schaute sich nochmal um. » Ich hatte die beiden Hölzer mit dem Seestern hier auf die Kommode gelegt. Ob Jana den Stern vielleicht genommen hat? «

» Kann ich mir nicht vorstellen. « Anke glaubte es nicht.

Hanna fand alles sehr merkwürdig. » Jetzt fangt ihr bestimmt an zu schmunzeln, aber vielleicht gibt es ja doch einen Klabautermann? Ich meine, wir sind ja hier von Wasser umgeben und man spricht doch von einem Klabautermann, wenn es sich seemännisch um einen unsichtbaren Schiffsgeist oder Kobold handelt, der den Kapitän vor Gefahren schützen soll, oder? «

Das war mir jetzt doch etwas zu viel Fantasie und ich schlug vor, dass wir langsam Ruhe einkehren lassen sollten.

» Sagt mal, was hat denn die Polizei hier für eine Telefonnummer? Hat Frau Jansen die auch aufgeschrieben und neben dem Eingang geheftet? Wir sollten die nämlich lieber rufen, bevor wir noch wichtige Spuren verwischen? «

Ines googelte sofort nach der Langeooger Polizeistation, während Anke schon die 112 anwählte und den Beamten unseren Fall schilderte. Das muss tatsächlich an der typisch ostfriesischen Gelassenheit liegen, denn der Beamte riet uns tatsächlich, nachdem Anke ihm versicherte keinen ungebetenen Gast mehr im Haus vorgefunden zu haben, uns nicht mehr für die Spurensicherung am nächsten Tag im Kellerbereich aufzuhalten und alles ordentlich zu verriegeln, sie würden am nächsten Morgen direkt jemanden schicken. Na Prima, dachte Hanna, die schon Kopfkino hatte und auf einen spannenden Polizeieinsatz mit Hubschrauber und Suchdrohnen hoffte. Auf Langeoog schien die Zeit wirklich anders zu ticken.

Während Ines die Chipskrümmel vom Boden auffegte, schlossen wir sämtliche Türen und Fenster, ließen die Außenbeleuchtung für Jana an und versuchten noch ein paar Stunden zu schlafen. Ines nahm ihre Brocken und zog jetzt endgültig mit in mein Zimmer und Anke und Hanna verschlossen ihre Dachluke. Alles nur vorsichtshalber, aber ich konnte es verstehen, wir standen alle etwas unter Schock, deshalb schloss ich sogar die Balkontür, verzichtete auf das Meeresrauschen und ließ die Balkonleuchte an. Auch alles nur vorsichtshalber.

*

Plöck, Plöck. Ich wurde wach. Was war das für ein Geräusch? Plöck. Da schon wieder. Ich setzte mich auf und schaltete meine Nachttischlampe an. Ines schrak sofort aus dem Schlaf hoch. Plöck, Plöck.

>> Der Klabautermann <<, schoss es aus ihr.

>> Quatsch. << Ich lauschte angespannt, stand auf und ging zum Balkon.

>> Warte <<, Ines gab mir eins von ihren Treibholzstöcken. >> Besser wie nichts. <<

Plöck, wieder das Geräusch. Vorsichtig öffnete ich die Balkontür.

>> Na Endlich, wie lange wollt ihr mich denn noch hier unten stehen lassen, es wird ja schon bald hell. <<

Jana stand im Garten und schaute uns mit einer Handvoll kleiner Kieselsteinen aus dem Vorgarten an.

>> Jana? <<

>> Na wer denn sonst? Hui Buh oder wer? Macht mir mal die Tür auf. <<

>> Hast du denn keinen Schlüssel? <<

>> Sehr witzig. Ihr habt doch von innen abgeschlossen und mich somit ausgesperrt. Habt ihr noch Fort Knox gespielt? <<

Ines ging nach unten, schloss die verriegelte Haustür auf und ließ Jana herein.

Ich stockte kurz, da ich meinte im Nachbarhaus kurz einen Lichtschein zwischen den kaputten Fensterläden gesehen zu haben. Es war wie ein kurzes Taschenlampenaufflackern. Ich schaute angestrengt ins dunkle, doch es tat sich nichts mehr. Wahrscheinlich fang ich jetzt an zu spinnen, dachte ich und schlich leise eine Etage tiefer.

>> Du bist aber spät dran, Jana. Wieso schellst du denn nicht? Dafür gib es doch extra Klingeln. <<

>> Ich wollte nicht alle im Haus wecken, schon mal gar nicht Anke. Sie hätte mir wahrscheinlich um diese Zeit noch eine Moralpredigt gehalten, darauf hatte ich keine Lust. << Könnte stimmen, dachte ich.

Es war mittlerweile 3 Uhr in der Früh und wir erzählten unser Freundin im Schnelldurchlauf, warum wir alles beleuchtet und abgeschlossen hatten. Jana war genauso schockiert wie wir, beteuerte den roten Seestern noch nicht mal angefasst zu haben, schnappte sich spontan ihre Decke und ihr Kissen und zog auch mit ins Balkonzimmer. Langsam wurde die kleine Bude voll, aber nach so einem Ereignis wollte auch keiner von uns alleine schlafen.

Kapitel 10
Von Entspannung war keine Rede

Die Sonne schien mir ins Gesicht, als ich noch müde erwachte. Draußen hörte man die Möwen und Sad, der wahrscheinlich wieder etwas am Haus reparieren oder schön schneiden wollte. Langsam schlich ich aus dem Zimmer, ließ Ines und Jana noch schlafen und ging direkt ins Bad. Anke war auch schon auf und saß am Küchentisch, als ich nach unten kam.

» Guten Morgen Anke, bist du auch schon wieder wach? Wie geht es dir und wie hast du geschlafen? «

Anke, die Sad draußen bei seiner Arbeit beobachtete, lächelte mir mit ihrem Pott Kaffee zu. » Für das nächtliche Ereignis überraschend gut. Ich habe vorhin im Schuppen ein altes Seemannstau gefunden und damit die Treppen zum Keller abgesperrt – nicht das einer von uns noch runterstiefelt und wichtige Spuren verwischt. Aber sag mal, Katja, jetzt sitze ich hier schon eine Weile und beobachte Sad Sandy. Irgendwas scheint mit dem Kerl doch wohl nicht zu stimmen, oder? «

Ich setzte mich zu ihr. » Wie kommst du darauf? «

» Ich weiß nicht. Dass sagt mir so mein Bauchgefühl. «

» Da musst du mal unsere Miss Marple drauf ansprechen, sie beobachtet doch auch so viel. «

» Das mach ich später, mein Bauchgefühl meldet mir nämlich auch Appetitsyndrome. Möchtest du mit mir Frühstücken? «

» Gerne und ich bereite es heute mal vor. «

» Na gut, dann bleibe ich solange hier auf den Beobachtungsposten sitzen und überlege, was mich an dem Kerl stört. «

» Mach das. «

Ich deckte den Terrassentisch für uns fünf, kochte Tee und Eier und trotz der spät gewordenen Nacht, standen alle recht früh auf. Wir wussten ja auch nicht, wann die Polizei eintraf. Sad Sandy war just in dem Moment mit seinen Arbeiten im Vorgarten fertig, als wir alle komplett am Gartentisch platznahmen. Hanna, die mit ihren Notizen eine Nachtschicht eingelegt hatte, war erstaunlich wach und trug uns ihre neusten Erkenntnisse beim Essen vor. » Bevor wir gleich von der Polizei und vielleicht noch Spürhunden überfallen werden, wollte ich euch wenigstens in meine Forschungsergebnisse einweihen. Also, Fakt ist, wir müssen definitiv beobachtet worden sein. Hier fragt sich nur von wem, warum und wie lange schon? Und dann habe ich mich gefragt, warum das Treibholz nicht geklaut wurde, sondern nur der nicht wirklich schöne Holzseestern, den Ines immer bei sich hatte, nur am gestrigen Tag beziehungsweise Abend nicht. « Hanna trank einen Schluck Kaffee, nahm ihre Hörhilfe aus dem Ohr, legte neue Batterien ein und fuhr fort. » Ich lege vorsichtshalber lieber etwas Munition nach, nicht, dass ich noch etwas verpasse. Also Mädels, klingelt es da schon bei euch? Was meint ihr? Wer wusste denn wohl, dass wir erstens in der Disko waren und zweitens, er sich somit unbemerkten Zugang zu unserem Ferienhaus erhoffte? « Sie schaute über ihren Lesebrillenrand in die Runde. » Kommen wir zum nächsten Punkt auf meiner Liste. Ich habe erstaunlicherweise tatsächlich Berichte von Schiffswracks und versunkenen Geisterschiffen in der Nordsee gefunden. Eine Datenbank des deutschen Schifffahrtsmuseums sammelt die Standorte der Wracks. Es sind schon über 1000 Schiffe registriert, darunter ein ganz bekanntes altes Holzschiff mit dem Namen „Black Rose". Dieses englische Kriegsschiff versank im 16. Jahrhundert in der Nordsee und durch die Beschaffenheit des Nordseebodens wurden die versunkenen Objekte zu echten Zeitkapseln. Wie eine Momentaufnahme der jeweiligen Zeit, oft eingefroren, unangetastet und eingekapselt. Archäologen haben hier sogar Essensreste gefunden, die mehrere Jahrhunderte alt waren und konnten somit eine Speisekarte der jeweiligen Zeit erstellen. «

Anke staunte. » Das ist ja interessant « und Hanna machte spannend weiter. » Einige haben versucht nach verborgenen Schätzen zu suchen, aber seit 2009 das Kulturerbe für unter Wasser den Handel mit Schätzen

verboten hat, lassen viele die Denkmäler im Wasser ru-
hen, was ich nur befürworte, da bei jedem untergegan-
genen Schiff auch viele Menschenschicksale dahinter-
stecken. Das Meer ist quasi ein Unter Wasser Friedhof.
«

Ines schüttelte sich. » Mensch Hanna. Du erzählst
das wie ein Geschichtenerzähler. Ich bekomme richtig
Gänsepelle. «

Hanna nahm noch einen Schluck Kaffee und zündete
sich in aller Ruhe eine Zigarette an. » Die kannst du
auch haben, denn wie es aussieht, steckst du mitten in
einem Verbrechen! «

Ines guckte erschrocken. » ICH? Was habe ich denn
verbotenes getan? Ich bin doch nachts nirgends einge-
stiegen und wollte andere überfallen! « Sie stand etwas
zittrig auf. » Auch, wenn es jetzt doof aussieht, aber ich
glaub ich brauch 'nen Schnaps. «

» Endlich kommt Schwung in die Kiste! « Jana wieder.

Hanna nahm ihre Rolle sehr Ernst und ließ sich un-
gern unterbrechen. » Das habe ich ja nicht gesagt, aber
es geht um den roten Holzseestern, den du gefunden
und mitgenommen hast. «

Ines fiel glatt die Kinnlade herunter und ich ging immer noch von einem schlechten Scherz aus. » Sag mal
Hanna, bist du sicher, dass du das nicht alles geträumt
hast? «

Hanna guckte mich etwas komisch an. » Wenn du mir nicht glaubst, dann google selber. «

Jana, die sich bis jetzt sehr ruhig verhalten hatte, räusperte sich. » Jetzt lasst Hanna doch erstmal weitererzählen und Ines, ganz ruhig, ich hol dir mal den Schnaps. «

Anke schüttelte den Kopf. » Alkohol hilft jetzt nicht bei unserem Problem. «

» Milch auch nicht! «

Hanna machte in ihrem Element einfach weiter. » Ich habe unter der Spalte Wrack des Lebens tatsächlich etwas über den bekannten roten Holzseestern gelesen, der für Forscher ein sensationeller Fund war. Aus dem 16. Jahrhundert gab und gibt es kaum ein Spielzeug aus Holz, denn Holzspielzeug wurde meistens kaputt gespielt, verheizt oder auch verrottet. Zur damaligen Zeit bestand das Spielzeug eher aus Ton oder Metall. Nun ja, jetzt komm ich mal langsam zum Punkt. Aus einem Spielzeugmuseum in Süddeutschland wurde vor knapp einem Jahr ein kleiner roter Kammseestern aus Lindenholz entwendet und das Bild im Internet, dass sah deinem Spielzeug schon sehr ähnlich, Ines. Kannst du dich Erinnern, ob dein Seestern in der Mitte einen Anker besaß? «

» Vorder- oder Rückseite? «, fragte Anke nach und erntete von Hanna einen bin noch nicht fertig Blick.

» Auf der Abbildung war ein roter Seestern zusehen, auf dem oben ein kleiner schwarzer Anker eingeritzt war uuuund jetzt kommt es, auf einem der Arme waren Initialen eingeritzt. Sagt dir das was? «

» Na jetzt frag mich nicht so was Schwieriges. So genau hatte ich ihn mir gar nicht angeschaut. Ich fand auch, ehrlich gesagt, die beiden Treibholzstückchen interessanten als den Stern. «

Anke schaute Ines schief an. » Und warum hast du ihn dann immer mit dir herumgetragen? «

» Na weil ich immer vergessen hatte, ihn aus meinem Rucksack zu nehmen. Schließlich wog das kleine Dingen ja nicht viel. « Ines sprang auf. » Mensch wartet mal, ich habe doch von dem Fund ein Foto gemacht und das Bild gestern erst noch meinem Mann geschickt. Thomas hatte mich letztens noch gefragt, ob ich schon ein Mitbringsel gefunden habe, da ich aus jedem Urlaub eine Erinnerung mitnehme und da habe ich ihm das Foto geschickt. Ich dachte, wenn ich sowieso andauernd vergesse den kleinen Stern irgendwo abzugeben, kann ich ihn auch behalten. Ich hole mal wacker mein Handy « und verschwand.

Ich war irgendwie sprachlos und musste meine Gedanken erstmal sortieren, schließlich schien es, als würden wir über Nacht in eine Straftat verwickelt worden sein und traute mich gar nicht, die ganze Geschichte Stefan zu erzählen. Der würde uns doch nie wieder zusammen in den Urlaub fahren lassen, wenn wir Schlagzeile machten und vielleicht sogar von der Insel flogen! Die einzige, die jetzt mit aufregend rosigen Wangen am Tisch saß, war unsere Hanna, die die Rolle als Miss Marple bestens vertrat.

Ines kam zurück und scrollte über ihr Handy bis sie das gesuchte Foto fand, es per Touch vergrößerte und uns in der Runde zeigte. Den Anker konnte man durch die Vergrößerung einwandfrei erkennen, doch keine Initialen. Anke setzte ihre Brille auf und drehte und wendete das Handy in allen Richtungen, um am Ende tatsächlich etwas an einem der Arme zu entdecken.

» Kannst du irgendwelche Zahlen und Buchstaben erkennen? « Hanna war nervös und steckte uns damit langsam an.

Anke drehte und kippte das Handy und war sich nicht sicher, ein *J.* und ein *L.* zu erkennen, schwankte aber auch etwas zu einem *V.* Jana und ich erkannten die Buchstaben MDCXI.

» Bingo! « Hanna drückt ihre Zigarette aus und lehnte sich zufrieden zurück. » J.v.L – Johann von Lichtenberg, 1611. «.

Ich atmete erstmal tief durch. » Und was machen wir jetzt? « und sah in drei sprachlose und ein sprechendes Gesicht. » Schnäpschen? «

» JANA ! «

*

Sie war es auch, die trotz fehlendem Nachtschlaf die ersten logischen Worte zurückfand. » Na herzlichen Glückwunsch. Wo bleibt denn die Polizei? Ich glaube, ich rufe da nochmal an. Hat die Insel so etwas wie ein Präsidium, Katja? Die Kripo wird nach so vielen Indizien bestimmt ausrücken. « Trotz allem Schrecken, der einem in den Knochen lag, musste ich nun doch etwas schmunzeln. » Also einen Trupp des Sondereinsatzkommandos wird es auf Langeoog kaum geben, höchstens wahrscheinlich einen Beamten auf einem Fahrrad. «

Anke brühte nochmal Kaffee auf, ich räumte den Frühstückstisch leer, Ines verschwand ins Bad denn ihr schien die Angelegenheit auf den Magen geschlagen zu sein und Jana versuchte bei der Dienststelle Langeoog jemanden zu erreichen. Nach ein paar freien Klingelzeichen meldete sich die Bandansage.

„Die Polizeistation ist Werktags zu den üblichen Bürozeiten erreichbar. Sollte die Dienststelle nicht besetzt sein, erfolgt eine direkte Rufumleitung zum Polizeikommissariat Wittmund"... » Die Langeooger Polizei, Guten Morgen, was kann ich für Sie tun? «

» Ähmmm, Ja Guten Morgen, ich möchte einen Einbruch melden. «

Was sich während des Gespräches herausstellte, wurde Herr Scholl bereits von seinen Kollegen vom Festland benachrichtigt und wollte sich gerade auf den

Weg zum Haus ~Fernweh~ machen. Hanna wurde immer nervöser, wollte Herrn Scholl vorne entgegenwinken damit er unser Haus nicht verpasste und wartete auf das Eintreten des Martinhorns, doch darauf musste sie verzichten, denn diese suchte man an polizeilichen Einsatzfahrrädern vergeblich.

Aufgeregt baten wir den netten Polizisten herein und erzähltem ihm die ganze Geschichte. Anke stellte Kaffee und ein paar Kekse auf dem Tisch und wir ließen Hanna ganz in Ruhe noch einmal die gesamte Geschichte erzählen. Gespannt warteten wir am Ende der Erzählung seine Reaktion ab. Herr Scholl, wie er sich uns sympathisch vorstellte, machte sich ein paar Notizen, bat Ines um Zusendung des Handybildes auf dem der Seestern zu erkennen war und uns alle erstmal diskret mit der Angelegenheit umzugehen. Er selber rief umgehend seine Kollegen in Wittmund an, die bereits auf den Weg nach Langeoog waren, sowie Frau Jansen, die so schnell wie möglich zum Ferienhaus kommen wollte. Herrn Scholl tat es sehr leid, dass wir solche Unannehmlichkeiten in unserem Urlaub erlebten und hoffte, dass die Presse nicht gleich Wind davon bekam, denn sonst würden die gleich für jede Menge Unruhe und Gesprächsstoff sorgen. Während wir alle zusammen auf die Kollegen vom Festland warteten, erzählten wir Herrn Scholl noch von unseren etwas mysteriösen

Begegnungen mit dem Kapuzenmann. Auch hier notierte er sich einige Punkte, sah sogar einen eventuellen Zusammenhang mit dem Einbruch und wollte auch gerne die paar Bilder auf sein Handy geschickt bekommen, auf den der Kapuzenmann, wenn auch nie perfekt, aber wenigstens etwas zu erkennen war.

Kaum eine Stunde später kehrten die Wittmunder Kollegen ein und Hanna wiederholte erneut alles Stück für Stück und das bis ins kleinste Detail. Frau Jansen, die ebenfalls zuhörte, war über den ganzen Vorfall sehr erschrocken und entschuldigte sich permanent bei uns, auch wenn wir ihr weismachten, dass es, wenn überhaupt, unsere eigene Schuld gewesen sei, das Holzspielzeug überhaupt mitgenommen zu haben. Keiner guckte speziell Ines an, sondern wortlos hielten wir hier zusammen. Einer für alle, alle für einen.

Spannend war noch der Einsatz der Spurensicherung, denen wir leider nicht im Weg stehen durften. Das war schon alles recht spannend, alleine schon wie vermummt die drei mitgereisten Leute aussahen! So etwas kannten wir zum Glück bisher nur aus dem Fernsehen. Anke machte mit ihrem Handy heimlich Fotos aus der Küche durch die Treppenabsperrung und nach gut einer Stunde kamen die Beamten der Spurensicherung mit leeren Händen wieder ans Tageslicht. Es wurden keine verdächtigen Fremdspuren im Haus vorgefunden, die Täter mussten definitiv sehr vorsichtig gewesen sein und vermutlich mit Handschuhen gearbeitet haben. Das einzige, was die Spusi uns nach vollendeter Arbeit hinterlassen hatte, war schwarzer Staub, den Ines erstmal mit Eimer und Lappen beseitigte. Frau Jansen tat der Vorfall in ihrem eigenen Ferienhaus immer noch so leid, doch der Trubel war zu viel für sie, deshalb verabschiedete sie sich von der Wittmunder Polizei, bat uns aber, sowie Obermeister Scholl, sie auf den laufendem zu halten und verließ das ~Fernweh~. Auch Scholl stand nach ein paar weiteren Notizen auf und bat uns, ihm sofort eine Meldung zukommen zu lassen, sobald uns der Kapuzenmann über den Weg laufen sollte oder uns noch ein wichtiges Detail einfallen würden. Er verteilte an jedem von uns eine Visitenkarte, die ich erstaunt annahm, da ich mit so einem Fortschritt auf der Insel nicht gerechnet hätte. Hanna packte ihre Karte direkt in ihre Handytasche und reichte ihm einen Zettel. » Das machen wir gerne Herr Polizeiobermeister Scholl und sollten Sie bei den Ermittlungen Hilfe benötigen, dann melden Sie sich bei mir, okay? Meine Nummer habe ich Ihnen aufgeschrieben. «

Scholl musste lächeln. » Bei so vielen Hinweisen werden wir den Täter bestimmt bald fassen. Ich danke Ihnen allen für die Beobachtungen und großes Danke an Sie, Frau Hanna, dass Sie so gut recherchiert haben. Ich werde jetzt die Ermittlungen aufnehmen und mich bei Ihnen melden. Bis dahin hoffe ich, dass sie alle ihren Urlaub noch etwas genießen dürfen. «

Er verabschiedete sich höflich um direkt im Anschluss Kontakt zu dem Spielzeugmuseum aufzunehmen.

*

Wir fünf saßen erstmal schweigend auf der Terrasse, bis Jana das Schweigen brach. » Schluss jetzt mit Trübsal blasen. Uns ist doch nichts passiert! Der Seestern ist aus dem Haus verschwunden und alles andere soll die Polizei klären, dafür wird sie schließlich bezahlt, oder nicht? Jetzt lasst uns bloß nicht wegen dem kleinen Malheur den Urlaub vermiesen! Lasst uns mal gemeinsam überlegen, was wir mit den heutigen Tag noch so anstellen können. «

» Okay «, versuchte ich folgenden Vorschlag mit Blick auf die Armbanduhr. » Jana hat recht. Lasst uns doch erstmal alles für Hannas gemütlichen Grillabend besorgen. Die letzte Nacht war aufregend genug und ich weiß ja nicht, ob die Polizei nochmal wegen Rückfragen hier aufkreuzen möchte. Aber eins weiß ich, morgen suche ich mir einen Mini-Golf-Gegner. «

Anke klatschte in die Hände. » Super Idee, dann brauche ich mich nicht mehr fertigzumachen und als Gegner stell ich mich morgen gerne zur Verfügung. Wer geht Einkaufen, wer bleibt hier? «

Ines fand, wir sollten alle zusammenbleiben und gemeinsam zum Inselmarkt gehen und so taten wir es dann auch. Gemeinsam schoben wir mit dem Bollerwagen los und kauften alles für einen gemütlichen vegetarischen Grillabend. Hanna verbot uns sie zur Gemüse und Käsetheke zu begleiten, es sollte alles eine Überraschung werden und somit schickte sie uns in die Antipasti, Getränke und Naschabteilung. Ines wollte sich um Dips und Soßen kümmern und verschwand ebenfalls zwischen den Regalen. An der Kasse trafen wir uns wieder und während Hanna ihre Einkäufe auf das Band legte, versuchte Anke ein Paket Thüringer Grillwürstchen unter zu mogeln, doch Hanna passte auf, schickte uns schon mal vor die Tür und bezahlte stolz ihren Einkauf.

Mittlerweile war es auch schon später Nachmittag und da wir außer dem Frühstück und einer Handvoll gepuhlter Krabben nichts gegessen hatten, schoben wir alle Kohldampf. Unsere Freundin machte es spannend und duldete keinen bei sich in der Küche, deshalb spielten Anke und Ines draußen ein Kartenspiel und Jana daddelte ausnahmsweise mit ihrem Handy. Ich ging in den Schuppen, um nach dem Grill und der Holzkohle zu gucken. Vorsichtig öffnete ich die Tür der Holzlaube, holte zuerst den gerade verstauten Bollerwagen wieder hervor und entdeckte unter einer Haube den Grill. Ach Mist, dachte ich, als ich daneben die Gasflasche entdeckte. Auch noch ein Gasgrill! Den zündete ich schon mal nicht an und konnte nur hoffen, dass sich jemand der Mädels damit auskannte. Langsam schob ich den Grillwagen aus der Hütte zur Terrasse.

>> Also die Gasflasche kann ich nicht alleine tragen, da müsste mir jemand helfen und beim montieren und Grillanzünden sowieso. Vor Gas habe ich zu viel Respekt, da pack ich nichts an. <<

Anke legte eine Karte ab. >> Ein Gasgrill? Ich kann den auch nicht anschließen. <<

>> Ich bin da auch raus <<, Ines zog eine Karte aus dem Stapel.

>> Jana? Was ist mit dir? <<

Sie schaute zickig vom ihren Handy hoch. >> TsTsTs, ich habe gerade mal Sad Sandy bei Facebook gegoogelt, der ein paar Fotos von sich gepostet hat. Auf jedem Bild hält er ein junges Mädel im Arm! Unfassbar, oder? Also manche brauchen aber auch eine Selbstbestätigung! <<

Anke lachte laut los. >> Das sagst DU? Gerade du? <<

>> Wieso gerade ich? Ich poste doch keine Bilder von mir mit jungen Männern im Internet! << Sie schaute zu mir. >> Was hast du gerade gefragt, Katja? <<

>> Nicht viel, es sei denn, du schaffst es den Gasgrill einzurichten.? <<

>> Haben wir eine Gebrauchsanweisung? <<

>> Nicht das ich wüsste. <<

>> Ich schreib mal Sad an, vielleicht kann er uns den Grill in Gang bringen. Er schuldet mir sowieso noch einen Gefallen. <<

>> Aha? << Anke sah auf. >> Ich frag jetzt lieber nicht nach dem warum! <<

>> Fragen kannst du mich alles, liebe Anke, aber ob ich alles beantworte ... <<

>> Lieber nicht <<, mischte sich Ines kurz ein und legte eine Karte nieder. >> Du musst vier ziehen, Anke. << Jana ging mit ihrem Handy um die Terrassenecke um in Ruhe mit Sad telefonieren zu können. >> Konzentriere dich lieber auf euer Kartenspiel und nicht um meine Angelegenheit. <<.

*

Wirklich weiter kam ich mit meinem Gasgrill Problem jetzt nicht. >> Na gut, dann spielt ihr euer Spiel mal weiter, ich geh mal Hanna fragen, ob sie vielleicht noch Hilfe bei der Zubereitung braucht << und wandte mich ab.

In der Küche sah es wie auf einem Schlachtfest aus, überall standen Teller und Schalen. Hanna summte zufrieden vor sich hin.

>> Hey Hanna, das duftet ja toll hier. Brauchst du noch Hilfe? <<

Sie lachte. >> Wie 'ne Elfe? Keine Ahnung, ich habe noch keine gesehen. <<

>> Hilfe, Hanna, Hilfe. Brauchst du Hilfe? Schubber mal wieder dein Ohr. << Es machte Plöpp und Hanna war online. >> Ich wollte nur nachfragen ob ich etwas

helfen kann, aber ich sehe schon, ich räume einfach etwas auf und pack schon mal alles in die Spülmaschine, oder störe ich dich bei den Vorbereitungen? «

Hanna wollte mir gerade antworten, als wir Jana durch das gekippte Küchenfenster telefonieren hörten. » Hallo Sad mein Mann für alle Fälle. Ich weiß ja nicht ob du jetzt extra nicht an die Strippe gehst, aber apropos Strippe. Wenn ich mich recht erinnere, dann wolltest du mich heute Nacht nachhause begleitet haben aber anstelle zu deinen Worten zu stehen, bist du einfach mit dem jungen Gogo-Girli durchgebrannt. Naja musst du ja wissen, mit wem du dich abgibst, aber dass so ein gestandener Mann auf so jungen Diskohäschen abfährt, hatte mich doch ein wenig gewundert. Warum ich dich aber eigentlich anrufe …wir wollen heute einen Grillabend machen, bekommen aber den Grill nicht angeschlossen und da du mir noch wegen heute Nacht etwas schuldest, wäre es toll, wenn du die Nachricht abhören und deinen knackigen Po hierher bewegen könntest. Schick aber bitte nicht deinen Freund Iwan, soviel Bling Bling verkrafte ich nicht nochmal. Mir reichte seine Blende schon auf dem Kutter und dann noch gestern Abend! Nein danke, aber es wäre schön, wenn du schnellst möglich in die Hufe kommen könntest, wir haben alle Hunger und natürlich Durst, deshalb bring einfach noch zwei oder besser drei Flaschen von dem leckeren Wein mit, den ich gestern alleine trinken musste. Ich denke, dass bist du mir schuldig. «

Jana beendete mit diesen Worten die Sprachnotiz und ging wieder zur Terrasse zurück, wo Anke gerade die letzte Karte auf den Stapel ablegte.

» So Mädels, Mission erledigt, Sad wird bestimmt gleich vorbeikommen. «

» Hat er das gesagt? «

» Ich habe ihm eine Sprachnotiz hinterlassen. « Jana setzte sich wieder in den Strandkorb und nahm erneut ihr Handy zur Hand.

» Hat er dich eigentlich heute Nacht nachhause begleitet? « Ines schüttete sich ein Glas Wasser ein.

» Nö. «

» Nö? Hast du den Weg etwa ganz alleine zurückgefunden? «

» Na viel verlaufen kann man sich hier ja nicht. «

» Aber ich dachte, Sad wollte dich hier absetzen? «

» Mein Gott Ines, du bist aber auch neugierig. Sad wollte mich begleiten, ja, aber ich hatte keine Lust bis zu seinem Feierabend zu warten und bin dann alleine los. «

» Ist ja gut, ich wollte dich nicht löchern! «

» Machste aber. «

Hanna und ich verhielten uns während des Telefonates ganz ruhig in der Küche. Nicht, dass wir Jana belauschen wollten, aber uns war es auch zu blöd, mitten in ihrem Gespräch das Fenster zu schließen und somit zuzugeben, dass wir die Hälfte ihrer Sprachnotiz bereits mitangehört hätten.

Hanna schaute mich an. »Ich mag Jana, aber sie hat schon einen sehr bestimmenden Ton an sich. Also mit mir bräuchte sie nicht so zu reden. «

Ich stimmte ihr zu. »Da hast du recht, sie meint oft, andere müssen nach ihrer Pfeife tanzen, dabei ist taktlos manchmal besser, als stetig nach der Melodie einer Person zu tanzen. Aber gut zu wissen, dass die Nacht doch nicht so gelaufen ist, wie sie es gerne gehabt hätte. Freut mich für Henning. «

»Henning? «

» Na wer weiß, wenn sie heute Nacht das, wie nannte sie es, Gogo-Girli an Sads Seite gewesen wäre, wäre sie vielleicht gar nicht nachhause gekommen und wir alle hätten Henning gegenüber ein schlechtes Gewissen. «

» Stimmt, da hast du Recht und jetzt hoffen wir mal, das Sad gleich auftaucht und den Grill anschließt, damit wir starten können. Guck mal Katja, kannst du die Champions mit etwas Knoblauch beträufeln und dann aufspießen? Danach könntest du vielleicht noch den Lauch schneiden und die Tomatenscheiben auf den Feta legen. Ich muss noch schnell die Süßkartoffeln schälen « und so hantierten wir beide noch etwas in der Küche, als wir ein fröhliches Pfeifen durch das Küchenfenster hörten. Es war tatsächlich Sad.

>> Hör mal, der tanzt schon genauso nach Janas Pfeife, wie Henning <<, konnte sich Hanna nicht verkneifen und stimmte pfeifend selbst ein Lied an. Jana, die sich gerade umziehen wollte, bekam Hannas Worte mit und konterte direkt >> Wisst ihr was? Mädchen, die pfeifen, und Hühner die krähen, soll man beizeiten die Hälse umdrehen. <<

Ich musste trotz der unangenehmen Situation lachen >> Gut gekontert, jetzt steht´s 1:1. <<

*

Anke wunderte sich, das Sad trotz seiner zahlreichen Beschäftigungen und Aktivitäten so schnell bei uns an Ort und Stelle sein konnte, doch er erwähnte lächelnd, dass er eh auf dem Weg zu uns gewesen sei, um sich nach dem Befinden nach dieser unruhigen Nacht zu erkundigen. Seine Mutter hatte ihn berichtet was im Ferienhaus ~Fernweh~ passiert war und er war fassungslos. An ein Verbrechen konnte er sich hier auf der Insel nicht erinnern. Sad nahm drei Flaschen Weißwein aus seiner Tasche und stellte diese auf den Gartentisch. >> Die gehen aufs Haus, als kleine Wiedergutmachung für euer Erlebnis. >> Er ging kurz über die Terrasse ins Wohnzimmer und holte einen Decanter aus dem Sideboard. Gekonnt öffnete er die Flasche und goss den Wein in das Gefäß. >> Jetzt kann der Wein noch etwas atmen und wird zu eurem Essen perfekt schmecken. <<

>> ... atmen atmen, der Wein kann atmen. Ich will den trinken und nicht wiederbeleben! <<

» Oh, hallo Jana. Gut siehst du aus. Bist du heute Nacht gut nachhause gekommen? «

» Danke der Nachfrage und wie du siehst, bin ich heile angekommen. Dich brauche ich wahrscheinlich nicht zu fragen, wie dein Feierabend war! « Sie hatte sich einen geblümten Overall angezogen.

» Wieso? « Sad schaute sie fragend an.

» Na wegen dem jungen Backfisch, mit der du ununterbrochen geflirtet hast. Naja, ist ja alles Geschmacksache « und setzte sich die Sonnenbrille auf.

Sad zuckte mit den Schultern. « Was kann ich dafür, wenn es mir die Frauen so leichtmachen? Jeder Mann würde doch wohl die Chance nutzen, oder meinst du nicht? «

» Also ich nicht. Ich fände es wichtiger erobert zu werden, als Leichtigkeit zu signalisieren. «

Anke verschluckte sich an ihrer Cola und bekam einen Hustenanfall, Ines stand mit rollenden Augen auf, um in der Küche nach dem Rechten zu sehen und Sad drehte sich auch um, aber um den Gasgrill anzuschließen.

» Was wurde euch denn nun alles geklaut? Meine Mutter erzählte etwas von einem Holzspielzeug? «

Anke schluckte noch mal. » Einen roten Holzseestern, den Ines am Strand gefunden hatte und eigentlich schon längst irgendwo abgeben wollte, damit es an den Besitzer zurückgeht. Leider hat sie es immer vergessen, sonst wäre das Viech nicht mehr im Haus gewesen und der Dieb hätte sich ein anderes Opfer suchen müssen. «

Ich stellte die Teller und Servierten auf den Gartentisch und grüßte Sad. Komisch, dachte ich, als ich Ankes Worten lauschte. Woher wusste der Einbrecher eigentlich, dass der Seestern noch bei uns war? Ines hätte ihn doch tatsächlich längst abgeben haben.

Anke hustete noch mal nach. » Mensch habe ich einen Kohldampf, bestimmt wegen der nervenauftreibenden Nacht. «

Ines kam mit Besteck zurück. » Oder es liegt an der Luft, Anke! «

*

Hanna hatte sich wirklich bemüht uns ihre vegetarische Küche schmackhaft zu machen. Es gab zwei Salate, Brot, Dips, Gemüsespieße, sogar Frikadellen und Hamburgerbrötchen. Anke konnte ihren Augen nicht trauen, da sie sich schon mit Rohkostsalat abgefunden und heimlich für abends eine Tüte Chips im Nachtschränkchen gebunkert hatte. » Burger! Mensch klasse, ich dachte heute gibt's nur Grünfutter. «

Hanna lachte. » Na ich kenn euch doch. Aber ob die Fertigpatties aus der Kühlung schmecken, weiß ich nicht. Hätte sowieso nicht gedacht, dass ich hier im Inselmarkt Veggie Patties bekommen würde. «

Jana rückte an dem Tisch. » Na Langeoog scheint für viele Überraschungen gut zu sein. «

Sad kam aus dem Gartenhäuschen und erklärte uns den angeschlossenen Gasgrill. Ich fand, als Dankeschön konnte man ihn ja wenigstens fragen, ob er mit uns essen möchte, doch er zeigte lachend auf seine Uhr, denn er hatte noch eine private Sonderstunde im Stand-Up-Paddling angefragt bekommen und müsste langsam zum verabredeten Punkt. Er wünschte uns allen einen schönen und vor allem ruhigen Abend und Jana wünschte ihm mindestens Windstärke 10. Aber auch da lachte Sad noch drüber, irgendwie schien er für Jana ein harter Brocken zu sein.

Anke, die sich freiwillig als Grillmeisterin gemeldet hatte, legte Patties und Spieße auf. » Macht doch mal einer von euch Musik an. Ich finde zu einem gemütlichen Grillabend gehört auch schöne Mucke. «

Jana sprang sofort hoch. » Gute Idee, hätte glatt von mir kommen können. Ich hol mal eben mein Laptop, dann können wir uns die Musik aussuchen. «

Ich staunte. » Wozu hast du denn ein Laptop eingepackt? «

» Na für solche Fälle wie jetzt zum Beispiel. «

Ines lachte. » Kein Wunder das du einen ganzen Koffer gepackt hast. Zum Glück war der dem Einbrecher wohl zu schwer. «

Anke, links ein Glas Wein und rechts die Fleischzange, tanzte am Grill und sang laut das Lied Waterloo von Abba mit. Sie stand schon voller Vorfreude auf den

Hamburger und als die Patties fertig gegart waren und sie die Grillsachen auf einen Teller stapelte, lief ihr das Wasser im Mund zusammen. Vorsichtig stellte sie den Teller in die Mitte des Tisches und dann ging es los, es wurde alles probiert und gelobt. Sogar unser Pingel Ines wagte sich das nicht gekannte zu probieren und gab erstaunt zu, dass wirklich alles sehr lecker war. >> Aus was hast du denn die Frikadellen gemacht? <<

>> Ach die gingen schnell und einfach. Reis, Eier, Möhren, Zwiebeln, Paniermehl, ein paar Kräuter, Käse und Gemüsebrühe. Alles matschen, formen und braten. Fertig. <<

Es war wirklich alles sehr lecker und als wir alle rundum satt waren, räumten wir den Tisch leer, stellten das schmutzige Geschirr in die Spülmaschine, den Grill wieder zurück in den Schuppen und dann fing es auch schon langsam an zu Dämmern. Ich stellte ein paar Teelichtkerzen auf den Gartentisch, während Ines sowohl das Gartentor, als auch schon mal die Haustür von innen abschloss.

*

>> Hallo? Ist jemand zuhause? <<

>> Pssttt. Jana schnell, mach die Musik aus. Da ruft doch jemand. <<

>> Ich höre nichts. << Hanna wieder, doch keiner reagierte, vielmehr lauschten wir ins dunkle.

»Haalllloooo?« Hörten wir es nun auch und Anke zuckte sichtlich zusammen. Der Schock der letzten Nacht stand ihr wohl noch sehr in den Knochen.

Ich raffte mich auf. »Ich geh mal gucken.«

»Aber doch nicht alleine! Ich komm mit.« Jana stand auf.

»Ich auch.« Ines schaltete an ihrem Handy die Taschenlampe an.

Hanna sprang auf. »Rauch? Oh Gott, habe ich in der Küche den Ofen angelassen?« Beim Aufsprung stieß sie an den Tisch und wir fuhren alle hoch.

»Mensch Hanna, hast du mich jetzt erschrocken.« Ich atmete erstmal durch.

»Wie kommst du auf jetzt Socken. Hast du nicht gehört, dass es in der Küche brennt?« und wollte schon reinlaufen, aber ich hielt sie am Arm feste und zeigte auf ihr Ohr und sie verstand.

»Hier spricht die Polizei. Ich bin bewaffnet. Kommen Sie mit erhobenen Händen heraus, bevor ich das Haus stürmen muss.«

Anke wurde blass. »Ach du Schande, bloß nicht. Kommt.« und gemeinsam gingen wir fünf um das Haus zum Gartentor und schauten Herrn Scholl überrascht ins Gesicht. Er hatte tatsächlich eine Waffe gezogen, die er nach unserem Anblick aber schnell wieder einsteckte.

»Entschuldigung, ich hatte nur etwas laut schäppern gehört und Licht im Garten gesehen und naja, da dachte ich vorsichtig, mal nach dem Rechten zu gucken. Nicht, dass die Einbrecher nochmal zuschlagen, was zwar äußerst selten passiert, aber schon vorgekommen ist. «

Hanna fand das alles wieder spannend. » Guten Abend Herr Polizeiobermeister. Ist denn schon wieder etwas passiert, dass Sie so spät noch ausrücken müssen? «

» Nein Nein, alles gut. Ich hatte nur so spät eine Rückmeldung von der Spurensicherung erhalten und dachte bei meinem Rundgang mit Ringo, ich sage kurz Bescheid. Ich wollte Sie aber nicht stören. «

Jetzt erst bemerkten wir seinen Kampfhund-Dackel Ringo, der schwanzwedelnd neben der Hecke auftauchte. Ich ging zum Gartentor, schloss es auf, bat Herrn Scholl zu uns auf die Terrasse und Jana bot ihm direkt ein Glas Wein an, welches er augenzwinkernd annahm. » Bin zwar im Dienst, aber das ist man ja als einziger Polizist auf einer Insel ja immer. «

Anke nickte. » Stimmt, darüber hatte ich mir auch noch nie Gedanken gemacht, aber zum Glück passiert ja hier nicht viel, da sind Sie bestimmt so manchmal froh, wenn das Telefon überhaupt mal läutet, oder? «

Polizeiobermeister Scholl lachte. » Manchmal schon. «

Herr Scholl wurde von Anke quasi ausgefragt, was so alles in einem Jahr auf der Insel passierte, wie lange er schon Inseldienst hatte, wo er vorher tätig war und wann ein Dienststellenwechsel anstand. Herr Obermeister hatte seine Mütze bereits abgelegt und sich mit einem Stofftaschentuch die Stirn getrocknet. Ich fand das Gespräch der beiden nicht uninteressant und hörte aufmerksam zu. Bei den meisten Fällen handelte es sich um banalen Diebstahl unter den Gästen, wozu Geldbörsen, Handys, sogar Strandutensilien gehörten.

Hanna kam mit einer Schale Wasser und ein Stück Fleischwurst für Ringo auf die Terrasse zurück.

Anke sah das. » Tickst du? Ist das etwa meine Fleischwurst, die ich mir vorhin erst gekauft habe? «

» Kann schon sein. Es stand kein Name drauf. «

» Na toll, Hanna! «

» Finde ich auch. Mensch Anke, stell dich nicht so an. Ich kauf dir morgen eine neue. « Anke guckte knartschig, doch Ringo freute sich.

Hanna setze sich mit ihrem Notizbuch an den Tisch und sah Herrn Scholl mit großen Augen an. » Haben Sie denn schon irgendwelche neuen Hinweise, um den Täter auf die Spur zu kommen? «

Jana hatte sich etwas Wärmeres angezogen. » Das schlimme ist ja, dass manche Leute sehr gut darin sind, die Opferrolle zu spielen, obwohl sie selbst Täter sind. «

Anke schaute erstaunt und packte sich mit dem Zeigefinger an die Nasespitze.

Hanna wollte jetzt Fakten wissen und nahm einen Stift in die Hand. » Könnt ihr das nicht später klären? Ich würde jetzt lieber wissen, ob es schon erste Erkenntnisse im Fall Haus ~Fernweh~ gibt. «

Jetzt mussten wir doch alle lachen. An Hanna schien tatsächlich eine Kommissarin verloren gegangen zu sein und schubberte freiwillig ihr Ohr, bis es Plöpp machte, damit sie bloß keine Silbe verpasste.

Polizist Scholl freute sich, dass wir nach dem Schrecken nicht unsere Koffer gepackt und die Insel verlassen, sondern unseren Humor nicht verloren hatten. Er räusperte sich und erzählte in einem ganz ruhigen Ton weiter, dass die Spurensicherung am Treppengeländer ganz schwache Fingerabdrücke ausgewertet hatte, draußen aber auf ein Feuerzeug gestoßen sei. » Jetzt sehe ich ja, dass Sie alle Raucherinnen sind. Vermisst denn jemand von Ihnen ein silbernes Elektrofeuerzeug mit einem Flaggenmotiv? «

Wir schauten uns in der Runde an und verneinten die Frage einstimmig.

» Das hatte ich mir gedacht und der Spusi auch schon gesagt, sonst wären die jetzt mit mir hier aufgekreuzt, um erneut einen Fingerabdruck zur Identifizierung zu entnehmen. «

Hanna fand das alles zu interessant. » Haben denn die Fingerabdrücke vom Gelände Übereinstimmungen ergeben? «

Herr Scholl trank noch ein Schluck Wein. » Übrigens ein guter Tropfen und ja in der Tat. Leider sehr schwache, aber unser System schlug an. Bei dem Feuerzeug leider nicht, obwohl hier perfekt die Spuren gesichert werden konnten. «

Ines kauerte nervös auf ihrem Stuhl. » Bitte sagen Sie uns jetzt nicht, dass die vorliegenden Spuren einen Serienkiller gehören, der schon lange bei Aktenzeichen XY gesucht wird. Leute! Dann pack ich wirklich sofort meine Sachen und verschwinde. «

Hanna schob sich den Stift hinters Ohr. » Und wie willst du von der Insel kommen? Fähren fahren keine mehr. «

» Na toll! Das heißt, wir sind dem Täter gnadenlos ausgeliefert? «

Herr Scholl bemerkte ihre Panik. » Sie brauchen keine Angst zu haben. «

» Wieso? Garantieren Sie uns jetzt Polizeischutz? «

» Mensch Ines, Fuß vom Gas und komm mal wieder runter. Lass doch Herrn Scholl erstmal weitererzählen. «

» Wie gesagt, es sind nur schwache Übereinstimmungen, doch würden die für eine erste Vorladung reichen, wenn wir wüssten, wo sich die Person versteckt hält. «

Ines seufzte wieder schwer. » Auch das noch «, doch Hanna setzte sich auf. » Sehr interessant. Was war denn mit gefundenen Feuerzeug? Welche Flagge trägt es überhaupt? «

» Es ist die Russische. «

» Die russische Ostfriesen Mafia! « Jana trank ihr Glas in einem Zug leer. » Ha! Wusste ich es doch. «

» Was für eine Mafia? « Anke hatte Jana nicht ganz verstanden.

» Na auf dem Schiff, dem Kutter gestern. Der Bling Bling Typ in seiner Arbeitsmontur. « Sie zeigte Anke die Zähne und sie verstand » Ach du meinst den Goldfisch? «

Herr Scholl schaute beide fragend an. » Goldfisch? « Ich wusste bis dahin auch nicht, was die beiden meinten und hörte gespannt zu. » Ähm, ja, wir haben gestern eine Kutterfahrt mit Fischfang unternommen. «

» Und da wurde aus der Nordsee ein Goldfisch geangelt? « Ich staunte.

» Lass mich doch mal ausreden, Katja. Da war ein nett aussehender Fischer mit an Bord, mit dem ich mich unterhalten wollte, doch als ich ihn belanglos ansprach, blitzen mich goldene Zähne an und der Typ antwortete mir auf osteuropäisch. Ob das jetzt Russisch oder Ukrainisch war, kann ich nicht beurteilen. «

Herr Scholl kombinierte. » Ich gehe jetzt davon aus, dass Sie den Herrn wegen seiner goldenen Zähne Goldfisch getauft haben? «

>> Genau. So etwas habe ich aber auch noch nie gesehen. << Sie schüttelte sich. >> Der ganze Mund war damit voll, sämtliche Zähne! <<

Jetzt nahm Obermeister Scholl sein Notizbuch aus der Jackeninnentasche und machte sich Notizen.

>> Hat denn der ´Goldfisch` seinen Namen genannt? Und auf welchem Kutter fand die Fahrt statt? <<

>> Iwan. Er hieß Iwan der Schreckliche. <<

Herr Scholl und alle andere anderen, die wir um den Tisch saßen, sahen erstaunt zu Anke, die dann, als sie unsere Gesichter sah, zu lachen anfing. >> Sorry, ist mir jetzt so rausgerutscht. Aber der Vorname Iwan stimmte, den hat der Kapitän erwähnt. Katja? Wie hieß der Kutter noch gleich? Silbersack? <<

>> Silbermöwe. <<

>> Ach die Silbermöwe von Kapitän Sören. << Er notierte wieder ein paar Wörter. >> Können Sie mir denn sonstige Merkmale zu der Person nennen? <<, fragte er Jana.

>> Zu Sören? <<

>> Nein, zu dem Hilfsarbeiter Iwan oder, wie Sie ihn nennen, zum Goldfisch. <<

>> Tja, was soll ich sagen. Er war gut gebaut, vielleicht 1,90 Meter groß, kräftig, breitschultrig und vielleicht Mitte Vierzig. Ein Typ wie ein Schrank. Ansonsten wüsste ich nichts Auffälliges, bis auf das besagte. <<

» Vielleicht ein Tattoo, Schmuck, Brille, Vernarbungen oder irgendein Handicap, wie ein fehlender Finger oder einen Gehfehler? «

» Ach du liebe Zeit, jetzt fragen Sie mich aber was. So genau hatte ich gar nicht drauf geachtet. Obwohl doch, er trug einen auffälligen Ring mit einem grünen Stein. Wie ein Siegelring sah der aus, den hatte er gestern Abend in der Disko auch auf. Jetzt fällt es mir wieder ein. «

» Wie der Typ war gestern in der Disko? In der Düne 15? « Herr Scholl machte sich erstaunt Notizen.

» Ja, das hatte ich wohl wegen seinem Esszimmer total verdrängt. Ob er allerdings die ganze Nacht dort war, kann ich gar nicht mal sagen, er wollte aber unbedingt mit mir tanzen, hat mich ständig angetanzt, machte einen auf John Travolta und da er keine Ruhe ließ und man sich beim Tanzen nicht unterhalten musste, habe ich klein beigegeben und mit ihm getanzt. Und dann, plötzlich mitten im Lied Atemlos, lies er mich mitten auf der Tanzfläche stehen, nuschelte etwas und verschwand. Sie können mir glauben, dass ich da nicht Atemlos sondern erstmal Bewegungslos war, denn das ist mir bisher noch nie passiert, ich war richtig sauer. Nach einer gefühlten knappen Stunde stand er urplötzlich wieder neben mir am Tresen und grinste mich an, doch so viel Gold konnte ich einfach nach all den Cocktails nicht ertragen und machte mich dann auch langsam auf den Heimweg. Hatte ich jetzt echt vergessen, der muss mit seinem Gebiss mein Gehirn ausgeblendet haben. «

Herr Scholl schaute in die Runde. » Vielen Dank, Jana. Hat sonst noch jemand von Ihnen Iwan irgendwo gesehen? Jeder kleinste Tipp könnte schon sehr hilfreich sein. «

Leider mussten wir verneinen, doch Anke erinnerte sich, wie der Typ wieder im Schiffsinneren verschwand, als die Plastikkörbe verteilt waren und an den Zigarettenstummel, den Iwan in eine Metalltonne auf dem Kutter geworfen hatte.

» Vielleicht finden sie diese noch für irgendwelche wichtigen DNA-Spuren? «

Herr Scholl machte sich weitere Notizen und stand dann abrupt auf, um direkt zu Kapitän Sören zu radeln. Hanna fand es gerade so spannend und wollte ihn am liebsten begleiten. » Schade, dass er schon gehen musste, ich fand es gerade ziemlich spannend. « Sie hatte das Eingangstürchen wieder abgeschlossen.

» Du vielleicht, Hanna, aber ich hätte wirklich lieber Polizeischutz. « Ines meldete sich mal wieder zu Wort.
» Ich meine, man liest doch immer viel über Mafioso Geschäfte und das die Leute keinen Spaß verstehen. Also eins weiß ich, im Keller schlaf ich nicht mehr und alleine bleibe ich hier im Haus auch nicht mehr. Am besten wäre es, wenn keiner von uns irgendwelche Alleingänge mehr macht. Du auch nicht, Jana. «

Jana schaute hoch. » Tja dann Mädels, könnt ihr euch schon auf morgen Nachmittag freuen, da habe ich mich nämlich zum Stand-up-Paddling angemeldet. «

Anke tippte sich an die Stirn. » Ich definitiv nicht. Ich breche mir da nur Hals und Knochen. « Auch ich winkte ab, Hannas Ohren durften kein Wasser abbekommen und somit blieb nur Ines übrig.

» Tja Ines, du hattest die Idee und darfst mich glatt morgen begleiten. Das wird bestimmt spaßig. «

Ines zweifelte daran, sah aber kein Entkommen und einigte sich darauf, ihre Freundin zum Strand zu begleiten ohne sich auf ein Surfbrett zustellen.

Langsam wurde es doch etwas kälter und wir kuschelten uns in Decken, um noch ein paar Minuten dem Meeresrauschen zuzuhören.

Hanna war noch so aufgeregt, dass sie Hitzewellen bekam. » Sagt mal Mädels, habt ihr noch Lust auf eine Nachtwanderung durch die Dünen? «

» Spinnst du? «, rutschte es Ines raus.

» Scherz! Ich wollte nur etwas Schwung in die Runde bringen. « was ihr aber nicht gelang. Irgendwie hatten uns die Ereignisse der letzten Nacht und der Besuch von Polizeiobermeister Scholl Müde gemacht. In aller Ruhe tranken wir noch einen Absacker, gönnten uns noch eine Gute Nacht Zigarette und dann schloss Anke alle Fenster und Türen, gefolgt von Ines, die nochmal alles auf Richtigkeit und Sicherheit überprüfte.

Jana fand plötzlich das schlafen nördlich ausgerichtet doch etwas entspannter und huschte wieder mit in unser Balkonzimmer. Ob es sich tatsächlich dort besser schliefen ließ, wusste ich nicht, aber ich verstand, dass sie nicht alleine in einem Zimmer liegen wollte.

Kapitel 11
Mission erledigt

Auch wenn sich Ines gestern Abend unter der Bettdecke verkroch damit sie uns durch das Displaylicht beim Schlafen nicht störte, konnten wir sehen, dass sie noch lange mit ihrem Handy beschäftigt war. Jana und ich sagten und fragten nichts und schlummerten irgendwann auch ein. Als ich gegen zwei Uhr nochmal kurz zur Toilette musste, war Ines immer noch mit ihrem Handy beschäftigt. Ich dachte, sie sei vielleicht eingeschlafen, stand auf und berührte sie durch die Decke, aber dass sie vor Schreck aufschrie und ihr Handy zu Boden warf, hatte ich dabei nicht bedacht. Zum Glück hatten wir damit nicht alle aufgeweckt, sogar Jana schlief wie ein Stein weiter. Ich entschuldigte mich leise, ging kurz ins Bad und als ich wieder über den Flur schlich, kam mir Anke entgegen » Mensch Anke, wo kommst du denn jetzt her? «

» Ich bin durch irgendwas wach geworden und habe dann gemerkt, dass ich noch Hunger hatte. « Sie zauberte eine Mettwurst hervor. » Beißen? «

» Ne, danke. « Ich schüttelte den Kopf. » Ich geh wieder schlafen. Du kannst aber auch rund um die Uhr essen! Echt Bewundernswert. «

» Muss an der Luft liegen, Hanna hat die Dachluke etwas geöffnet. « Sie biss ein Stück Wurst ab. » Weißt du, Katja, was ich mich gerade in der Küche gefragt habe? Warum gibt es im Kühlschrank eigentlich Licht, wenn man nachts nichts essen sollte? «

» Gute Frage, Anke, vielleicht können wir darüber morgen früh reden? Ich wollte gerne noch etwas schlafen. «

Sie biss noch ein Stückchen ab. » Ich auch, aber so ein Würstchen geht doch immer. Schlaf noch schön. «

» Ja du auch. « Ich schlich wieder in unser Zimmer und sah, dass Ines ihr Handy weggelegt hatte und sich schlafend stellte. Leise flüsterte ich ein Gute Nacht und huschte wieder zurück ins Bett.

Am Morgen staunte ich, Anke mitsamt Hanna in der Küche zu entdecken.

» Guten Morgen. Hanna! Du bist schon wach? «

» Guten Morgen, ja da staunst du was? «

» Tatsächlich. Wer oder was hat dich denn geweckt? «

» Die Neugierde. « Anke verdrehte die Augen. » Hanna lässt der Fall keine Ruhe, sie nervt mich mit Fragen seitdem sie die Augen aufschlug und mich lesen sah. «

Hanna warf das Geschirrhandtuch nach ihr. » Jetzt übertreib doch nicht. «

Ich musste über beide lachen und stellte den Wasserkocher an. » Blauer Himmel und Sonnenschein. Was steht denn für heute auf den Plan? Noch einen ganzen Tag bleibe ich nicht im Haus, dafür ist mir der Urlaub auch zu schade. Habt ihr eine Idee? «

» Du bist doch die Reiseleitung! «

Ich lachte. » Ich? Aber ihr müsst euch doch nicht nach mir richten. «

» Das wollten wir vielleicht auch nicht. Kommt auf den Tagesplan an. « Jetzt warf mir Anke das Geschirrtuch zu. » Und? Wie sieht er aus? «

» Erstmal frühstücken, Teetrinken und dann mal gucken. «

» Hört sich schon mal gut an, ne Hanna? Da sind wir mit dabei. Ich sag ja, das muss … «

» … an der Luft liegen. « kam es von Hanna und mir synchron.

Langsam trudelten auch meine zwei Zimmermitbewohnerinnen ein und wir konnten zur Tagesplanung übergehen. Jana hatte gestern Abend noch eine WhatsApp von Sad bekommen. Leider musste er den versprochenen Stand-Up-Paddling Termin absagen, da er seine Mutter zu einem Arztbesuch auf dem Festland begleiten muss. Frau Jansen hatte der Einbruch so mitgenommen, dass sie ihrem Hausarzt einen Besuch abstatten wollte.

Ich wollte mich gerne nach dem gestrigen ereignisreichen aber auch faulen Tag etwas Bewegen und

262

dachte erstmal an eine ziellose Fahrradtour. Hanna hoffte, dass jemand eine bequemere Idee hatte und schaute erwartungsvoll zu Ines, die froh war, nicht nur am Strand zu hängen. Ihr Angebot hieß Minigolfen und Anke, die heute Morgen das aktuelle Veranstaltungsblatt der Insel im Bett studiert hatte, hatte wieder eine andere Idee. Sie wollte eine Wattwanderung buchen.

Jana schaute erschrocken in die Runde. » Ohne mich, Mädels, ich war extra den Tag vor Reisebeginn noch bei der Fußpflege. Meint ihr, ich lass mir den teuren Lack jetzt durch die Matsche ruinieren? Forget it! «

Ich fand die Idee eigentlich amüsant und irgendwie gehörte eine Wattwanderung doch auch zum Urlaub und ermutigte die anderen. » Also ich wäre dabei. Wir können ja nur eine kleine Fahrradtour machen, dann vielleicht die Wattwanderung und heute Abend Hanna, nachdem wir irgendwo lecker gegessen haben, können wir ja ins Inselkino gehen. Guck doch mal ins Heftchen, was da heute Abend für ein Film läuft. «

Viel Begeisterung war in den Gesichtern nicht zu sehen. Hanna schmollte etwas, Ines bestand aber trotzdem auf die Runde Minigolf und Jana mopperte noch etwas vor sich hin. Am Ende aber waren wir uns mehr oder weniger einig und bevor noch jemand seine Meinung änderte, rief Anke umgehend den Veranstalter an, um nachzufragen ob noch fünf Plätze für die Wattwanderung frei wären. Hanna drückte sich unterm

Tisch selbst die Daumen das der Kurs schon belegt war, doch als Anke den Daumen hochhielt, schnappte sie sich sofort das Veranstaltungsblatt und studierte das heutige Filmangebot des Kinos. » Na gut, aber nur unter zwei Bedingungen. Erstens. Ich möchte heute noch etwas durch die Läden shoppen. «

» Super Idee «, fand Jana. » Ich bin dabei. Wir können den Wattführer ja bitten, uns eine Abkürzung im Watt zu zeigen. « Wir mussten lachen und Hanna sprach ernst weiter. » Und zweitens, möchte ich im Kinorestaurant essen. Hier gibt es viele Veggie-Menüs, aber auch Fisch und anschließend gucken wir uns bei Popcorn und Nachos den Film *Die Rache der Engel* an. «

Ines tippte sich an die Stirn. » Ja natürlich. Wir werden hier von Goldfischen und Kapuzenmännern verfolgt und beobachtet und da gebe ich meiner Psyche noch freiwillig einen goldenen Schuss mit so einem Horrorfilm. Du spinnst wohl. Zeigen die nichts Lustiges? Irgendeine Komödie oder so? «

» Die Fortsetzung vom Traumschiff läuft heute leider nicht. «

» Jetzt sei nicht eingeschnappt Hanna. Ich finde die Idee mit dem Restaurantbesuch auf jeden Fall gut und gehe gerne mit ins Kino, aber muss es denn ein Schocker sein? Was werden denn noch für Filme angeboten? «

» Die haben nur zwei um 22:30 Uhr im Angebot und das sind eben das mysteriöse Erscheinen und die Rache der Engel und um 20:30 Uhr kommt eine Neuverfilmung der Augsburger Puppenkiste, sowie Dirty Dancing. «

Jetzt folgten unsere Reaktionen, » Ohhhh, Patrick Swayzy «, » 1000mal gesehen, aber immer wieder schön «, » Ich habe eine Wassermelone getragen «.

Hanna ärgerte sich schon, dass sie den Film erwähnt hatte, denn sie sah ihren Horrorfilm schon schwinden.

Ich munterte sie etwas auf. » Wir können ja spontan entscheiden, welchen Film wir gucken. Vielleicht essen wir ja heute so spät, dass Dirty Dancing schon gelaufen ist und nur noch Horror übrigbleibt. «

Das aufpiepen eines Handys unterbrach die Diskussion.

Jana stand auf. » Entschuldigt kurz, bin gleich wieder da. «

*

Ich packte mir ein Paar Socken extra in meinen Rucksack, da ich Barfuß nicht durch den Schlick wandern und mir von den Muscheln kleine Schnittwunden holen wollte und gab den Tipp auch meinen Freundinnen weiter. Jana packte wegen ihres Lackes gleich zwei Paar Socken sowie Kosmetikmülltüten als Überzieher ein und bat in diesem Zusammenhang Hanna ironisch, sich Extrabatterien einzupacken, damit sie bloß alles über Schlick und Wattwurm mitbekommen würde.

Wir holten unsere Leihräder aus den Schuppen und um Hannas Laune noch etwas zu steigern, starteten wir unsere Tour in Richtung Alpakas. Jana und Anke wollten nachkommen, da sie sich im Inselmarkt noch Proviant und Zigaretten besorgen wollten. Die Alpakas waren auf dem Feldstück verteilt. Unsere Freundin stellte lächelnd ihr Fahrrad an einem umgekippten Baumstamm ab, pflückte Gras und rief die Tiere wieder zu sich. Die Alpakas hoben neugierig die Köpfe und machten sich langsam auf den Weg zu Hanna.

Ines und ich setzten uns auf den Stamm und beobachteten das Ganze.

>> Alles gut bei dir, Ines? <<

>> Ja klar, warum fragst du? <<

>> Na du bist seit dem Einbruch so still. <<

>> Das meinst du nur. <<

>> Glaube ich nicht. Du wirkst so in dich gekehrt. Ist zuhause und bei Thomas auch alles gut? <<

>> Ja klar. Er war zwei Tage in den Niederlanden mit einem Kollegen angeln und hat viel Fisch mit nach Hause gebracht, deshalb hat er mir geschrieben, nicht, dass ich auch noch frischen Fisch mitbringe. Heute wollte er den Rasenmähen und nachher mal zu Sven. <<

>> Na prima. Und was macht Yannik und seine große Liebe? Was macht Hamburg? <<

Ines schaute kurz zu Seite. >> Naja, also, dass weiß ich gar nicht so genau. <<

>> Wie? Schreibt ihr euch nicht? <<

» Sagen wir mal so, ich schreibe ihn mehrmals am Tag aber es kommt nicht viel zurück. Manchmal kommt nach zwei Tagen erst die Antwort und die besteht meistens nur aus einem schnell zu verschickenden Emoji. Ich mach mir schon etwas Sorgen. «

» Das kann ich verstehen. Hat Thomas denn mehr Kontakt? «

» Gute Frage. Wenn wir telefonieren und ich ihn auf Yannik anspreche, weicht er mir irgendwie aus. Das habe ich zuerst gar nicht bemerkt, aber jetzt fällt es mir immer wieder auf. «

» In wie fern denn? «

» Na zum Beispiel habe ich ihn heute Morgen nach seiner WhatsApp-Nachricht kurz angerufen und als ich ihn fragte, ob er was von Yannik gehört hatte, schellte angeblich der Nachbar. Ich habe aber nichts im Hintergrund gehört und ich kenne ja unsere Türklingel, die ist nicht die leiseste. Ein anderes Mal war es der Paketdienst, der gerade vorfuhr oder der Wasserschlauch, der gerade geplatzt war und schnell repariert werden musste oder seine Grillwurst, die kurz vor dem anbrennen war. Solange wir über belangloses Zeug reden, passiert komischerweise nichts und der Herr hat Zeit zu telefonieren, aber sobald ich Yannik erwähne, muss Thomas das Gespräch beenden. Ist doch auffällig, oder? «

Ich nickte. » Das stimmt. Hast du denn Yannik mal versucht anzurufen? «

>> Ja na klar, jeden Tag mindestens zweimal. Morgens und abends, aber da springt immer die Mailbox an. «

>> Und Sarah? «

>> Von der habe ich die Handynummer nicht abgespeichert, die hängt zuhause an der Pinnwand. « Sie holte ihre Zigaretten aus dem Rucksack. » Das ist es ja, was mir auch Sorgen macht. Ich kenne diese junge Frau eigentlich überhaupt nicht. Ich weiß nicht was sie beruflich macht, weiß nichts über ihr Elternhaus und auch sonst nichts. «

Hanna drehte sich strahlend zu uns, als sie gleich zwei Alpakas füttern durfte. Ich winkte ihr zu, machte mit dem Handy ein Foto von ihr und wandte mich wieder Ines zu. » Das ist ja blöd. Da würde ich mir auch Sorgen machen. «

>> Eben. «

>> Aber warum hast du denn nichts gesagt? «

>> Ach ich wollte uns doch nicht den Urlaub versauen und mir selber ja auch nicht. Leider kann man Gedanken nicht einfach so ausschalten, wie man es manchmal möchte und auch wenn unser Jaus volljährig ist, heißt es bei Yannik nicht, dass er erwachsen ist. Er war ja immer ein wenig zu nett und zu naiv. «

>> Dann versuch doch mal mittags deinen Sohn zu erreichen, vielleicht hast du da mehr Glück. Oder nimm mein Handy. Die Nummer kennt Yannik nicht, vielleicht geht er dann ans Telefon? Habt ihr euch denn zerstritten? «

» Ach was, dann würde ich seine Reaktion ja verstehen, ich weiß ja, dass er einen kleinen Dickschädel hat. Naja, vielleicht komm ich tatsächlich auf dein Angebot zurück und versuche es tatsächlich mal mit deinem Handy. «

Ich legte es ihr auf den Baumstamm. » Hier. Versuche es doch sofort! Ich geh zu Hanna und ihren Alpakas. «

Ines schaute mich an. » Meinst du? « und ich nickte.

Hanna freute sich, dass ich zu ihr kam. » Wusstest du, Katja, dass Alpakas aus den Anden stammen und wegen der Wolle gezüchtet werden? Die Tiere werden sogar wegen ihren friedlichen Charakters zu Therapiezwecken eingesetzt. Hätte ich gar nicht gedacht, du etwa? «

Ich streichelte vorsichtig ein weißes Alpaka, was mich neugierig anschaute. » Aber die spucken doch wie Lamas, oder? «

Hanna lachte. » Eigentlich spucken sie eher selten bei Menschen, sondern eher unter sich, um die Rangordnung zu klären oder auch bei Besitzverhältnissen wie beim Fressen. Menschen bekommen meistens nur den Sprühregen ab, wenn man dem Tier zu wenig Futter gibt. «

» Sprühregen? Na dann pflück ich wacker Gras. « Ich bückte mich und reichte es dem Tier, was es sofort nahm. » Das Langeoog solche Tiere hält, das wusste ich selber nicht. Ob jeder ein Alpaka in seinem Garten halten darf? «, überlegte ich laut und Hanna wusste sofort die Antwort.

» Ich meine seit Ende der 90er sind die Nutztiere in Deutschland anerkannt und mit Schafen und Pferden gleichgesetzt. Man darf die Tiere als Privatperson nur halten, wenn man die vorgegebene artgerechte Haltung einhält. Ähnlich wie bei deinen Schildkröten, Katja, nur eben etwas größer. Alpakas dürfen nicht alleine gehalten werden und zwei Tiere brauchen mindestens 1000 Quadratmeter Weidefläche. «

» So viel? « Ich riss weiter Gras ab und sah aus den Augenwinkel Ines, die mein Handy traurig beiseitelegte und sich eine zweite Zigarette anzündete; anscheinend war mein Vorschlag erfolglos. Hannas weitere Erklärungen über die Haltung der Alpakas wurde von Fahrradklingeln unterbrochen und die Tiere sprangen erschrocken zurück.

» Juchuuuu, da sind wir. « Anke klingelte weiter und winkte.

» Mensch, müsst ihr denn die Tiere so erschrecken? Jetzt sind sie weggelaufen. « Hanna war traurig, aber Jana fand es nicht so schlimm. Sie holte mal wieder für jeden ein Piccolöchen aus ihrem Rucksack. » Stößchen Mädels, auf einen lustigen aber ruhig verlaufenden Tag. Schön, dass es euch gibt. «

» Was ist denn mit dir los? «

» Nichts, Katja. Mir war einfach danach. Lasst uns eine Runde Radeln, dann bringen wir die matschige Wanderung hinter uns und dann … «

Hannas Handy klingelte. » Oh sorry, halt mal bitte meine Dose, Anke. « Sie schaute aufs Display und dann zu uns. » Polizeiobermeister Scholl! «

*

Herr Scholl erkundigte sich höflich nach unserem Befinden, hatte noch ein paar Fragen zum ´Goldfisch` und wollte deshalb kurz mit Jana sprechen. Anke setzte sich ihre Kapuze vom Shirt über und zeigte ihr somit, dass sie sich mal nach dem Kapuzenmann erkundigen sollte, was sie dann auch tat.

Wir lauschten gespannt, doch konnten aus Janas Antworten und Geste nicht schlau werden. Auch Hannas beschränkten sich auf ein bisschen nicken und ein paar nichts verratenden Worten.

Sie packte ihr Handy ein. » Viel neues gibt's leider nicht. Herr Scholl hat noch nichts vom Kapuzenmann gehört oder gesehen. Fakt war nur, dass die gefundenen Spuren aus unserem Ferienhaus von nur einer einzigen Person stammen, welche in der Datenbank der Polizei gespeichert waren. Den Namen hat er mir jetzt aber nicht verraten. Kapitän Sören konnte der Polizei nicht viel weiterhelfen, denn Iwan, alias Goldfisch, hatte zufällig nur an diesem Tag bei ihm ausgeholfen, da seine eigentliche Hilfskraft erkrankt war. Er selber kannte weder den Nachnamen, noch fehlten ihm irgendwelche persönlichen Daten, er war nur froh, dass Hilfe an Bord war und deshalb kaum mit ihm kommuniziert. Sören konnte sich aber gut an uns fünf erinnern, weil wir ihn wegen des Kapuzenmanns angesprochen hatten. Der Hafen von Langeoog wird nun rund um die Uhr observiert. Ein heimliches Verlassen der Insel ist eigentlich nicht möglich, was dann wiederum heißt, Mafiosi Goldfisch ist vermutlich noch hier auf der Insel. « Hanna schaute uns an und wandte sich an Jana. » Und was wollte Herr Scholl noch von dir? «

» Er wollte lediglich wissen, ob der Goldfisch mit uns von Bord gegangen war, heißt, ob er uns eventuell gefolgt sein konnte. Das konnte er schon, aber ob er das auch gemacht hatte? Keine Ahnung, da hatten wir gar nicht drauf geachtet, oder? Und, ob mir noch irgendwelche Details eingefallen waren, aber nein. Ich hatte ja auf dem Schiff nicht viel mit ihm Gesprochen und in der Disko sowieso nicht, außerdem hatte ich zu viel Angst, dass er sein Mund aufmachte. «

Ines schaute uns besorgt an. » Naja, wirklich beruhigend war der Anruf ja jetzt nicht. Ist schon ein doofes Gefühl, wenn man weiß, der Typ, der bei uns eingebrochen war, läuft noch irgendwo hier herum. Vielleicht sind die auch mit einem U-Boot abgetaucht! Weiß man´s? Ich meine die Russen haben doch diese Dinger gebaut, oder? «

» Ja natürlich, Ines! Bestimmt mit der bekannten Dmitri Donskoj. « Anke verdrehte die Augen. » Hat Herr Scholl denn noch was gesagt? Zum Beispiel, wie es jetzt weitergeht? «

Hanna zuckte wieder mit den Schultern. » Ich weiß nur, dass nachher wohl noch einmal die Wittmunder Polizei auf die Insel kommt und ach ja, die Nachbarinseln sind vom Vorfall natürlich auch benachrichtigt worden, falls jemand versuchen sollte, bei Ebbe zu Fuß zu fliehen. Herr Scholl meldet sich heute Abend nochmal, falls es Neuigkeiten gibt. «

Anke klingelte an ihrem Fahrrad, so, dass wir mindestens genauso hochsprangen wie die Alpakas vorhin. » Na auf auf, lasst uns mal ein bisschen in die Pedale treten, in gut zwei Stunden beginnt schon die Wattführung! «

Jana klang begeistert. » Ich freu mich. «

Wir gingen zu unseren Rädern und Ines gab mir mein Handy zurück. » Und? «

» Nichts. Ich versuche es nachher nochmal. Danke, Katja. «

» Kein Problem, wenn du mein Handy nochmal brauchst, dann sag Bescheid. «

Ines nickte, wir stiegen auf unsere Räder und starteten unsere Tour in Richtung Hafen. Natürlich schauten wir uns nicht die Boote im Hafen an, sondern jeder suchte für sich die inkognito lauernden Polizisten.

*

Langsam fuhren wir weiter in Richtung Wäldchen. Der relativ junge Inselwald bestand aus einem Hauptweg und vielen kleinen Wegen, die teilweise sehr verwurzelt waren. Hier zu radeln machte zwar Spaß, aber man musste verdammt gut aufpassen, dass man nicht aus der Spur kam und folgten Hanna die querfeldein radelte, bis Ines zu meckern anfing. »Boah Hanna, jetzt fahr doch mal wieder zurück auf den Radweg, mir ist vom durch schütteln schon ganz schummrig. Gleich fällt noch einer von uns hin oder fährt sich einen Platten. Vergiss nicht, dass wir kein Crossrad unter der Furt haben. « Und kaum ausgesprochen, gab es einen lauten Knall. Anke bremste radikal ab, Jana verlor das Gleichgewicht, Hanna sprang vom Rad, Ines schrie um Hilfe und ich ging in Deckung. Die erste Reaktion kam dann von Hanna, die uns mit strahlenden Augen anschaute und hoffte, dass sie einen weiteren Fall zu lösen hatte, doch da musste Anke sie enttäuschen, denn der laute Knall war ihr geplatzter Fahrradmantel.

Ines wurde sauer. »Ich habe es gerade noch gesagt, aber nein, wir müssen ja hier durch die Waldpampa fahren anstatt wie andere ordentlich auf dem Radweg. Toll, Hanna! «

»Was kann ich denn für Ankes Panne! «

»Das wäre nicht passiert, wenn wir hier nicht die Huckelpiste über zig Wurzeln und Steinen gefahren wären! «

» Guck doch selbst, wie viele Fahrradspuren hier überall sind. Anscheinend ist noch keinem etwas am Rad kaputtgegangen, sonst würde hier bestimmt schon eine ADFC Pannenstation stehen. «

Ich schüttelte nur den Kopf. » Wenn ich mir die Reifenspuren genauer ansehe, würde ich sagen, dass wir uns eher auf einer Strecke für Mountainbiker befinden. «

» Und wenn ich mir die Spuren so ansehe, fürchte ich, dass wir unserem Goldfisch einen Schritt näherkommen. «

Ines stutze. » Wieso? «

Anke ließ ihr kaputtes Rad zu Boden und schaute Jana fragend an, die vom Fahrrad stieg, sich bückte und einen Stein in den Händen hielt. » Schaut mal hier, ein grüner Stein und wenn ich mich recht erinnere, hat der verdammt Ähnlichkeit mit dem vom Goldfisch. «

Ich lachte unsicher. » Du siehst Gespenster, Jana. «

Hanna kramte in ihrem Rucksack nach ihrer Lesebrille, sowie Taschentüchern. » Nichts anfassen, Mädels. Falls Jana richtigliegt, könnten wir wichtige Spuren verwischen. «

Ines wollte davon nichts wissen und gesellte sich zu Anke, die traurig ihr Fahrrad inspizierte.

Hanna nahm den grünen Stein mit einem Taschentuch auf und begutachtete ihn. » Er könnte tatsächlich aus einer Fassung stammen. Hier am Rand sind kleine Kratzer vorhanden. «

» Na sag ich doch. «

Ich schaute immer noch skeptisch. » Wie hast du in diesem Dickicht überhaupt den Stein gefunden? «

» Hätte Anke nicht den Platten, hätte ich den nie gesehen, aber durch den Sonnenstrahl, der durch die Bäume fiel, blitzte mich der Stein direkt an. «

» Wenn der dich anblitzte, ist der definitiv vom Goldfisch « versuchte ich zu scherzen.

Von weitem hörten wir ein lautes Geräusch, das sich wie ein Aufheulen eines Motors anhörte. Hanna wunderte sich. » Komisch, ich dachte hier dürfen lediglich Elektroautos fahren? «

Ines reichte es. » Mir reicht das Spielchen jetzt. Ich rufe Herrn Scholl an, denn ich habe keine Lust, gleich noch irgendeinen Psychopaten mit ´ner Kettensäge in der Hand gegenüberzustehen. Soll er sich doch um den Ring und das Geräusch kümmern, ist schließlich sein Job. «

» Und wie bitteschön willst du ihm den Weg hierhin beschreiben? Wir sind doch so viele Abzweigungen gefahren. «

Ines fiel die Kinnlade runter. » Na toll, willst du mir jetzt damit sagen, dass wir nicht mehr aus diesem Labyrinth hier finden? «

Ich beruhigte sie. » Wir stehen doch nicht mitten im Schwarzwald « und ging zu Anke, die bisher gar nichts sagte, aber deren Augen böse funkelten.

» Anke? Alles gut bei dir? «

» Langsam fange ich an den Typen zu hassen. Erst bricht er bei uns ein und versetzt uns in Panik und jetzt verpassen wir wegen dem noch die Wattwanderung. « Jana schaute auf ihre Uhr. » Ach, das ist aber schade. Ich hatte mich so drauf gefreut. «

» Ha Ha, sehr witzig. «

» Schnell runter, alle runter. « Hanna ging in die Hocke und legte den Zeigefinger an ihren Lippen. » Pssstttt. « Sie wedelte mit der Hand, dass wir alle in Deckung gehen sollten. Ines übertrieb es zwar, in dem sie sich gleich ganz flach auf den Boden warf, aber wir anderen knieten nebeneinander und bevor Anke neugierig fragen konnte, was das wieder für ein Spielchen war, sahen wir ein paar Meter weiter von uns entfernt eine Gestalt zwischen den Bäumen.

» Psttt «, wiederholte Hanna leise, holte dann ihr Handy hervor, betätigte die Kameraeinstellung und nahm den Typen auf, der mit einer Baseballkappe und darüber gestülpten Kopfhörern pfeifend durch den Wald stapfte und vom Inselmarkt sowohl links wie auch rechts mit einer Einkaufstasche bepackt war. Ich konnte noch nie lange hocken, stütze mich auf den feuchten Boden ab, verlor das Gleichgewicht und wäre beinahe nach hinten gekippt, wenn Anke mich nicht von hinten mit ihrer Hand gestützt hätte.

» Leise! « Hanna schüttelte genervt den Kopf. Zum Glück trug der Typ Kopfhörer und schien nichts bemerkt zu haben, denn er ging pfeifend Waldeinwärts weiter. Leider war er für uns zu weit entfernt, um das Gesicht zu erkennen, doch als er außer Sichtweite war, zoomte Hanna den aufgenommenen Film noch mal näher.

» Den kenn ich. « Jana tatschte auf dem Handy herum, um das Display noch etwas zu vergrößern.

» Typisch «, konnte sich Anke wieder nicht verkneifen und zu Hanna. » Sag mal, hast du heute Turbobatterien in deine Hörmuschel gelegt? «

» Ich habe ihn vielleicht nicht zuerst gehört, aber gesehen. « Sie spielte das Video noch mal ab. » Wer ist es denn jetzt, Jana? «

» Wenn mich nicht alles täuscht, dann könnte es Tammo sein. «

» Wer? «

» Tammo, der DJ aus der Disko! «

Anke war echt wütend. » Als ob ein Mann schon mal unsere Jana getäuscht hätte! Läuft doch eher andersherum. «

Jana funkelte Anke an. » Nun pass mal auf. Dafür, dass deine tolle Wattwanderung jetzt flachfällt, kann ich nichts und wenn du meinst, du musst im Urlaub lieber vor der Glotze und im Whirlpool liegen, dann ist es deine Sache, aber lass mir doch den Spaß nette Leute kennenzulernen und zu flirten. Was kann ich denn dafür, wenn du zu prüde bist. Mein Gott, es gibt tatsächlich Tage bei dir, an denen du in die Konfetti-Kanone geschissen hast. «

278

Jetzt war Anke in Schockstarre. Innerlich gab sie Jana recht, doch es nervte sie, wie sie sich den Männern präsentierte und sagte jetzt besser gar nichts mehr.

Hanna war so sehr in dem Fall Iwan beschäftigt, dass sie den Wortwechsel überhörte und laut überlegte. » Warum geht ein DJ mit zwei vollen Inselmarktüten pfeifend durch den Wald spazieren? Da stimmt doch was nicht. «

Jana seufzte. » Und an was gedenkt Miss Marple, was hier nicht stimmt? «

Hanna hörte nicht hin, sie war im Krimimodus. » Was ist denn, wenn der Goldfisch mit Tammo zusammenhängt? Wenn der Goldfisch sich irgendwo im Wald versteckt und Tammo ihn mit Lebensmittel versorgt? Wenn Tammo von Goldfisch die Beauftragung hatte, im ~Fernweh~ einzubrechen? «

» Das geht ja nicht, er war ja in der Disko. «

» Den ganzen Abend, Jana? «

» Bis auf die Pausen schon und als ich ging, stand er immer noch hinterm Musikpult. «

» Und was meinst du mit Pausen? Wie lange, beziehungsweise, wie oft hatte er solch eine Pause eingelegt? «

» Boah Hanna, das weiß ich nicht. Vielleicht 30 Minuten lang? Sorry, aber ich hatte keine Stoppuhr dabei. Er ging raus zum Rauchen und kam dann irgendwann wieder rein. Ihr wart ziemlich zeitgleich gegangen, eigentlich hättet ihr Tammo doch noch draußen begegnen müssen. Leider habe ich nicht auf die Uhr geguckt, da ich Sad am Pult Gesellschaft geleistet hatte, aber doch, wartet mal, als Tammo wiederkam, ging ich mir eine rauchen und da habe ich die Glocke von der Inselkirche gehört und die schlug 1 Uhr. «

» Da waren wir doch ungefähr zuhause angekommen, oder? «, überlegte Ines und ich nickte zustimmend.

Das kurze aufheulen des Motors riss uns erneut aus den Gedanken. Anke reichte es jetzt, sie bückte sich zu ihrem Fahrrad, klopfte sich die Hose vom Dreck ab und guckte uns herausfordernd an. » So Mädels, ich habe keine Lust die letzten Tage hier auf der Insel abzuwarten, dass was passiert. Ich werde jetzt selber gucken wo das Motorgeräusch herkommt und dann Herrn Scholl um Mithilfe bitten. Wenn die ostfriesische Polizei nicht in die Gänge kommt, müssen wir es eben selbst in die Hand nehmen. «

Ines tippte sich an die Stirn. » Wir? «

» Ja natürlich wir! Warum denn nicht? «

Hanna hob die Hand. » Ich bin dabei, würde nur nochmal schnell vorsichtshalber die Batterien wechseln. Nicht das mein Gerät im entscheidenden Moment schlappmacht. «

» Besser ist es. «

Jana wurde etwas mulmig. » Macht ihr jetzt hier auf fünf Freunde oder TKKG, oder was? Wer weiß, auf was für eine Bande wir dort stoßen! Drogendealer, Mafia oder vielleicht auch Waffenhändler? Also, ähmmm, ganz ehrlich, ich bin ja kein Schisser, aber ein bisschen an mein Leben hänge ich auch und unterstütze Ines Meinung, lieber die Polizei zu verständigen. «

Anke war genervt. » Und dann repariert hier jemand seinen Rasenmäher und wir haben die ganze Polizeistaffel angefordert. Was ist mit dir, Katja? Bist du wenigstens dabei? «

Ich schluckte. » Ich gehe mit, habe aber jetzt schon mächtig Puls und würde vielleicht noch vorher püschern gehen! «

» Da haben wir keine Zeit für «, Anke zog sich die Ärmel ihres Shirts hoch, sie schien voller Adrenalin zu stecken. » Kommt. « Wieder röhrte der Motor in der Ferne auf, diesmal jedoch etwas länger, als die beiden Male zuvor. » Jetzt sofort! «

Keiner wollte alleine zurückbleiben, deshalb schoben wir unsere Räder durch das Dickicht, in der Hoffnung, dass wir den richtigen Weg einschlugen. Lange war es still und wir dachten, wir hätten tatsächlich die falsche Richtung gewählt, doch dann heulte der Motor erneut auf, wieder etwas länger und dynamischer.

Ich sah mich um und wusste in etwa wieder, wo wir waren. » Da vorne müsste die Kleingartenanlage kommen. «

» Eine Kleingartenanlage hier auf der Insel? « wunderte sich Jana leise.

>> Ist ein Rückziehpunkt für die Insulaner, wenn die Insel zur Hochsaison so überfüllt ist. Gäste halten sich selten hier auf, ist ja auch der Sinn der Anlage. «

>> Achtung und alle Augen auf 14 Uhr. Schaut mal da vorne zum blauen Häuschen «, flüsterte Hanna. >> Da stehen doch zwei Männer. Irgendwas machen die doch da! «

Anke stellte ihr geplättetes Fahrrad ab. >> Katja? Du hast nicht zufällig noch dein kleines Fernglas dabei? «

>> Stimmt, Anke. Das müsste ich noch mithaben, ich hatte es jedenfalls nach der Kutterfahrt nicht aus dem Rucksack genommen. « Schnell schaute ich nach, fand es und reichte es ihr.

>> Achtung, Dritte Person auf halb 6 erblickt. « Hanna schien definitiv zu viele Krimis zu sehen.

Anke stellte die Gläser scharf. >> Bingo Mädels! Der linke ist ohne Zweifel Herr Goldfisch und in der Mitte unser aller Liebling Sad Sandy. «

Jana wurde es schwindelig. >> Zeig mal. Das glaub ich nicht. « Doch auch sie erkannte die beiden und bei der dritten Person handelte es sich tatsächlich um DJ Tammo.

>> Ich glaub ich mach mir gleich in die Hose. « Ich schaute zu Hanna, die vorsichtig wieder ihr Handy ansetzte, um Beweisfotos zu machen. Jana reichte mir das Fernglas zurück und trotz der immer noch weiteren

Entfernung, meinte ich die Beißer vom Goldfisch aufblitzen zu sehen. » Au Mann, was machen wir denn
jetzt? «

» Jetzt macht ihr gar nichts mehr, denn der Rest ist
Polizeisache! « Herr Scholl und ein paar Kollegen hatten sich von hinter angeschlichen und uns einen Rie-
senschrecken eingejagt.

Anke erholte sich zuerst. » Gott sei Dank. Woher
kommen Sie denn plötzlich alle? «

» Später, meine Damen. Sie bleiben jetzt alle hier und
rühren sich nicht von der Stelle. «

» Ich sowieso nicht «, brachte Ines hervor.

Mit Herzrasen beobachteten wir abwechselnd
durchs Fernglas das Geschehen. Hanna hielt die ganze
Zeit ihr Handy parat und machte eine Videoaufnahme.
Sie wusste, dass es verboten war, wollte diesen Einsatz
aber für sich persönlich festhalten, denn wann hatte
man schon die Chance, live bei einer Festnahme dabei
zu sein.

Wir sahen, wie Polizeiobermeister Scholl seinen Kollegen ein Zeichen gab und wie aus dem Nichts, stürmte
nicht nur die Polizeibelegschaft aus Wittmund hervor,
sondern Gleichzeit auch aus sämtlich versteckten
Ecken ein SEK-Einsatzkommando.

» Geil. « Hanna war hin und weg.

*

Das ganze Drama dauerte keine 2 Minuten, dann
klickten 3 Paar Handschellen. Der Goldfisch, Tammo

und Sad wurden von den Beamten zum frisch einge-
troffenen Hubschrauber abgeführt und wir drei blieben, bis der Hubschrauben außer Sicht war, brav im Dickicht versteckt. Nachdem sich die Lage beruhigt hatte,
kamen Herr Scholl und die Kollegen vom Festland zu
uns rüber, um sich bei uns für den Tipp zu bedanken.
» Dank euren mutigen Einsatzes, scheinen wir die Verdächtigen gefunden und festgenommen zu haben. Das
Diebesgut, den roten Kammseestern, haben wir gleich
in Beschlag genommen, er war in einem Seesack versteckt. «

Hanna hörte mit offenem Mund zu. » Unfassbar. Das
glaubt uns doch kein Mensch. «

Herr Scholl musste grinsen. » Ohne ihrer aller Spür-
nasen und Hilfe, hätten wir die Bande nicht so schnell
gefunden. «

» Wieso Hilfe? «

» Na wir haben doch von euch die Benachrichtigung
erhalten, dass ihr euch hier aufhaltet und vermutlich
das Versteck der Mafia gefunden hattet. « Herr Scholl
wunderte sich über Ankes Frage.

Ines hob vorsichtig den Finger. » Ich hatte Herrn
Scholl schnell per WhatsApp eine SOS-Nachricht gesendet, als du, Anke, so entschlossen Detektiv spielen
musstest und sich die Situation ernsthaft zuspitzte.
Dein entschlossener Blick reichte mir für die Nachricht.
«

Herr Scholl lächelte. >> Und das war genau richtig. Ich hatte gerade meine Kollegen vom Festland am Hafen abgeholt, als die Nachricht einging. Zum Glück war gerade der Zulieferant vom Inselmarkt vor Ort, der uns schnell mit seinem Anhänger zum Wäldchen bringen konnte. Wir konnten ihr Handy, Fräulein Ines, schnell Orten und dann waren wir auch schon im richtigen Moment eingetroffen. Ich hatte tatsächlich die Befürchtung, dass sie alle versuchen würden, die Bande selbst zu stellen. << Er schaute grinsend zu Hanna.

Ich war den Geistesblitz unserer Freundin total dankbar, wer weiß, wie die Story sonst für uns ausgegangen wäre. >> Super Idee, Ines, daran hätte ich gar nicht gedacht. << Ich ging zu ihr und drückte sie tapfer.

Hanna fand ihre Worte wieder. >> Wie geht es denn jetzt weiter? Ich meine, werden wir denn erfahren, welche Strafe die drei bekommen, ob der Seestern den Weg zurück ins Museum schafft und überhaupt. Ist das jetzt das Ende der Krimistory? << Sie schien tatsächlich etwas enttäuscht zu sein, dass Polizeiobermeister Scholl laut loslachen musste. >> Ich fürchte, ja. Ab jetzt ist die Kripo Aurich für den Fall zuständig. Ich selber werde bestimmt noch zur Zeugenaussage geladen, aber ansonsten ist der Fall Seestern jetzt für uns alle hier erledigt. <<

>> Och schade. << Dann fiel ihr noch etwas ein. >> Ich habe doch noch den Stein hier! << Sie holte das eingewickelte Taschentuch hervor. >> Den haben wir oder eher Jana im Wald gefunden, als Anke der Mantel platzte

und dann überschlugen sich die Ereignisse ja so plötzlich. «

Herr Scholl nahm staunend den Stein entgegen. » Sie scheinen wirklich ein Näschen für außergewöhnliche Funde zu haben. «

» Was für ähnliche Kunden? Handeln Sie nebenbei mit Schmuck? «

Herr Scholl guckte irritiert Hanna an, doch Anke verstand sofort. » Hanna! Schüttel mal! « Sie zeigte auf ihr Ohr und ihre Freundin verstand. » Dann wäre der Fall für uns ja jetzt erledigt. Schade um die verpasste Wattführung, aber, wenn man der Polizei behilflich sein kann, dann macht man es ja gerne. Für den Fall, dass die Polizei … «

Ines winkte sofort ab. » Ohne mich, Anke. Nicht noch ein Fall! «

» Jetzt lass mich doch mal ausreden! Also, für den Fall, dass sich die Polizei vielleicht erkenntlich zeigen möchte, hätte ich schon eine Idee. Ich habe vorhin auf unserer Tour gesehen, dass morgen am Hafen das neue 4* Restaurant Alte Liebe neu eröffnet. Ich denke mal nicht, dass wir dort noch einen Tisch reserviert bekommen und naja, unser Budget könnte es wahrscheinlich auch sprengen, aber sie als Inselpolizist … «

Ich staunte über Ankes Worte, fand sie sehr direkt und unverschämt, schließlich konnten wir ja selbst nur froh sein, dass die Bande nun geschnappt wurde.

Herr Scholl salutierte vor ihr lächelnd. » Wurde zur Kenntnis genommen. Die Polizei wird sich bestimmt etwas einfallen lassen. «

» Müsste aber sehr bald sein, wir reisen nämlich in zwei Tagen wieder ab. «

» ANKE! « Nun mussten wir alle mitlachen und das so richtig erlöst. Die Anspannung schien sich langsam zu legen.

Herr Scholl bat uns, für eventuelle Rückfragen noch erreichbar zu bleiben und wollte uns, was die Festnahme betraf, auf den laufenden halten.

Jana, die sehr ruhig geworden war, kramte in ihrem Rucksack und zauberte ein Piccolöchen hervor, sowie Zigaretten. » Mein letzter Vorrat. Kommt, jeder ein Schluck und dann wird erstmal eine gedampft. Also dass ich so schlechte Menschenkenntnisse besitze, hätte ich selbst nicht von mir gedacht. Ich fass es irgendwie nicht. Sad und ein Krimineller! Hättet ihr das für möglich gehalten? «

Anke nahm einen Schluck und reichte die Flasche an mich weiter. » Also wenn du mich fragst! So ganz suspekt war mir der Typ von Anfang an nicht. «

» Dir ist ja kein Typ sympathisch, der mich anlächelt. «

» Falsch. Den du anlächelst! «

Ich reichte den Piccolo an Hanna. » Jetzt fangt nicht wieder mit eurem Gezicke an. Wir sollten froh sein, dass uns allen nichts passiert ist und die vermutlichen Diebe gefasst wurden. «

Ines reichte den Piccolo an Jana zurück. » Mir tut Frau Jansen jetzt so leid. Auch wenn Sad Sandy vielleicht nicht der Haupttäter der Schmuggelei war, wird er mindestens wegen Beihilfe angezeigt. «

Hanna stimmte Ines zu. » Sollen wir mal bei Frau Jansen vorbeifahren und nach dem Rechten sehen? «

» Und was ist mit einem Fischbrötchen? « Anke wieder. » So ein Polizeieinsatz macht nämlich hungrig. « Sie zwinkerte uns zu.

*

Wir schauten der Polizei noch etwas beim Absperren des Tatorts zu, dann fuhren wir, Anke bei Hanna auf den Gepäckträger, auf normalem Radweg in den Ortskern, stärkten uns unter einer Markise mit einem Fischbrötchen und nahmen anschließend allen Mut zusammen, um Frau Jansen einen Besuch abzustatten. Frau Jansen wurde zum Glück schon von Herrn Scholl besucht und wusste über die Festnahme ihres Sohnes Bescheid. Sie bat uns in ihre Wohnung und erzählte, dass sie schon lange die Vermutung hatte, das Sad in krumme Geschäfte verwickelt war. Er hatte sich, nachdem er vor ein paar Jahren von einer längeren Auslandsreise der Bundeswehr zurück kam, sehr verändert. Seitdem stand ihr Sohn ständig unter Strom, hatte kaum noch Zeit und nahm jeden Job an, um anscheinend viel Geld zu verdienen. Frau Jansen schenkte uns allen einen Tee ein. » Ich vermutete schon lange, dass mein Sohn in falsche Kreise geraten ist und im Ausland Schulden gemacht war. Er war immer so nervös und so hektisch, hatte nie freiwillig über die Zeit gesprochen und zwingen konnte ich ihn nicht. Es ist schlimm für eine Mutter, wenn man merkt, wie sich das eigene Kind verändert. Zum Nachteil verändert. Wissen Sie, egal wie alt ihr Kind ist, man macht sich immer Sorgen. Das hat übrigens früher schon meine Mutter zu mir gesagt. Kleine Kinder kleine Sorgen, große Kinder große Sorgen. Naja, vor einem halben Jahr habe ich ihm deshalb einfach einen Umschlag in die Hand gedrückt und etwas Erspartes für ihn reingelegt, ich wollte, dass er nicht mehr so viel arbeitet und es ihm somit einfacher machen. Sad nahm damals das Geld dankend an, doch ich merkte, dass das nicht die Lösung seines Problems war. Oder nicht nur. Wie gesagt, Sad war sehr ruhig und in sich gekehrt, ich kam nicht mehr an ihn ran und als gerade, kurz vor Ihnen, Polizeiobermeister Scholl hier war, wusste ich gleich, irgendwas war passiert. «

Anke räusperte sich. » Und wir dachten, Sie sind jetzt Böse auf uns, weil wir ja so ein bisschen mit Schuld sind, dass Sad abgeführt wurde. «

Frau Jansen schüttelte traurig den Kopf. » Leider muss man manchmal im Leben solche Wege gehen, um zu lernen. Wer Unschuld tut, der muss büßen, auch wenn es mir im Herzen weh tut. Nun müssen wir sowieso erstmal abwarten, was genau passiert ist und was genau Sad mit dem Fall zu tun hat. Ich weiß bis jetzt nur, dass ein wertvolles Diebesgut in deren Besitz war, welches vermutlich nach Russland geschmuggelt werden sollte. Tja, meine Lieben, so ist es im Leben. « Ines tätschelte Frau Jansen beruhigend die Hand.

Die Standuhr im gemütlich eingerichteten Esszimmer schlug 16 Uhr und wir verabschiedeten uns von Frau Jansen. Sie tat uns allen sehr leid, deshalb bot Anke unser aller Hilfe an, solange wir noch auf der Insel waren.

Schweigend fuhren wir langsam zurück zu unserer Unterkunft. Das Geschehene musste erstmal verdaut werden, das fand auch Jana, denn sie kam mit einer Flasche Friesengeist auf die Terrasse. » So Mädels, genug Trübsal geblasen. Für das Geschehene können wir nichts und ich sehe nicht ein, dass wir uns die Laune verderben lassen sollten, auch wenn wir alle keinen Abenteuerurlaub gebucht hatten. Naja «, sie grinste schief. » Auf jeden Fall nicht in diesem Sinne. «

Anke verdrehte die Augen und wandte sich an Ines, die immer noch sehr ruhig in sich gekauert war, doch Ines winkte ab und zog sich mit der Entschuldigung Kopfschmerzen bekommen zu haben in unser Zimmer zurück. Hanna nahm Janas Laptop zur Hand und googelte im Internet. Sie stand noch voller Adrenalin und wollte wissen, ob über die Festnahme schon etwas im Netz stand. Ich behauptete mich umziehen zu wollen und zog mich auch aus der Trinkrunde raus. Vorsichtig klopfte ich an unsere Zimmertür und trat leise ein. Ines saß mit ihrem Handy in der Hand auf dem Bett.

>> Hallo Ines. Störe ich? <<

>> Ach was, komm ruhig rein. Ich erreiche Yannik immer noch nicht. Langsam mache ich mir wirklich Sorgen. <<

>> Das verstehe ich. Möchtest du es mit meinem Handy nochmal probieren? <<

Ines schüttelte traurig den Kopf. >> Ich spüre das Katja, irgendwas stimmt nicht. Auch Thomas habe ich heute noch nicht erreicht. <<

>> Aber ihr habt doch heute früh erst telefoniert. <<

>> Schon, aber da war er auch etwas kurz ab. Weißt du, so sehr ich mich auf die Tage mit euch allen gefreut habe, desto unruhiger werde ich jetzt. Am liebsten würde ich meine Tasche packen und mit dem Zug nachhause fahren. <<

>> Na das fehlt noch. Wir haben doch sowieso nur noch den morgigen Tag und den lass uns bloß zusammen genießen. Jetzt kann uns hier ja nichts mehr passieren. Komm Ines, Kopf hoch, zuhause wird schon alles in Ordnung sein und bei Yannik auch. <<

Ines atmete hörbar aus. >> Und wenn nicht? Dann mach ich mir Vorwürfe. <<

>> Das glaube ich nicht. Thomas und Yannik sind schließlich erwachsen. <<

>> Na dein Wort in Gottes Gehörgang. <<

» Komm, jetzt ziehen wir uns um, gehen noch etwas spazieren oder shoppen und machen uns einen schönen Abend. «

Ines schaute mich zwar traurig aber nicht mehr verzweifelt an. » Na gut. Sag den Mädels aber bitte nichts von meinen Sorgen, ok? «

» Das ist doch selbstverständlich. «

*

Als wir wieder auf der Terrasse erschienen, war Jana schon wieder gut gelaunt.

» Na da kommt ja der Rest der Gemeinde. Ines? Friesengeist? «

Wiederwillig ließ sie sich ein Pinnchen einschenken, denn sie wollte kein Spielverderber sein.

» Brav, Ineslein. Eigentlich sollte jeder im Leben jemanden haben, der im entscheidenden Moment nachschenkt. «

» Is klar «, ich setzte mich mit an den Tisch.

» Ist doch so. Ich hatte die Tage noch die alte Matrosenweisheit gelesen, die lautet nämlich: Lieber Rum trinken, als rumsitzen. «

Jetzt musste ich doch lachen. Hanna hielt ihr Pinnchen hoch, um auch noch einen Schnaps abzubekommen.

» Fein Hannalein, ich wusste, du lässt dich nicht erst überreden. Nüchtern bin ich schüchtern, voll bin ich toll, hicks. «

Anke passte das alles nicht. » Mensch Jana, jetzt trink doch mal ein Wasser zwischendurch, du hast ja schon wieder deinen Schluckauf. «

» Auch Wasser wird zum guten Tropfen, mit ein bisschen Malz und Hopfen. «

Es tat gut, dass wir alle wieder lachen konnten, sogar Ines und auch wenn Jana es mal wieder etwas übertrieb, löste es irgendwie die Spannung.

Hanna trank ihr Pinnchen leer und hielt es gleich wieder zum nachfüllen hin. Als sie unsere erstaunten Gesichter sah, meinte sie nur trocken, dass sie Dirty Dancing sonst nicht ertragen konnte, denn Anke hatte online Karten reserviert ... Dirty Dancing in 3D!

*

Bevor jetzt alle versackten, machten wir uns lieber langsam auf dem Weg zum Restaurant. Ines schien der Schnaps bekommen zu sein, denn sie lachte und schien für einen kurzen Moment wenigstens die Sorgen vergessen zu haben. Wir setzten uns draußen an den reservierten Tisch und gaben gerade unsere Bestellung auf, als ihr Handy vibrierte. Erschrocken zuckte sie zusammen und warf vorsichtig einen Blick auf das Display. » Herr Scholl! «

» Ja geh dran «, drängte Anke und wir starrten gespannt eine gefühlte halbe Stunde Ines beim Telefonieren zu, bis sie auflegte.

» Viele Grüße, er hat gerade von der Kripo Bescheid bekommen, dass dank unserer Hilfe wohl ein etwas größerer Fisch ins Netz gegangen ist, nicht nur ein Goldfisch. Der ist nämlich ein in Russland schon lange gesuchter Betrüger und Cop einer größeren Bande. Sad ist noch in Haft. Ihm wird bis jetzt nur Beihilfe vorgeworfen, aber er bleibt in Untersuchungshaft und sein Kumpel Tammo genauso, das einzige, was die beiden wohl richtiggemacht haben, war, dass sie Reue zeigten. Sie gaben der Kripo gegenüber jetzt sogar noch weitere Verbrechen zu, die mit unserem Fall gar nichts zu tun hatten. Es handelte sich zum Glück immer um Schmuggelware, nicht um, wie erst vermutet, Menschenhandel und diese Schmuggelware, jetzt haltet euch fest, wurde in unser Nachbarhaus deponiert und versteckt. «

» Ist ja der Hammer, das glaubt mir zuhause keiner. «, Hanna bekam den Mund nicht mehr zu und Ines erzählte weiter. » Die beide Kumpels schienen extrem unter den Fittichen vom Goldfisch zu stehen. Ach ja und bei dem grünen Stein handelt es sich tatsächlich um einen russischen Diopsid Herren-Goldring, oder so ähnlich. «

Ich verfolgte die Worte. » Scheint, als ob uns da ein richtig dicker Fang gelungen ist. Komisch, dass davon noch nichts im Internet stand. War denn Tammo der Kapuzenmann? «

Ein Blitzen lenkte uns kurz ab und wir schauten alle verwundert zur Seite.

» Jetzt noch bitte eins mit etwas mehr Lächeln. « Und wieder blitzte es auf. Das ging ja gar nicht. Jana sprang auf und ging direkt auf den Typen zu. » Tickst du nicht richtig? Was soll das denn? «

» Entschuldigung. Ich bin von der Auricher Morgenpost und brauchte zu meinem Artikel noch ein paar Fotos von den Inselhelden. «

» Ich gebe Ihnen gleich Inselhelden. Das nächste Mal bitte nur nach Terminvereinbarung, damit wir uns wenigsten noch etwas zurechtmachen können. «

Die anderen Gäste um uns herum sahen uns skeptisch an, aßen dann aber in Ruhe weiter.

Jana setzte sich wieder zu uns. » So ein Pannekopp. «

Anke schüttelte nur den Kopf und wunderte sich, wie schnell die Presse immer Vorort war.

Spontan fiel mir das Licht und die Bewegung in unserem Nachbarhaus ein, die ich in der Woche zufällig gesehen hatte und wunderte mich nicht mehr über Sads ständig schnelle Hilfe an Ort und Stelle. Wahrscheinlich schlich er den halben Tag im Nachbarhaus herum und passte auf das Diebesgut auf. Ich musste wieder an Frau Jansen denken, die mir einfach nur sehr leidtat und erwähnte nichts von meinen Beobachtungen. » Schade für unsere Hausvermieterin. Ich hatte noch für sie gehofft, dass ihr Sohn durch puren Zufall in der Gartenanlage war aber das scheint ja nun doch nicht so zu sein. «

» Das stimmt. Ich habe ihr Gegenüber auch ein schlechtes Gewissen. « Ines schenkte sich noch Wasser aus der Karaffe nach. » Ach ja Anke, jetzt hätte ich es fast vergessen. Dir soll ich noch ausrichten, dass uns das Restaurant Alte Liebe morgen um 19 Uhr als Ehrengäste empfängt. Sämtliche Kosten werden von der Polizei bezahlt. «

Anke sprang auf. » Und das sagst du so nebenbei! Juchu Mädels, das wird ein grandioser letzter Abend auf der Insel, das spür ich. «

» Vorsicht! Heiß und Fettig! « Unsere Essenbestellung wurde verteilt und jetzt erst merkten wir alle, was für einen Hunger wir hatten, nicht nur Anke.

Trotz der viel zu großen Portionen, bewaffneten wir uns traditionsmäßig mit Popcorn sowie Nachos und schauten den gebuchten Film an. Dass das kleine Kino nur von Frauen besetzt war, störte Jana nicht, sie hatte ja schließlich durch die 3D-Brille Patrick Swayzy zum Greifen nahe und nach der Vorstellung schlenderten wir noch etwas an den beleuchteten Schaufenstern vorbei. Anke entdeckte ein schickes Oberteil, welches sie am nächsten Tag mal anprobieren wollte, schließlich waren wir Ehrengäste und da wollte sie auch äußerlich punkten.

Ines und ich schlenderten etwas vor.

» Versuche doch noch mal Yannik zu erreichen! «

» Jetzt? «

» Warum nicht? Wenn er Tagsüber nie drangeht, dann vielleicht so spät? «

» Na versuchen kann ich es ja mal. « Sie blieb stehen, suchte den Kontakt auf ihrem Handy und versuchte ihr Glück.

Ich bog währenddessen den Weg zum Wasserturm ein, da ich mir gerne die Auslagen eines Geschäftes angucken und Ines nicht stören wollte, als ich hinter einem Mauersims, der zu einem Hof führte, die ersten Töne vom Rammsteinlied Engel hörte.

Unbewusst musste mein Körper wohl noch so unter Anspannung und Adrenalin gestanden haben, dass ich spontan um die Ecke verschwand, schnell den Hof zusteuerte und einer verdutzten Person gegenüberstand.

*

» Yannik? « Automatisch zog ich ihm die Kapuze vom Kopf. » Was machst du denn hier? «

Yannik schaute beschämt zu Boden. » Ach Scheiße. «

» Das glaube ich auch. Na auf die Erklärung bin ich jetzt aber gespannt. «

Ich hörte meine Mädels nach mir rufen, schnappte mir Yannik und schob ihn vor mir durch das Gebüsch zurück auf den Weg. » Hier bin ich, aber nicht alleine. Surprise Surprise, darf ich vorstellen? Der Kapuzenmann. «

Ines schrie vor Überraschung kurz auf und kam auf uns zu gelaufen um ihren Sohn erstmal zu begrüßen. Bei ihr stellte sich die Frage nicht, warum ihr Sohn auf der Insel hinter einem Gebüsch kauerte, so sehr war ihre Freude ihn in dem Arm zu halten. Alle anderen schauten, wie ich, gespannt und auch etwas skeptisch. Anke äußerte sich zuerst. » So Yannik, jetzt bin ich aber mal auf deine Erklärung gespannt. Was machst du hier auf der Insel? Ich dachte nämlich, wie wir vermutlich alle, du wärst in Hamburg uuuuunnnddd warum bist du uns als Kapuzenmann gefolgt und hast dich nie zu erkennen gegeben? Ist dir bewusst, dass du uns damit verunsichert und auch ein wenig Urlaubsfeeling geklaut hast? Also hätte ich jetzt ein Nudelholz in der Hand, hättest du jetzt schlechte Karten, mein Freund. « Sie grinste etwas, um die Situation zu entschärfen.

Hanna drehte sich suchend zur Seite » Was für freche Fahrten? «

» Wie? «

» Du sagtest doch eben irgendwas von freche Fahrten. Sag mal Anke, höre ich schlecht oder hat dir Herr Swayzy den Kopf verdreht? «

Jana Stichwort. » Gute Idee, lasst uns umdrehen und nachhause gehen, da kann uns Yannik dann auch in Ruhe etwas aufklären und Hanna? Leg bitte neue Batterien nach, sonst werde ich noch irre. «

» Soll ich dir meine leihen? «

Jana schaute Hanna fragend an. » Was? «

» Na meine Brille. Möchtest du meine Brille haben? «

Wir gingen darauf jetzt nicht weiter ein. Ich zeigte Hanna aufs Ohr und sie verstand, doch sie hatte keine

Wechselbatterien dabei, ein Grund mehr für Jana, schnell zum Ferienhaus zurückzukehren.

Wir schoben noch Stühle vom Essbereich um den Wohnzimmertisch und warteten gespannt auf die Erklärung.

>> Ich weiß gar nicht, wo ich anfangen soll, es ist mir alles so unheimlich peinlich. Im Vorfeld will ich schon mal erwähnen, dass ich keinem einzigen von euch Angst einjagen, noch den Urlaub verderben wollte und genau deshalb habe ich so gut wie es ging versucht, euch nicht immer über den Weg zu laufen, was aber bei so einer kleinen Insel schon fast ein Kunststück war. Und auch vorab, verspreche ich euch, nichts mit den Überfall hier im Haus zu tun zu haben. Ich habe eher versucht, den Täter zu stellen, aber das war nicht einfach, außerdem habt ihr das ja ganz gut alleine hinbekommen. Also mein Grund, warum ich hier auf der Insel gelandet bin, lag eigentlich an meinem Vater. Er hat mir geraten, hier hin zu reisen. <<

>> Dein Vater? << Ines konnte es kaum glauben.

>> Genau, aber erst, nachdem ich ihm erzählte, dass ich mich nicht gerade freundschaftlich von Sarah getrennt habe. <<

>> Jetzt lass dir nicht alles aus der Nase ziehen und fang endlich an zu erzählen. << Anke wieder mit ihrer direkten Art.

>> Ja also, ich hatte Papa letzte Woche angerufen, als du, Mutter, so freudig deine Tasche gepackt hattest. Ich habe ihm berichtet, das ich wieder nachhause komme, da Sarah und ich uns getrennt hatten. Den Grund der Trennung wollte ich erst nicht erzählen, doch man muss zu seinen Fehlern stehen, deshalb hatte ich Papa auch erzählt, das Sarah mich in London nur ausgenutzt hatte. Aber ich war so verliebt, dass ich es erst nicht wahrhaben wollte, doch kaum in Hamburg angekommen, wartete nicht nur ihr Freund auf sie, der gleichzeitig auch ihr Chef war, sondern auch ein paar Kolleginnen eines Clubs, soll heißen, ich naiver Trottel hatte mich in eine Poletänzerin verliebt. <<

Jana stöhnte kurz auf. >> Nicht schon wieder ein Gogo-Girl. <<

>> Mein Problem war, dass ich Sarah nicht aufgeben wollte und versuchte, sie aus diesem Kreis zu befreien. Ich versprach ihr, das sie nicht mehr arbeiten müsste, sie mit mir nach Dortmund kommen könnte und hab sogar an einem Abend mitten im Club vor lauter Verzweiflung um ihre Hand angehalten, doch sie lachte mich nur aus und ihr angeblicher Freund verwies mich des Clubs. Ich wollte mir selbst nicht eingestehen, dass Sarah die Arbeit gerne machte und stand jeden Abend an der Tür und wartete, bis zu ihrem Feierabend. Sobald sie mich dann aber sah, wandte sie sich genervt ab oder stieg direkt in das teure Auto ihres Chefs. Eines Abends, ich stand wieder den ganzen Abend vor der

Eingangstür, kam der Kerl auf mich zu und warnte mich verdächtig leise ein letztes Mal, dass ich mich nett ausgedrückt, endlich verpissen sollte. Sollte er mich noch einmal in unmittelbarer Nähe von Sarah sehen, würde er mir nicht nur das Nasenbein brechen. Ich war so sauer, dass ich Dummkopf vor Wut seine Autoreifen kaputtstach, als er wieder im Club verschwand, naja und dann sah ich zu, dass ich selbst verschwand und rief Papa an. «

Ines legte einen Arm um Yanniks Schulter und eine Träne lief ihr übers Gesicht. Auch Hanna und ich waren sehr gerührt und ließen ihn weitererzählen.

» Papa wollte mich am selben Abend noch in Hamburg abholen kommen, doch das wollte ich nicht. Mir war aber bewusst, dass die Karten durch meine Reaktion sehr schlecht standen und da hatte er die Idee, zu euch nach Langeoog zu fahren. Er meinte, da würde mich jemand aus dem Hamburger Milieu bestimmt nicht suchen und er selbst wäre beruhigter, da ihr ja in der Nähe wärt. « Yannik trank das Pinnchen, das Jana ihm reichte, in einem Zug leer. » Per Handy buchte er mir das Zugticket und die Fähre, sowie ein günstiges Pensionszimmer und schickte mir alles per Mail. «

Ich musste etwas klären. » Aber warum hast du dich dann nicht bei uns oder wenigstens bei deiner Mutter gemeldet? «

» Naja, ihr hattet immer so Spaß. Ich wollte euch die freien Tage gönnen und gerade Mutter nicht mit meinen Problemen belästigen. Sie hatte sich doch so auf diese Woche gefreut. «

Ines putzte sich die Nase. » Aber warum hast du meine Anrufe nie abgehört. Warum hast du nie zurückgerufen. Ich habe mir solche Sorgen gemacht, eine WhatsApp hätte doch auch genügt. «

» Das tut mir auch leid, aber Papa meinte, ich solle mein Handy lieber auslassen, damit mich die Typen aus Hamburg nicht orten konnten, außerdem brauchte ich die Ruhe um über alles nachzudenken. «

» Junge Junge Junge. « Ich holte eine Flasche Wasser aus der Küche. » Das kann ich gut verstehen, aber dann hätte dein Vater, doch wenigstens Ines Bescheid geben können. « Ich hatte ihren verzweifelten Blick vor mir, als sie versuchte ihren Sohn zu erreichen.

Yannik zuckte erneut mit den Schultern. » Dafür kann ich nichts und ihr müsst mir glauben, dass ich euch weder auflauern noch ängstigen wollte. «

» Der Kapuzenmann. « Hanna schüttelte immer noch etwas fassungslos den Kopf.

Jetzt musste Yannik doch etwas grinsen. »Die hatte ich extra auf, damit ihr mich nicht erkennen konntet, falls sich unsere Wege doch mal kreuzten. So manches Mal war es schon knapp gewesen. Einmal in den Dü-

nen, dann am Strand und dann hier bei euch am Ferienhaus, als du, Hanna, die Pizzakartons entsorgen
wolltest. Weißt du das noch? «

Hanna schlüpfte wieder in die Miss Marple Rolle. »
Ob ich das noch weiß? Ja meinst du ich verkalke hier
oben in der Birne, oder was? Natürlich weiß ich das
noch, weil du mich so erschrocken hast! Aber sag mal,
was hast du denn an Mamas Fahrrad gemacht, als wir
von der Kutterfahrt heimkamen? «

» Gar nichts. «

» Du hast doch am Sattel rummontiert und dann
noch ihren Jutebeutel aus dem Fahrradkorb geklaut! «

» Ach das. Ich hatte Hunger und Glück, dass sich ein
paar Salamisticks im Beutel befanden, aber am Sattel
habe ich nichts montiert, da musst du dich verguckt haben. Ich frage mich nur gerade, wie ihr das aus der Entfernung gesehen habt? Ich meine, ihr wart doch noch
ein Stück vom Hafen entfernt? «

» Wir hören vielleicht nicht immer gut, haben aber
noch Adleraugen. « Hanna tippte sich mit einem Ku-
gelschreiber an die Stirn.

Es wurde weit nach Mitternacht, bis wir fast alle
gleichzeitig zu Gähnen anfingen. Ein ereignisreicher
Tag neigte sich dem Ende und Ines bettet ihren Sohn in
Janas ehemaligen Zimmer. Bevor sie die Tür schloss,
hörten wir Yannik noch *'Nichts ist so schööön, wie der*

Mond von Wanne-Eickel` singen, was Anke gar nicht witzig fand.

Kapitel 12
Ende gut, alles gut

Leider kamen wir nicht mehr in den Genuss der Brötchenzustellung, deshalb schlich ich mich aus dem Zimmer, zog mir schnell bequeme Sachen an, schnappte mir das Fahrrad und trampelte los. Ein leichter Nebel lag über den Feldern und Koppeln. Unser letzter Urlaubstag heute, dachte ich wehmütig. Auch wenn ich erst gar nicht von zuhause wegwollte, wollte ich nun von hier nicht weg. Frau Jansen hatte uns zwar netterweise wegen der vorgefallendenden Umständen das Ferienhaus eine Woche länger gratis zur Verfügung überlassen, doch die heimatlichen Verpflichtungen riefen. Langsam fuhr ich durch die Straßen, kaufte beim Inselbäcker eine Tüte gemischte Brötchen, sowie frische Eier und im Inselmarkt noch ein bisschen Belag, da unser spontane Gast bestimmt hungrig war.

Auf dem Rückweg sah ich Frau Jansen auf ihren Balkon die Pflanzen an der Brüstung gießen und winkte ihr lächelnd zu. Etwas traurig lächelte sie zurück. Wie sehr würde ich mich für sie freuen, wenn ihr Sohn nichts mit den Raubüberfällen zu tun gehabt hätte, doch die Chancen standen schlecht.

Ganz in Gedanken radelte ich weiter und wurde an einer Ecke von einem kleinen Dackel angekläfft. ≫ Guten Morgen Ringo! Auch so früh unterwegs? ≪ Ich hielt an und streichelte den Hund, dessen Herrchen aus dem Lottogeschäft kam. ≫ Moin Herr Scholl, nächstes Mal sollten Sie ihren Hund besser anleinen, ich hätte ihn beinahe mit meinem Rad überfahren. ≪ ≫ Moin Frau Urlauberin, ja das kann er gut. Ringo merkt sich besser Gesichter als ich. ≪ Ich streichelte den kleinen Dackel. ≫ Gut, dass ich Sie treffe, dann kann ich es Ihnen nämlich gleich persönlich sagen. Der Kapuzenmann ist gestellt. ≪ Polizeiobermeister Scholl starrte mich an. ≫ Ihre Kripoexperten-Freundin Hanna wieder? ≪ ≫ Ne, diesmal nicht. ≪ Ich lachte. ≫ Diesmal spielte das Schicksal seinen Streich, denn der Kapuzenmann ist uns gestern Abend zufällig in die Arme gelaufen und es handelt sich bei ihm um keinen geringeren wie den Sohn unserer Freundin Ines, die Ihnen auch die Fotos vom Seestern geschickt hatte. Um es kurz zu fassen: Yannik ist nach einem Beziehungsstress auf die Insel geflüchtet, wollte unseren Urlaub aber nicht stören und ist dann, wenn er uns über den Weg lief, geflüchtet. Also das Kapitel können wir nun auch abschließen. Gibt es denn schon Neuigkeiten vom Goldfisch und den beiden Mitstreitern? ≪ ≫ Nein, leider nicht. Ich werde nach dem Frühstück mal mit Aurich telefonieren. Sollte ich noch etwas

Wichtiges in Erfahrung bringen, werde ich mich melden, ansonsten wünsche ich Ihnen allen einen schönen letzten Urlaubstag hier auf der Insel. Genießen Sie ihn in vollen Zügen, der Alltag hat Sie schneller wieder im Griff, als Sie möchten. Ach und heute einen schönen letzten Abend, ich hoffe, ich konnte ein wenig dafür sorgen, dass ihr Urlaub wenigstens noch einen schönen Ausklang haben wird. «

» Das wird er haben, daran Zweifel ich nicht. Vielen Dank vorab. « Wir verabschiedeten uns und ich fuhr zum Ferienhaus zurück.

Anke und Ines hatten schon auf der Terrasse eingedeckt, Yannik stand unter der Dusche und unsere Langschläfer nutzten das Wort voll aus.

Anke leerte die Brötchentüte im Brotkorb. » Hab ich einen Hunger. Ihr könnt mir sagen was ihr wollt, aber das muss einfach an der Luft hier liegen. «

» Boah Anke! «, kam es aus der ersten Etage. Jana war gerade aufgestanden und stand auf den Balkon. » So langsam wissen wir das! «

» Na und! Wäre schön, wenn man deinen Durst auch so zuordnen könnte. «

Jana streckte ihr die Zunge heraus, machte ein paar Dehnübungen und kam dann im Schlaflook auf die Terrasse. » Ist der Kaffee schon fertig? «

» Es ist alles schon fertig. Schläft Hanna noch? «

>> Woher soll ich das wissen? Aber bestimmt, ihre Krimifälle sind ja nun abgeschlossen, dann kann sie wieder beruhigt schlummern. <<

>> Lassen wir sie oder geht sie jemand freiwillig wecken? <<

Ines nahm ihr Handy zur Hand. >> Bevor mir ein Kissen entgegen geflogen kommt, rufe ich sie lieber an. Wie sieht denn eure Tagesplanung aus? Also Yannik und ich wollten heute zum Strand. Wenn uns jemand begleiten möchte? <<

>> Du und Reiten. << Hanna stand im Türrahmen und lachte. >> Das will ich sehen. << Und auch wenn es den ein oder anderen manchmal nervte, dass Hanna etwas falsch hörte, musste wir alle mit ihr Lachen.

Noch einmal genossen wir alle in Ruhe unser gemeinsames Frühstück und gingen in die Tagesplanung. Anke hatte sich ihren Plan schon zurechtgelegt. Zuerst wollte sie nach einem passenden Outfit für unseren abendlichen Restaurantbesuch suchen, anschließend hatte sie noch einen Friseurtermin mit Maniküre und Pediküre. Ihr blieb heute keine Zeit für Strand und Fahrrad, außerdem wollte sie Frau Jansen noch einen Strauß Blumen vorbeibringen. Hanna konnte sich nicht entscheiden. Sie würde gerne mit shoppen gehen, sich aber auch gerne faul in einen Strandkorb legen und Jana fand Stand-Up-Paddling plötzlich nicht mehr so wichtig. Sie konnte sich ebenfalls etwas Strand in Kombination mit etwas shoppen für den heutigen Tag vorstellen.

Anke freute sich. » Willst du mich dann beim Shoppen begleiten? «

» Ne, Anke, das brauche ich nicht, ich habe doch alles dabei. Deswegen bin ich auch nicht, wie ihr, mit einer Reisetasche angereist. Man muss für alle Fälle gewappnet sein, deshalb habe ich das kleine Schwarze ständig dabei. Was hast du heute vor, Katja? Begleitest du uns? «

Ich? Ich wollte die Zeit auf der Insel nochmal in Ruhe genießen. » Ich mache zuerst eine kleine Radtour durch die Dünen und zum Hafen und dann komm ich entweder zum Strand nach oder geh auch mal Geschäfte gucken. Das weiß ich aber noch nicht. «

Wir räumten alles auf und jeder ging seinen Weg. Spätestens um 17:00 Uhr wollten wir uns aber alle wieder im Haus ~Fernweh~ treffen, um uns für den heutigen Abend schick zu machen und somit war ich die erste, die mit einem gefüllten Rucksack verschwand. Mein erstes Ziel hieß Pirolatal. Das Tal, eines der schönsten Sehenswürdigkeiten auf Langeoog, musste bei einem Besuch auf der Insel einfach erkundet werden. Langsam radelte ich durch die Gräserlandschaft, machte eine kurze Pause, ging zum Menschenleeren Strandabschnitt und ließ mich dort in den Sand plumpsen. Ein paarmal atmete ich die herrliche Meeresluft tief ein, machte noch ein paar Handybilder zur Erinnerung und dann fuhr ich weiter in Richtung Hafen um mir in der Teestube einen letzten Ostfriesentee zu gönnen.

*

Mein Handy vibrierte und ich sah eine Nachricht in unserer Cocktailgruppe. Zuerst war ich etwas irritiert, da wir heute ja noch auf die Nutzung des Handys verzichten wollten, aber die Neugierde war größer. Hanna kündigte die Handysperrung um uns allen ein wichtiges Foto zuzusenden. Sie schrieb im Text zu dem Foto, dass sie beim Muschelsuchen auf eine Flaschenpost gestoßen sei. Die Flasche, so schrieb sie, sah zwar schon sehr veraltet aus, aber man konnte noch durch das Glas erkennen, dass der Brief auf Englisch erfasst wurde.

Wieder vibrierte mein Handy.:

Jana: ´ **Och nö Miss Marple, schmeiß die Pulle bloß zurück ins Meer!!! Schlepp uns jetzt nicht auch noch einen Flaschengeist ins Haus, such lieber nach einem Friesengeist! Da bin ich dann dabei.** `

Anke: ´Oder was zum Essen, ich habe nämlich schon wieder schmacht. Muss echt an der Seeluft liegen!`

Ines: ☺

Ich: ´Ignorier die Flasche einfach und lass sie dort liegen wo sie jetzt liegt. Irgendeiner wird sie schon finden und dann vielleicht seine eigene Geschichte erleben. `

Epilog

Polizeiobermeister Scholl hatte nicht zu viel versprochen und uns um 18:30 Uhr mit einer Pferdekutsche abholen lassen. Am Restaurant wurden wir von der Auricher Morgenpost empfangen, die uns um ein Foto bat. Anke hatte sich richtig in Schale geworfen und strahlte mit Jana freiwillig in die Kamera, bevor wir den letzten Abend im Restaurant „Alte Liebe" in vollen Zügen genossen. Ich erhob mein Glas und prostete meinen Mädels zu.

>> Ich habe letztens noch einen weisen Spruch gelesen. Glück ist nicht das Ziel der Reise, sondern die Art, wie man verreist und diese Art von Reise, würde ich trotz Tumult, immer wieder mit euch antreten., Vielen Dank für eure wieder mal sehr abenteuerliche Begleitung <<, und hob mein Glas.

*

Jana wollte ihren schweren Koffer nicht wieder zurück zum Bahnhof schlörren und vereinbarte hinter unserem Rücken mit der Kutscherin einen Abholservice für den nächsten Morgen und als das nette Mädel von der Inselranch vor unserem Ferienhaus stand, baten wir sie um einen kleinen Umweg, um uns noch von Frau Jansen zu verabschieden. Ines und Yannik hatten ihr Angebot, das Haus ~Fernweh~ für eine weitere Woche anzumieten, dankend angenommen. Beide wollten sich noch eine Auszeit gönnen und freuten sich gleich auf Thomas, der mit derselben Fähre ankommen wollte, mit der wir leider abreisten.

*

So war und ist das im Leben, des einen Freud, ist des anderen Leid, aber wir waren uns sicher, dass war nicht unsere letzte Reise und winkten Ines, Yannik und mittlerweile auch Thomas beim Ablegen mit einem Taschentuch zu.

Und ich, ja ich nahm nochmal persönlich Abschied von meiner Lieblingsinsel und atmete noch einmal ganz tief durch.